유 심 인

有心人

유 심 인

有心人

정원만 지음　　김소희 옮김

지금 이 순간, 당신의 마음속에는
장국영의 어떤 선율이 울려 퍼지고 있나요?

차
례

봄 · 여름 · 가을 · 겨울

춘하추동 春夏秋冬

묘목이 버려지던 날은 마침 입춘이었다. 누군가 이사를 하다 너무 서두른 탓에 잡동사니쯤으로, 아니 쓰레기인 줄 알고 내던진 것 같았다. 사람들이 집을 빼면서 챙겨갈 수 있는 거라곤 오로지 자기 한 몸뿐이었다. 가구부터 생활용품, 낡은 사진, 벽을 가득 채우던 서화, 그리고 어릴 적 장난감까지…… 모두 그 자리에 남겨졌다. 고양이와 개, 거북이도 마찬가지였다. 장모종 고양이는 털이 엉겨 붙어 떡이 된 채 쓰레기장 앞에 엎드려 있었다. 그 옆으로 스티로폼 더미와 싸구려 가구, 물때로 잔뜩 얼룩진 매트리스가 보였다. 시추 한 마리는 텃세 부리는 동네 개들을 피해 컨테이너 차 밑으로 숨었다. 청화 무늬의 화분도, 전원풍의 화분도 전부 금이 가서 흙과 뿌리가 드러났다. 온시디움, 선인장, 작은 장미, 스킨답서스까지 억센 것이나 연약한 것이나 이제는 별 차이가 없었다. 이 묘목 역시 그랬다. 애초에 무엇이었는지, 어디에서 왔는지 그리고 앞으로 어떻게 될지 누구도 알 수 없었다.

그저 조용히 그곳에 웅크리고 있을 뿐.

이따금 뒤쪽에서 야생 나무들이 햇빛을 조금씩 가려주곤 했다. 모기와 파리 떼가 그림자 속을 윙윙 날아다니기도 했지만 묘목은 별다른 영향을 받지 않았다. 꽃이 없으니, 나비가 날아들 일도 없었다. 벌은 이미 자취를 감춘 지 오래였다. 그래도 한때는 이곳에서 꿀이 나왔고, 드넓은 유채꽃밭은 벌들이 꿀을 모으던 장소였다.

철조망 너머에는 아직 떠나가지 않은 사람들이 있었다. 그들은 마치 철거령도, 개발 계획도, 아무 일도 없었다는 듯 평소처럼 생활했다. 어차피 그들에게 이사를 원하는지 묻는 사람도 없었다. 마치 그곳에 버려진 고양이, 개, 화분이 그랬듯이. '에라, 모르겠다'라고 그들은 생각했다. 이런 일이 처음도 아니니 마지막도 아닐 터였다. 일이 닥쳐서야 계획을 세우는 데에 이미 도가 터 있었다. 이곳은 언제나 버려진 땅이었다. 오래전부터 그들은 도시의 난민이 되어 논과 채소밭, 양봉장을 내주고 폐차장과 재활용품 수거장, 컨테이너 야적장을 받아들였다. 삶이란 끝없이 타인의 사건을 받아들이는 일이므로, 이 정도는 그들에게 전혀 놀라운 일이 아니었다. 다들 자기 삶을 사느라 바빠 그곳을 지나던 누구도 묘목을 눈여겨보지 않았다. 그러니 묘목이 화분 바닥을 뚫고 나와 소리 없이 흙을 움켜쥘 때까지 눈치챈 사람이 없었던 것도 자연스러운 일이다.

식물은 흙 없이 아무것도 아니다. 묘목은 그 사실 하나만은 알고 있었다.

봄 · 여름 · 가을 · 겨울 · 춘하추동(春夏秋冬)

개미들이 조용히 기어올랐다. 몇 마리는 진흙과 자갈 틈에 끼어 죽었고, 몇 마리는 마른 잎과 떨어진 꽃잎을 날랐다. 그것들은 모두 썩어 거름이 되었다. 지렁이가 그 속을 파고들어 흙을 부드럽게 뒤적이고 나면 공기와 물이 드나들 수 있었다. 경칩이 되자 한층 더 활기가 돌았다. 동물들이 겨울잠에서 깨어났고 까치울새가 짹짹거리기 시작했으며 더 많은 꽃이 피었다. 그래 봤자 철조망에 얽혀 자라난 나팔꽃이나 길가에 핀 란타나처럼 누구든 마음만 먹으면 쉽게 뜯어갈 수 있는 것들이었지만. 햇빛과 빗물이 아낌없이 쏟아지자, 묘목도 다른 식물들과 함께 위로 몸을 뻗으며 튼튼하게 자라났다. 이제 참새가 그 아래에서 몸을 숨기거나 들고양이가 그 뒤로 몸을 감출 수도 있었다. 더 이상 작은 묘목이 아니라 자기만의 줄기와 그늘을 가진 어엿한 작은 나무가 된 것이다. 그러한 변화 속에서 수많은 갈대와 억새가 치열한 경쟁 끝에 꺾여나갔고, 어린 새는 소리 내어 울어보기도 전에 봄바람에 쓰러져 나무 아래에서 죽었다.

봄은 그렇게 지나갔다.

초여름, 홍콩 최고 경보 수준의 태풍이 들이닥쳤다. 식물들은 죄다 뿌리째 뽑혔고 강풍에 함석집들이 이리저리 쓰러졌다. 그러나 오직 나무만은 달랐다. 축축한 진흙 속에 뿌리를 깊숙이 박고서 쓰러진 고목과 함석지붕, 콘크리트, 쓰레기장의 벽 모퉁이를 가지 끝으로 단단히 붙잡으며 폭풍을 견뎌냈다. 태풍이 지나가고 주변이 훤히 트이자 나무는 그곳에서 분노하듯 맹렬하게 자라났다. 모두가 나무의 존재를 알아차렸을 땐 이미 집채만큼 커진 뒤였다. 넓고 커다란 수관은 뙤약볕과 장대비를 막아주는 자연의 지붕이었고, 단단하고 질긴 덩굴줄기는 서로 얽히고설켜 탄탄한 대들보가 되었다. 가운데에 생긴 커다란 나무 구멍은 살아남은 새와 다람쥐들의 쉼터였다. 누런 고양이가 그 앞을 지나가다 잠시 올려다보고는 다시 걸음을 옮겼다.

바로 그 무렵, 내 친구는 나무 구멍에 들어가 살기 시작했다.

친구는 일단 축축한 구멍 속을 횃불로 말린 다음, 마른 잎과 풀을 깔고서 그 위에 다시 고무 매트와 담요를 덧대 단출한 침대를 만들었다. 낮에는 무너진 집들 주변에서 타일과 널빤지를 주워다가 나무 아래에 몇 단을 쌓아두고 계단 삼아 편히 드나들었다. 이따금 지나가던 사람들이 멈춰서서 구경하곤 했지만 말을 거는 사람은 없었다. 이곳 사람들은 언제 떠나도 이상하지 않았으므로 공연히 남의 일에 관여하려 하지 않았다. 사실 근처 공사장에서는 벌써 공사가 한창이었다. 굴착기가 종일 돌아가는 통에 마을 사람들은 집 안에서도 고함을 질러가며 대화를 나눠야 했으므로 결국에는 다들 말을 줄였다. 텔레비전 화면에서도 더 이상 대사보다는 '쿵쿵쿵' 혹은 '쾅쾅쾅' 하는 소리만 났다. 그런데도 사람들은 여전히 소파에 누워 텔레비전을 보았다. 검은 개가 바깥에서 돌아왔다. 온몸에 하얀 먼지가 잔뜩 앉아 있었지만 아무도 씻겨주는 사람이 없었다. 개는 하는 수 없이 문 앞의 나무판자 위에서 몸을 웅크린 채 잠을 청했다. 잠든 상태에서도 삐죽 올라온 녹슨 못에 찔리지 않으려 몸을 사렸다. 그래도 문틈 사이로 조금의 빛과 에어컨 냉기가 새어 나왔으므로 개는 그것만으로도 충분하다고 여겼다. 시골의 여름은 낮 기온이 34~35도까지 치솟았다. 땅바닥은 달궈진 철판처럼 뜨거워졌고 개는 발바닥을 전부 데었다. 폭염 경보가 아흐레 동안 이어지다 열흘째가 되던 날, 개는 절뚝거리며 나무 아래로 걸어갔다. 그곳은 나무 그늘 덕에 시원한 편이었다. 내 친구가 개를 보고 시원한 물을 한 그릇 따라주니, 개가 꿀꺽꿀꺽 물을 마셨다. 친구는 그릇에 남은 물을 개의 발바닥에 뿌려준 뒤, 먹을 것도 조금 내주었다. 그날 이후, 개는 수시로 나무 아래에서 머물렀다. 고양이가 아닌지라 기어올라 나무 구멍으로 들어가지는 못했다.

나무는 나날이 무럭무럭 자랐지만, 점점 흉측하게 변해갔다. 뒤틀리고 굵직해진 줄기는 힘줄과 옹이가 가득해 마치 하지정맥류를 앓는 남자의 다리 같았다. 수관은 날이 갈수록 양쪽으로 축 늘어져 그 아래를 지나가려면 터널을 통과하듯 허리를 굽혀야 했다. 그래서 사람들은 더욱더 그곳에 가까이 가려 하지 않았다. 게다가 아이가 막 태어난 가정도 있었다. 가족들은 나무로 된 문 양편에 대련[1]을 붙였고, 병원에서 막 퇴원한 단발머리의 젊은 엄마는 아기를 품에 안고서 집을 찾아온 친지들을 향해 힘겹게 미소 지었다. 달큰한 생강초[2] 냄새가 나무 앞으로 흘러들었다. 여름이 끝나갈 무렵, 나무는 열매를 맺기 시작했다. 이내 포도 같은 열매가 주렁주렁 열렸고, 새가 열매를 한 입 쪼아 먹더니 맛이 퍽 시큼했는지 곧바로 뱉어냈다. 완전히 익은 열매는 땅으로 떨어져 개의 발에 밟히는 바람에 흙 속으로 뭉개졌다. 그 덕에 도리

1 　중국 전통문화의 하나. 대구를 이루는 두 개의 구절에 좋은 뜻이나 복을 기원하는 내용을 담아 문이나 기둥에 장식으로 붙인다.
2 　생강과 식초를 활용해 만든 중국 전통 음식으로 종종 돼지족발이나 달걀을 함께 넣기도 한다. 산모의 회복을 돕는다고 하여 광둥 지방에서는 대표적인 산후 보양식으로 꼽힌다.

어 나무는 더욱 튼튼하게 자랐다. 멀리서 아기의 울음소리가 들려왔다. 아기는 자신이 왜 이곳에 오게 된 건지 알지 못했다. 여기는 곧 사라질 곳이 아니었던가? 아침이면 엄마의 다정한 말 대신 말뚝을 박는 굉음이 들려왔고, 밤이면 풀 내음 대신 먼지와 오염된 물 냄새가 뒤섞여 탁한 공기가 날아들었다. 주위 사람들은 모두 아기를 보며 싱글벙글 웃었지만, 도리어 아기는 그 까닭을 알 수 없었다. 이따금 엄마는 아기를 안고 집 밖으로 나가서 나무와 모기, 나비 따위를 손으로 가리키며 보여주었다. 아기는 그저 날이 무덥다는 감각뿐이었다. 컨테이너 트럭이 내뿜는 매연에 아기가 기침을 하자, 엄마는 서둘러 아기를 안고 집으로 들어갔다. 대문이 닫히는 순간, 아기는 저 멀리서 개 짖는 소리를 들었다. '분명 그 커다란 검둥이겠지? 나도 본 적 있는데. 원래 우리 집 문 앞에 있었는데, 지금은 더 좋은 곳으로 갔나 보다. 내일 당장 어디로 갈지 모르는 사람으로 사는 것보다 차라리 한 마리의 자유로운 개가 되는 편이 나을 텐데.' 아기는 생각했다.

내가 친구를 만나러 갔을 때는 중양절이 이미 지난 뒤였다. 마을 어귀 옆 공터는 흙더미가 작은 언덕처럼 쌓여 있었고, 그 위에서 파리 떼가 윙윙대며 떠돌고 있었다. 흙더미가 아직 보행로까지는 뒤덮지는 않았지만, 마을 사람들은 그곳을 드나들 때면 알아서 피해 다녔다. 맞은편에는 기이하게도 부겐빌레아 한 무더기가 피어 있었다. 태양 아래 모래 먼지 속에서 빽빽하게 피어난 자홍빛은 어우러지지 못하고 겉도는 느낌이었다. 부겐빌레아 위쪽에 보이는 마을 게시판에는 정부의 토지 수용 공고가 붙어 있었다. 수용 대상 토지에는 농지를 비롯해 공터, 사유지, 그리고 무덤까지 전부 포함되었다. 마치 생명체라고는 존재하지 않았던 곳인 것처럼. 오솔길을 따라 걷고 있는데, 갑자기 오른쪽에서 개가 달려들더니 '샤샤' 소리를 내며 철조망을 흔들었다. 개는 미친 듯이 짖었지만 그건 그저 자신을 달래는 몸짓에 불과했다. 이곳의 주인은 여전히 자신이라고, 아무것도 변한 건 없다고 스스로에게 건네고 있었다. 마치 녀석 뒤편의 문에 걸린 다 떨어져 가는 '국태민안國泰民安'이라는 문구처럼, 세월은 평안하고 고요하다는 듯이. 나는 그 버려진 돌집과 옆에 세워진 불도저를 지나쳤다. 동물들의 오줌 지린내가 공중에서 풍겨왔고 석류 열매들이 마치 왜소한 아이의 머리처럼 가지에 매달린 채 흔들거렸다. 길 끝자락에는 마른 풀더미가 가지런히 쌓여 있었다. 식물에 관한 나의 빈약한 지식으로 볼 때, 그건 옛 옥수수밭이 남긴 흔적이었다. 친구는 바로 이 옥수수밭 뒤편의 나무 속에 살았다. 나무와 옥수수밭 사이에는 메마른 땅이 드넓게 펼쳐져 있었다. 나무뿌리가 땅속의 수분을 모두 빨아들여 울퉁불퉁한 괴석처럼 변하면서 지면이 사막처럼 갈라져 버렸다. 나는 굳어버린 돌덩이들을 하나씩 조심스럽게 넘어 나무 영역으로 들어갔다. 그곳은 햇빛이 더 이상 들어오지 않았기 때문에 나는 잠시 제자리에 서서 두 눈이 어둠에 적응할 때까지 기다렸다. 서서히 사방이 보이기 시작했다. 하늘과 땅을 뒤덮을 듯 자라난 수관은 마치 암녹색의 거대한 차양 같았고, 축축한 공기 속에서는 약간의 냉기와 이끼 냄새가 어렴풋이 느껴졌다. 새 한 마리가 머리 위를 스쳐 허공을 미끄러지듯 날면서 즐겁게 울어댔다. 눈을 가늘게 뜨고 보니 까치울새였다. 등에는 쨍한 파란빛의 털이 나 있고, 기다란 꼬리와 양옆으로 흰색의 무늬가 있어 흡사 공작의 새끼 같았다. 새가 한 바퀴를 빙 돌다가 나뭇가지 끝에 내려앉으니 이름 모를 열매 몇 알이 떨어졌다. 마치 초인종처럼 '톡톡' 하는 소리가 나면서 때마침 친구가 나무 아래로 모습을 드러냈다. 구름 뭉치처럼 자라난 수염이 친구의 웃는 얼굴을 감싸고 있었다. 그 옆에 검은 개가 웅크리고 앉아 커다란 꼬리를 이리저리 크게 흔들었다. 나는 가까이 다가가면서도 차마 그 어떤 소리도 낼 수 없었다. 조금이라도 소리를 내는 순간, 눈앞의 모든 게 산산이 흩어져 일순간 사라져 버릴 것만 같았다. 친구는 전보다 야위었지만, 한편 더 너그러워 보였다. 활짝 웃는 입가 주변으로 깊고 마른 주름들이 드러났다.

"어때, 여기 꽤 괜찮지?"

친구가 말했다.

"처음 여기 왔을 때는 나무가 이렇게 우람하지 않았잖아. 이제는 종일 바깥에 안 나가도 먹을 수 있는 열매가 있고, 잎사귀에 고이는 물만 마셔도 나랑 개한테는 충분해. 밤에 모두가 잠들면 나는 밖을 거닐어. 달이 얼마나 커다란지 금방이라도 땅으로 떨어질 것 같다니까."

"와서 물어보는 사람들은 없었어?"

내가 물었다.

"다들 엄청 바쁘거든. 이사하느라 바쁘고, 이사를 기다리느라 바쁘고. 봐, 동식물은 여길 떠나지 않아. 애초부터 녀석들은 여기 주민이니까."

"하지만 너는 아니잖아."

나는 참지 못하고 반박했다.

"넌 여기 주민이 아니잖아. 너한테는 선택권이 있다고."

친구는 마치 어리석은 질문이라는 듯 가볍게 웃어 보였다.

"다들 강제로 쫓겨났지만, 난 자발적으로 여기 남았어. 이게 내 선택이야. 이것 봐."

친구가 개의 머리를 쓰다듬었다.

"이 녀석도 선택이란 걸 할 줄 알아. 나랑 같이 있기로 한 거잖아. 사람에게 선택권이 없다면 그건 개만도 못한 거지."

우리는 잠시 침묵했다. 내가 물었다.

"수용 공고가 벌써 붙었던데, 어떻게 할 계획이야?"

"계획? 계획을 왜 해야 하는데? 당장 내일 무슨 일이 있을지도 모르는데."

친구는 나무 구멍 아래 타일로 쌓은 계단을 가리켰다.

"너도 알 거야, 이 나비 벽돌[1] 말이야. 사람 손으로 하나하나 만든 거잖아. 처음 여기 온 사람들이 언젠가 여길 떠나게 될 거라고 상상이나 했겠어? 여기 이 목재들도 전부 제재소에서 온 거야. 공장을 세웠던 그 사람들, 벌써 네 번이나 이사했어. 잊히고 싶어서 옮겨왔는데 결국 또 누가 그 사람들을, 그들이 딛고 선 땅을 기억해 낸 거라고. 내일이 어떻게 될지 아무도 몰라. 그러니 오늘만큼은 내 뜻대로 살게 해줘."

챙겨온 음식을 내려놓고 돌아서서 자리를 뜨려는데, 낮게 중얼거리는 친구의 목소리가 들려왔다.

---

1   1960~1980년대 홍콩의 공장이나 건축물에 사용되었던 수제 타일. 가운데가 잘록하고 양쪽이 벌어져 있어 나비의 날개를 닮았다.

"허! 들으라. 너희 중에 말하기를 '오늘이나 내일이나 우리가 어떤 도시에 가서 거기서 일 년을 머물며 장사하여 이익을 보리라' 하는 자들아. 내일 일을 너희가 알지 못하는 도다. 너희 생명이 무엇이냐. 너희는 잠깐 보이다가 없어지는 안개이니라."

돌아가는 길, 나는 한참을 곱씹어 본 끝에야 그것이 《성경·야고보서》의 구절이라는 게 생각났다.

마침내 동지가 되었다. 태양이 지구에서 가장 멀어지는 날이라 그림자가 유난히 길었다. 동짓날, 텔레비전에서 커다란 나무가 쓰러졌다는 소식이 흘러나왔다. 천공기를 덮치는 바람에 그 안에 있던 인부들이 다쳤다는 보도였다. 화면 오른쪽 구석에 자홍빛 부겐빌레아 한 떨기가 보였다. 나는 허겁지겁 그곳으로 달려갔다. 마을 길목이 소방차와 구급차, 그리고 신문사의 취재 차량으로 가득했다. 작동을 멈춘 항타기는 바람도 통하지 않는 천으로 감겨 있었는데, 마치 헐거운 콘돔을 씌운 남자의 성기 같았다. 마을이 이렇게 떠들썩한 것도 오랜만이었다. 마치 설날이라도 된 것처럼 사람들이 잔뜩 모여들었고, 머리를 맞대며 수군대는 소리에 한때 이곳에 살았던 벌들이 고향으로 되돌아와 윙윙거리는 듯했다. 나는 낯선 인파 속으로 들어가 간헐적으로 들려오는 이야기들을 주워들었다. 현장은 공사가 한창이었다. 먼지가 이리저리 흩날렸다. 천공기는 미친 듯이 비명을 지르고 있었다. 모든 것이 그토록 정상적이었다. 심지어 지렁이 사체조차 보이지 않을 만큼.

사람들은 미세하게 '우지끈' 하는 소리를 들었지만, 처음에는 대수롭지 않게 넘겼다. 제일 먼저 이상함을 감지한 건, 천공기를 조작하던 작업자였다. 시끄러운 와중에 기이한 소리가 들려와 혼자 중얼거렸는데, 그 소리가 바람을 타고 흙더미를 치우던 여성 노동자의 귓가로 흘러들었다. 여성 노동자는 고개를 들었다. 무언가 보이는 것 같았다. 목에 걸친 수건으로 눈가의 땀을 훔치는데, 길게 드리워진 나무의 그림자가 흔들리는 게 보였다.

'저렇게 큰 나무가 어떻게 좌우로 흔들리는 거지?'

상황 파악도 하기 전에 여성 노동자의 입에서 '아악' 하는 비명이 터져 나왔다. 사람들이 노동자의 시선을 따라 눈을 돌려보니 커다란 나무의 뿌리가 흙을 놓아버리고 있었다. 마치 난간을 꽉 붙들고 있던 손이 스르르 풀리는 것처럼. 그리고 모두가 보는 앞에서 나무는 쓰러져 버렸다. 그토록 육중하고 드높던 나무가 쓰러지자, 흡사 성전의 휘장처럼 하늘이 불현듯 위에서 아래로 갈라지는 듯했다. 새들은 폭격기가 편대비행하듯 일제히 하늘을 향해 튀어 올랐다. 사람들의 머리 위를 쌩하니 지나치면서 황록색의 걸쭉한 똥을 바닥에 '찌익' 뿌려댔다. 거대하던 수관이 산산이 조각나자 부러진 가지가 마을 길목의 게시판으로 날아가 유리를 박살냈다. 유리 조각이 부겐빌레아 위로 소나기처럼 쏟아지며 겨울 햇살 속에서 눈부시게 빛났다. 나무는 땅바닥에서 몇 번 튀어 올랐고, 여전히 짙푸른 나뭇잎들은 고통 속에 몸을 떨다가 점차 몸부림을 멈추었다. 경악하던 사람들이 뒤늦게 정신을 차리고 보니 천공기가 보이지 않았다.

"천공기는? 안에 있던 인부들은 어디로 간 거지?"

다들 경찰에게 신고하라고 소리치면서도 누구 하나 가까이 다가가지 못했다. 소방관이 현장에 도착하고 나서야 나무의 구멍이 정확히 천공기 위로 떨어져 차체를 통째로 감싸버렸다는 것을 알았다. 그 덕에 안에 있던 인부들은 크게 다치지 않았지만, 너무 놀란 터라 아무도 말을 뱉지 못했다. 나는 열심히 귀를 기울여 보았지만, 다른 한 사람에 관한 이야기는 도통 들려오지 않아 곧장 구급차로 찾아가 운전석에 있는 구급대원에게 물었다.

"인부 말고 다른 부상자는 없어요? 사망자는요?"

나를 바라보던 구급대원은 딱히 숨길 것도 없다는 듯 솔직하게 대답했다.

"없습니다. 이 동네는 공사장 인부 외에 아무도 없어요. 집들도 전부 비었고요. 인부들 인원수도 셌는데 전원 다 찾았습니다. 중상자도, 실종자도, 사망자도 없어요. 정말 기적이죠."

"아니에요."

나는 구급대원에게 말했다.

"여기 나무 안에 사람 한 명이 개 한 마리랑 살고 있었다고요. 개는 검은색이고요."

"개요? 여긴 개들도 이미 떠나고 없는 곳이에요."

구급대원이 말을 이었다.

"저희가 이미 샅샅이 살펴봤지만, 사람은커녕 개도 없었습니다."

나는 구급대원과 소방관, 기자들, 서로 정보를 주고받느라 바쁜 구경꾼들을 뒤로한 채 홀로 경찰 통제선을 넘어 안으로 들어갔다. 나무뿌리가 있어야 할 자리에는 커다란 구멍만 휑하니 남아 있었다. 줄기는 손으로 만져보니 단단했지만, 속은 텅 빈 채 솜뭉치처럼 썩어 손가락으로 잡자마자 바스스 부스러졌다. 제 무게에 짓눌려 엉망이 된 나뭇가지의 끝을 헤치며 보이지 않는 바닥 부분을 발로 꾹 밟아보았다. 구급대원의 말대로 안에는 사람도, 개도, 다른 어떤 동물도 없었다. 그럼 대체 어디로 간 걸까?

겨울의 낮은 기온 속에서 나는 땀을 뻘뻘 흘리며 아무도 모르는 틈을 타 반대 방향으로 빠져나왔다. 등 뒤로 경찰차의 사이렌 소리와 사람들의 말소리가 점차 멀어져 갔다. 땅바닥의 갈라진 틈을 따라 앞으로 걷고 또 걸었다. 해가 넘어갈 때까지 걷고 나니 더는 나의 그림자가 보이지 않았다.

연기처럼 흩어져 사라지는

SN 51784

회 비 연 멸 灰飛煙滅

남편이 실종되었을 무렵, 나의 고양이가 아프기 시작했다.

코에 종양이 자라나더니 코가 물러지고 울퉁불퉁했다. 숨을 쉴 때마다 고름이 흘러내리면서 콧대가 수시로 뒤틀렸고 그러자 고양이의 모습 또한 생경하게 변해갔다. 이것을 어떻게 설명해야 할까? 그건 마치 하나의 영혼이 또 다른 육체 속으로 내던져진 것 같기도 하고, 혹은 매번 문을 열 때마다 전혀 다른 방 안으로 들어선 자신을 발견하는 기분이기도 했다…… 고양이는 변해버린 자기 모습을 전혀 모르는 듯했다. 녀석은 여느 때처럼 온 힘을 다해 음식을 먹고, 화장실을 가고, 잠을 자면서 그렇게 일상을 살아가고 있었다. 그러나 고양이와 함께 지내는 이 도시 속의 나는 종잡을 수 없는 기이한 변화를 확실하게 실감하고 있었다.

고양이가 아프기 시작했을 무렵, 나는 막 임신한 상태였으나 남편은 사라지고 없었다. 결국 나는 홀로 고양이를 데리고 병원에 갔다. 이동용 케이지에 녀석을 넣고 연기가 자욱하게 깔린 거리를 걸었다. 동물 병원에 도착하자 그간 익숙하게 보던 수의사가 없었다. 그러니까 이 도시를 이미 떠났다는 뜻이었다. 진료실에는 처음 보는 젊은 의사가 있었다. 나는 한참을 그곳에 서 있었다. 누군가 또 떠나갔다는 사실을 받아들이기 위해서.

"안녕하세요."

젊은 의사가 말했다.

"저는 유 의사입니다."

"안녕하세요."

마스크 속에서 흘러나온 나의 음성이 평소보다 흐릿하고 낮았다.

"저는……."

어디서부터 어떻게 설명해야 할지 알 수 없었다. 게다가 유 의사—이름처럼 여기 존재하는—는 마스크를 쓰고 있지 않았다. 긴 얼굴과 뾰족한 턱, 그리고 얇은 입술까지 그의 얼굴이 내 눈앞에 하나하나 드러나 있었다.

"동물은 사람 말을 이해하지 못하고, 주인 역시 동물의 말을 이해할 수 없죠."

유 의사는 내 생각을 꿰뚫어 보듯 말했다.

"저는 동물과 사람을 이어주는 다리 역할을 하는 사람이니까 양쪽 모두가 제 표정을 볼 수 있어야 해요."

"아, 네."

나는 적당한 답이 딱히 떠오르지 않았다. 누군가의 온전한 얼굴을 갑작스레 마주하니 살짝 당혹스러웠다.

"고양이 좀 한 번 볼까요?"

유 의사가 말했다. 나는 케이지를 열고 고양이를 안아 올렸다. 녀석의 코가 집에 있을 때와는 또 약간 다른 모습이었다. 내가 고양이를 여러 마리 키웠던가. 아니면, 관음보살처럼 서른세 개의 모습으로 변신을 거듭하는 고양이를 키웠던가.

"그래, 착하지."

고양이의 모습을 보고도 유 의사는 전혀 겁내지 않았다.

"안녕."

자신을 쓰다듬는 의사의 손길에 고양이는 얌전히 두 눈을 감고 있었다.

"코가 언제부터 이렇게 됐나요?"

유 의사가 차분한 말투로 물었다.

"대략……."

익숙하게 만나오던 의사가 떠나고 없었으므로 나는 처음부터 다시 이야기해야만 했다.

"대략, 연기가 퍼지던 그때쯤이었을 거예요."

유 의사의 시선은 여전히 고양이에게 머물러 있었다. 고양이의 털은 병 때문에 빛깔이 칙칙해져 윤기를 잃은 지 오래였다. 하얗던 부분은 잿빛으로, 잿빛이던 부분은 얼마 안 남은 노인의 머리카락처럼 하얗게 세었다.

"요즘, 연기 때문에 병에 걸리는 사례가, 많아지긴 했죠."

유 의사는 신중하게 말을 골랐다.

"사람도 그렇고, 동물도. 모두가요."

나는 아무 말도 하지 않았다. 질병에 대해 아는 게 별로 없었다.

유 의사는 꼼꼼하게 고양이를 진찰했다. 고양이의 입과 눈꺼풀을 조심스레 열어보고, 귀를 뒤집어 살펴보았다. 목에서 가슴과 배, 그리고 허벅지 안쪽까지 살며시 눌러보기도 했요. 유 의사의 손길을 보고 있자니 나도 덩달아 고양이의 심장과 신장, 그리고 방광을 어루만지는 기분이 들었다. 메마르고 축 처진 채 탄력을 잃은 그것들을. 이어서 유 의사는 고양이의 꼬리를 들어 항문을 살폈다.

"아주 깨끗하네요."

유 의사는 그제야 고개를 들었다.

"관리를 아주 잘해주셨어요."

나는 애써 미소를 지어 보이다가 이내 마스크를 쓰고 있다는 걸 인지했다.

"감사합니다."

나는 말로 대신했다.

"이전 병력을 확인해 보았습니다. 연기 때문에 종양이 자란 게 맞네요. 워낙 전례가 없는 병이라 솔직히 말하면 딱 들어맞는 치료법이 없어요. 연기 성분이 무엇인지 알려진 게 없거든요."

유 의사는 일상에서 으레 겪는 일을 이야기하듯 여전히 평온한 말투였다.

"제가 해드릴 수 있는 건, 고양이가 최대한 삶의 질을 유지할 수 있도록 도와주는 것뿐이에요. 녀석도, 보호자 분도 너무 힘들지 않도록요."

나는 대답하지 않았다. 비슷한 이야기를 이미 수없이 들어온 터라 유 의사의 말이 옳다는 걸 알고 있었다. 유 의사는 나직한 목소리로 고양이에게 말을 건네면서 피하 수액을 놓았다. 그런 다음 영양제를 개봉해 작은 숟가락으로 조금씩 떠서 먹이기 시작했다. 고양이가 다가가 코를 킁킁대더니 탐색하듯 한 번 핥다가 이내 고개를 홱 돌려버렸다. 유 의사는 숟가락을 내려놓고 고양이의 등을 쓰다듬으며 몇 마디 말을 건넸다. 그런 뒤, 다시 숟가락을 고양이의 입가로 가져갔다. 그럼에도 고양이는 여전히 같은 반응이었다. 그렇게 같은 과정을 되풀이하는 둘의 모습을 나는 옆에서 가만히 지켜보았다.

"예전 의사 선생님들은 주사기를 써서 입가에 찔러 넣으셨어요."

"주사기를 쓰면 양 조절을 정확히 할 수 있고, 시간도 절약되니 좋죠. 하지만 지금 같은 경우에는 고양이의 감정이 더 중요하다고 생각해요."

유 의사의 얼굴에 미소가 떠올랐다.

"그렇지? 아가?"

사실 고양이는 이미 일곱 살이나 되었으니 조금도 어리지 않았다. 녀석이 우리 집에 왔을 때만 해도 이미 두 살이었으니까. 어느 동네에서 쓰레기를 먹으며 자라던 길고양이였다. 딱히 귀여운 생김새가 아니어서 그런지 두 살이나 되어서야 우리 집에 왔다.

삼십 분이 걸려서야 유 의사는 마침내 50밀리리터의 영양제를 모두 먹였다. 그러는 동안 나는 한쪽에 놓인 접이식 의자에 앉아 마스크를 내리고 천천히 물을 마셨다.

"죄송해요, 오래 기다리셨죠."

유 의사는 그제야 고개를 들었다.

"고양이는 위가 겨우 탁구공만 하거든요. 너무 급하게 먹이면 녀석이 힘들 거예요."

나는 마스크를 다시 올려 썼다.

"이해해요. 끝까지 잘 먹여주셔서 감사합니다."

"괜찮으시면, 다음 주에 다시 진료 보러 오세요."

유 의사가 나의 배를 힐끗 바라보았다.

"혹시 고양이를 데리고 올 다른 가족분이 계신가요?"

그간 한 번도 들어본 적 없는 질문이었다.

"제가 혼자 데리고 와도 괜찮아요."

"고양이는 영리한 동물이라 주인의 감정을 곧잘 알아채거든요."

유 의사가 고개를 끄덕였다.

"아픈 동물을 돌본다는 게 결코 쉬운 일은 아니죠. 혼자 너무 많이 짊어지지 않으셨으면 해요."

"감사합니다."

나는 진심을 담아 인사했다. 고양이도 지쳤는지 케이지 문이 열리자마자 제 발로 들어가서는 집으로 데려다주길 가만히 기다렸다.

"간호사가 택시를 불러줄 거예요. 차가 올 때까지는 대기실에서 쉬고 계세요."

유 의사가 진료실 문을 열어주었다.

"조심히 가세요."

유 의사가 나를 보며 미소 지었다. 누군가의 웃는 얼굴을 보는 게 참으로 오랜만이었다.

집으로 돌아와 케이지를 열어주니, 고양이는 익숙한 쿠션 자리로 들어가 잠이 들었다. 외출에 지친 모양이었다. 나 역시 마찬가지였다.

하지만 휴식 전에 반드시 해야 할 일이 있었다. 일단 마스크를 벗어서 봉투 안에 잘 넣은 뒤, 뚜껑 있는 쓰레기통에 던져 넣고 두 손을 깨끗이 씻었다. 그런 다음 옷을 갈아입고, 외출복은 곧바로 세탁기에 넣은 뒤 소독제를 붓고 세탁기를 작동시킨 후에야 쉴 수 있었다. 거리 위로 연기가 언제 나타나 또 언제 사라질지 알 수 없었다. 그럼에도 공기 중에 남은 입자들은 여전히 사방으로 흩날리며 옷감 사이사이와 사람의 머리카락, 모공 속까지 스며들었다.

연기가 언제 또다시 덮칠지 아는 사람은 없었다. 지난번, 고양이를 데리고 병원에 가다가 거리에서 낯선 무리를 마주친 적이 있었다. 들리는 말로는 질서 유지 임무를 맡은 자들이라고 했다.

"배가 잔뜩 불렀는데 길거리엔 뭐 하러 나오십니까?"

그들이 내게 물었다.

"산책하러요."

내가 대답했다.

"산책?"

그들은 나를 미친 여자 취급하며 머리부터 발끝까지 훑어보았다. 나는 구구절절 설명할 능력이 없었다. 만약 내가 '고양이에게 종양이 자라서 병원에 데려간다'고 말했다면, '지금 이 시국에 고양이 같은 건 챙겨서 뭐 하느냐'는 식의 대답이 돌아올 게 뻔했다.

"네, 산책 좀 하고 싶어서요."

"임신했으면 외출은 관둬요! 얼른 돌아가요!"

그들이 거듭 내게 말했다. 코를 찌르는 연기 냄새에 눈물이 줄줄 흐른 나머지 반박할 힘조차 없어서 그대로 자리를 떴다.

나는 커튼을 치고 소파에 널브러져 천장을 바라보았다. 바닷물에 떠밀려 뭍으로 올라온 물고기가 된 기분이었다. 지금 내가 할 수 있는 일이라곤 그저 기다리는 것뿐이었다. 또 다른 파도가 나를 물속으로 데려가 주기를. 고양이는 영양제 덕에 배가 고프지 않을 것이다. 나는 두 눈을 감고 억지로 잠을 청했지만 실패했다. 자궁 안에서 태아가 움직였다. 나는 다시 몸을 일으켜 두유 한 잔을 따라 억지로 넘겼다.

일주일 후, 나와 고양이는 다시 유 의사 앞에 섰다. 나는 여전히 마스크를 썼고, 유 의사는 여전히 얼굴을 드러내고 있었다.

"야옹이는 괜찮았나요?"

유 의사가 물었다.

"비슷한 것 같아요. 더 좋아지지도, 그렇다고 더 나빠지지도 않았고요."

"나빠지지 않았다니 좋은 소식이네요."

유 의사가 케이지를 열어 고양이를 안아 올렸다.

"아, 체중도 큰 변화는 없는 것 같고요."

　이어서 유 의사는 지난번과 마찬가지로 고양이의 몸을 손으로 진찰하기 시작했다. 고양이의 코는 타원형으로 변해 있었지만, 크기는 지난번과 비슷했다.

　"옆에 의자 있으니 일단 앉아 계세요."

　유 의사가 말했다. 그러고 보니 지난번에는 접이식 의자였는데, 이번에는 등받이가 있는 견고한 나무 의자로 바뀌어 있었다.

　"채혈은 안 해도 되나요?"

　내가 물었다.

　"아픈 동물에게 피는 아주 귀한 거라서요."

　유 의사가 손가락으로 고양이의 목을 살며시 눌렀다.

　"안 해도 된다면 굳이 하지 않습니다."

　나는 자리에 앉았다. 불현듯 피로감이 전신으로 퍼졌다. 진료실 형광등이 눈부신 백색광을 뿜어내며 모든 상처와 생체 변화를 적나라하게 비추었다. 그 강렬한 불빛 속에서 나는 정신을 놓지 않으려 애썼지만, 몇 번이나 졸다시피 했다.

　"방금 병원 오는 길에 택시 기사님이 길을 돌아서 가시더라고요. 앞쪽 길목에서 연기가 터졌다고 하셨어요."

　나는 어떻게든 잠을 이겨내 보려고 화젯거리를 찾았다.

　"맞아요. 병원 근처였어요."

　유 의사가 청진기를 집어 들었다.

　"10분만 일찍 도착하셨어도 아마 병원에 못 들어오셨을 거예요. 저희도 잠깐 셔터를 내렸었거든요."

"네?"

순간 정신이 번쩍 들었다.

"그렇게 심각했나요?"

"간호사가 연기 냄새를 맡고 곧바로 철제 셔터를 내렸어요. 진료실에는 아픈 동물들뿐이고, 입원 중인 아이들도 있거든요. 어떻게든 안전하게 지켜줘야죠."

말을 마친 유 의사는 청진기를 고양이 가슴에 대고 심장 소리와 호흡을 확인했다. 나는 그저 입을 가만히 닫았다. 그러자 물이 천천히 차오르는 것처럼 졸음이 다시 내 몸으로 흘러들었다.

"아주 좋아요."

나는 잠에서 깼다.

"숨소리는 깨끗하고요. 심장 박동이 약간 빠르긴 하지만, 아직 잡음은 없네요. 고양이가 애를 많이 써주고 있어요. 보호자님이 잘 돌봐주시기도 했고요."

의사의 말에 느닷없이 눈물이 쏟아질 것 같았다. 연기가 다시 들이닥친 듯한 착각이 들 만큼.

"이제 제가 영양제를 먹이겠습니다."

의사는 청진기를 내려놓았다.

"시간이 좀 걸릴 거예요."

"혹시 너무 번거롭게 해드리는 건 아닌지 모르겠어요. 저번에 시범을 보여주신 대로 제가 해볼 수 있을 것 같은데."

"못 하실까 봐 걱정돼서가 아니고요. 의사로서, 아픈 동물들이 밥 먹는 걸 보는 게 큰 기쁨이거든요."

유 의사가 테이블에 놓인 스탠드를 켠 뒤, 천장의 형광등 불을 껐다.

"잠시 편하게 쉬고 계세요."

그러고는 지난번과 똑같이 영양제를 먹이면서 고양이에게 다정하게 말을 건넸다. 그 낮은 음성 속에서 나는 속수무책으로 잠에 빠져들었다. 머리 위에서 등이 다시 켜질 때까지 꿈도 꾸지 않고 잤다.

나는 눈을 떴다. 유 의사가 고양이를 안고서 나를 바라보고 있었다. 손목시계를 보니 꼬박 사십오 분이나 자버렸다.

"정말 죄송해요"

허둥지둥 자리에서 일어났다. 허벅지 위에 있던 가방이 바닥으로 툭 떨어졌다.

"괜찮습니다."

유 의사는 볼품없이 허둥대는 내 모습을 못 본 척하며 고양이를 케이지 안으로 넣었다.

"충분히 잘 쉬는 건 보호자에게도, 고양이에게도 아주 중요한 일이에요."

"감사합니다."

나는 가방에서 쏟아진 물건들을 주섬주섬 챙기고는 고양이를 데리고 도망치듯 진료실에서 나왔다.

그렇다. 고양이가 아프기 시작한 후로 나의 수면은 얕아질 대로 얕아져 있었다. 내가 깊이 잠들어 있는 사이, 녀석이 죽어버리면 어쩌나 두려워서였다. 예전에 남편은 언제나 밤늦도록 일했다.

병원 업무는 너무나 과중했다. 낮에는 봐야 할 환자가 넘쳐나니 서류 작업은 밤에 처리할 수밖에 없었다. 남편은 매우 진지한 사람이어서 무언가를 생각할 때면 늘 미간을 찌푸렸다. 결혼 전에는 그게 훌륭한 성품이자 매력이라고 생각했지만, 결혼하고 나서 알았다. 매사 진지한 사람으로 인해 집안 분위기가 얼마나 굳어 버릴 수 있는지. 그때 나는 임신 초기여서 늘 피로에 시달렸다. 밤이면 마른 우물 속으로 곤두박질치듯 잠에 빠져들었다. 간혹 한밤중에 깨어나 보면, 작은 무드 등을 켜놓고 컴퓨터 앞에 앉아 일을 하는 남편이 보였다.

"나 때문에 깬 거야?"

남편이 물었다. 시선은 여전히 모니터를 벗어나지 못한 채.

"아니."

내가 대답했다.

"그냥 깼어."

"당신 먼저 자."

남편이 말했다. 시선은 여전히 나를 향해 있지 않았다. 나는 몸을 일으켜 침대 끄트머리에 웅크리고 있던 고양이를 안아 내 곁으로 데려왔다.

"고양이한테 있는 톡소플라스마가 태아에게 안 좋을 수 있어."

남편이 마침내 나를 바라보며 말했다.

"집에서 키우는 고양이는 날고기를 안 먹잖아. 괜찮아."

내가 대답했다.

"나도 아는데, 그냥 말해두는 거야."

남편의 관심은 다시 컴퓨터로 돌아갔다. 그렇게 나는 다시 몽롱하게 잠에 빠져들었다.

그땐 미처 몰랐다. 이름 모를 연기가 온 도시를 뒤덮게 될 거라는 걸. 남편이 동료들과 이 기이한 전조들, 이를테면 호흡기 질환이나 공황 장애, 우울증을 호소하는 환자들이 동시에 급증하고 있다는 사실을 두고 토론하고 있었다는 것 또한 나는 알지 못했다. 병원에서는 복도를 비롯해 화장실 앞까지 병상이 들어차고 있는데도, 경영진은 현장에 있는 의사들의 입을 막았다. 이 모든 사실을 나는 남편이 사라진 후에야 알았다.

하나둘 소문이 이어졌다. 다른 동네에서 정체불명의 가스가 나타나기 시작했다는 소문이었다. 아스팔트가 타오를 때처럼 코를 찌르는 냄새가 난다고도 했다. 아스팔트가 타오르는 냄새란 대체 어떤 것일까? 화산이 폭발할 때 흐르는 용암 같은 것일까? 아니면 솥 안에서 펄펄 끓는 기름 냄새와 비슷할까? 마침내 우리가 막 잠에 들려던 어느 날 밤, 창밖에서 갑자기 비명 소리가 들려왔다. 남편과 밖을 내다보니 묵직한 잿빛에 마치 구름 같은 탁한 기체가 우리 쪽으로 다가오고 있었다. 창가로 가니 수많은 바늘이 코와 눈을 사정없이 찌르듯 날카로운 냄새가 끼쳐왔다.

나는 기침이 나기 시작했다. 남편이 나를 끌어당기며 창문을 닫고 커튼을 쳤다.

"내가 나가볼게."

남편이 출근용 가방을 챙기며 말했다.

"지금?"

나는 깜짝 놀라 물었다.

“어딜 간다는 거야? 바깥에 저 연기 안 보여?”

“그러니까 병원에 가봐야지.”

어느새 남편은 현관 앞에 서 있었다. 그러다 돌아서서 내 뺨에 입을 맞췄다.

“걱정하지 마. 금방 돌아올게.”

흡사 연극의 한 장면 같은 그 행동에 나는 밤새도록 잠을 이루지 못했다. 그날 밤부터 나는 쉬이 잠들지 못했고, 고양이도 그때부터 아프기 시작했다. 고양이는 체구가 사람보다 훨씬 작으니 아주 적은 양의 연기에도 충분히 병에 걸릴 수 있었다.

나는 유 의사가 했던 방법대로 작은 숟가락을 이용해 고양이에게 밥을 먹였다. 그건 상상했던 것보다 훨씬 어려운 일이었다. 먹지 않으려고 버티는 동물은 돌덩이보다 더 요지부동이었으므로 나는 겨우 십 분 만에 입이 바싹 타들어 갔다.

“이거 네가 잘 먹던 통조림이잖아.”

나는 최대한 차분하게 이야기하려 애썼다.

“일단 한 번 먹어보자, 응?”

고양이가 고개를 돌려버렸다. 그러자 콧등 위에 달린 고름집이 흔들렸다. 고양이는 아마도 나의 태도가 진심이 아니라는 것을, 내 속에 담긴 조바심과 의구심을 느꼈을 터였다.

“먹어보라니까, 응?”

십오 분을 더 기다리다가 나는 포기했다. 고양이는 곧장 침대 옆으로 쪼르르 가서 볕이 잘 드는 자리에 누웠다. 창밖에 서서히 말라가고 있는 나무 한 그루가 보였다. 누렇게 변해가는 그 잎들이, 바스러질 듯 메말라 가는 그 잎들이 눈송이처럼 흩날리며 떨어지는 풍경을 가만히 바라보았다.

연기가 나타나지 않았더라면, 나무와 고양이의 생명이 조금은 더 길어졌을까? 나는 더 이상 생각을 이어갈 수 없었다. 언젠가 남편이 그랬다. '가정법의 질문은 현실에 아무런 도움이 되지 않는다'고.

창밖에서 경찰차의 사이렌 소리가 울리더니 빠르게 멀어져 갔다. 뱃속에서 태아가 꿈틀거리는 게 느껴졌다. 마치 자그마한 손으로 주먹을 쥐고서 나의 위를 '쿵' 친 것 같았다. 화장실로 달려가 보았지만, 아무것도 토해낼 수 없었다.

다시 진료실을 찾았을 때, 나는 유 의사에게 솔직하게 털어놓았다. 이번 주에는 고양이가 숟가락으로는 도저히 음식을 먹으려 하지 않았으며, 최소한의 에너지라도 낼 수 있게 하려니 어쩔 수 없이 주사기로 먹여야만 했다고.

"자책하지 않으셔도 돼요."
유 의사가 고개를 끄덕였다.
"보호자님 잘못이 아니니까요. 고양이 잘못도 아니고요."
순간 예고도 없이 눈물이 뚝뚝 떨어져 내렸다. 창밖에서 흩날리던 나뭇잎처럼. 유 의사는 나를 보지 않았다. 진료실 책상 위에 놓인 수건을 치우더니 도톰한 담요를 깔았다.

"날이 쌀쌀해지기 시작했으니까, 보온에 신경 쓰셔야 해요."
유 의사가 두 손을 비비더니 케이지에서 고양이를 안아 꺼냈다.
"지난번처럼 진찰하는 데 시간이 좀 걸릴 거예요. 의자에 앉아서 쉬고 계세요."
의자는 지난주에 있던 나무 의자였는데, 이번에는 등받이에 쿠션이 놓여 있었다. 해바라기 도안이 다소 촌스러웠지만 왠지 낯설지 않았다. 나는 등받이 깊숙이 허리를 기대 의자에 앉아서 고양이를 바라보았다. 일주일에 꼬박 한 번은 이렇게 방관자의 위치에서 다른 사람의 품에 안긴 나의 고양이를 바라볼 수 있다. 녀석의 코는 오늘 아침에 보았던 모습과 또 달라 보였지만, 그래도 생각보다는 덜 고통스러운 듯했다.
"체중이 조금 줄었네요. 체중이 변하는 요인은 여러 가지가 있어요. 숫자는 참고일 뿐이고, 고양이의 전체적인 컨디션이 제일 중요하죠. 이번 한 주 동안 녀석이 어떻게 지냈나요?"
"음……."
나는 애써 기억을 더듬어 보았다.
"대체로 안정적이었어요. 가끔 슈퍼마켓에 파는 싸구려 사료를 먹으려고 해서 그냥 먹게 둔 적도 있고요."
"그게 맞아요. 치료라는 게 병이 나은 다음 삶을 누리려고 하는 건데, 그 치료 과정이 너무 고통스럽다면 그건 본말이 전도된 거잖아요."

나는 고개를 끄덕였다. 사실 유 의사의 말이 귀에 잘 들어오지 않았다. 마음이 다른 데로 붕 떠 있었다.

"그럼, 보호자님은요?"

유 의사가 불현듯 내게 물었다.

"보호자님은 이번 한 주 어떻게 지내셨어요?"

"저는······."

뭐라고 대답해야 할지, 또 어떻게 하면 대답을 피할 수 있을지 떠오르지 않았다. 유 의사는 충분히 신뢰할 수 있는 사람이었다. 다만, 나 스스로 너무 경솔하게 굴고 싶지 않았다.

"마스크 벗고 싶으시면 벗으셔도 돼요. 숨쉬기가 더 편하실 거예요."

"고맙습니다. 어젯밤에는 저도 고양이처럼 통조림을 먹었어요."

나는 유 의사의 말대로 마스크를 벗으며 살짝 미소를 지었다. 솔직히 말하면 입맛이 없어서였다.

"음식이 들어가면 그걸로 된 거예요. 몸이 자기가 필요한 게 뭔지 알려주거든요."

"다들 임신부는 영양 보충을 잘해야 한다고 하잖아요? 임신한 고양이도 잘 챙겨 먹여야 하는 것처럼."

"임신한 고양이에게 영양보다 더 중요한 건 안정감이에요. 그래서 고양이들도 새끼를 낳을 때가 되면 자신이 안전하다고 느끼는 곳으로 가죠."

"저는 지금 이 도시가 안전한지 잘 모르겠어요."

나는 용기 내어 말했다.

"제가 잘 못 먹고, 잠도 잘 못 잔다는 걸 남들이 알까 봐 두렵기도 해요. 태아를 위해서라도 몸을 잘 챙겨야 한다고 다들 그러니까요."

"몸을 잘 챙겨야 하는 건 맞죠."

유 의사가 웃음을 지었다.

"임신 여부와는 상관없어요. 먹고 싶은 게 있으면 드세요. 마음이 편한 게 제일 중요하니까요."

유 의사가 고양이를 안더니 턱을 긁어주었다. 고양이는 기분이 좋은지 '그릉그릉' 소리를 냈다. 잠시 침묵이 흘렀다. 진료실의 에어컨이 '웅웅' 하고 낮은 소리를 냈다.

"솔직히……."

나는 목을 가다듬었다.

"선생님은 최근에 일어난 일에 대해 어떻게 생각하세요?"

"전 동물 병원 의사일 뿐인걸요."

유 의사가 웃음을 지었다.

"동물 병원 의사도 의사잖아요. 어차피 인간도 포유류인걸요."

유 의사가 고개를 숙여 고양이에게 입을 맞췄다. 고양이는 변형된 코를 살짝 실룩거리기만 할 뿐, 딱히 거부하지 않았다.

"지난주에 퇴근하는데, 연기가 자욱한 공중에서 참새 한 마리가 툭 떨어지더라고요."

마치 오래된 농담을 건네듯 유 의사가 이야기했다.

"인도 한복판에 뚝 떨어졌는데, 그게 마침 제 몇 걸음 앞이었어요. 얼른 달려가 봤더니 약하게나마 숨이 남아 있더라고요. 그래서 손으로 들어 올린 다음, 부리 속에 바람을 불어넣어 봤어요.

혹시 살릴 수 있을까 싶어서."

"어떻게 됐어요?"

"제 손 위에서 숨이 끊어졌죠."

유 의사가 고양이의 등을 쓰다듬었다.

"의사가 신이 아니라는 걸 알아요. 그런데도 그 순간 어찌나 화가 나고 슬프던지."

나는 유 의사를 바라보며 화내고 슬퍼했을 그의 얼굴을 상상해 보았지만, 왠지 잘 그려지지 않았다.

"저는……."

나의 이야기를 꺼내보기로 했다.

"연기가 심했던 날, 밤에 남편이 외출한 뒤로 아직 돌아오지 않았어요."

유 의사가 나를 바라보았다.

"그 사람도 선생님처럼 의사거든요. 사람을 치료하는 의사…… 그날도 병원에 가야 한다고 했어요."

그날 밤의 연기를 나는 지금도 기억한다. 마치 심해 같았다. 도시 전체가 그대로 가라앉아 버린 듯했다.

"제가 아는 분이 아니라서 남편분의 결정에 왈가왈부할 수는 없지만, 마음은 알 것 같네요."

나는 잠시 침묵했다.

"전 화내고 슬퍼했을 선생님 모습이 상상이 안 돼요."

나는 애써 화제를 돌렸다. 유 의사가 빙긋 웃었다.

"그럴 만합니다. 진료실 안에서와 진료실 밖에서 저는 다른 모습이니까요."

"비슷한 말을 남편도 했었는데. 어쩌면 저는 남편을 제대로 이해한 적이 없나 봐요."

"이해."

유 의사는 쌉싸름한 올리브를 입에 머금은 것처럼 두 글자를 반복했다.

"보호자님은 고양이를 사랑하세요?"

너무 당연한 질문을 한다는 생각에 나는 약간 당황했다.

"사랑하죠."

"그럼, 고양이의 마음을 이해할 수 있으세요? 말하자면, 보호자님이 먹이고 싶은 음식을 어떻게든 고양이가 먹게 만들 수 있으세요?"

나는 대답할 수 없었다.

"고양이를 많이 사랑하시는 거 알아요."

유 의사가 손으로 고양이의 배를 어루만졌다.

"사랑과 이해는 간혹 아주 다른 영역이기도 하죠."

나는 유 의사가 고양이를 진찰하는 데에 집중할 수 있도록 잠시 침묵했다. 의사의 손길 속에서 고양이는 한결같이 평온해 보였다.

"이해는 인지적인 측면의 일입니다. 이성의 영역에 속하죠."

유 의사가 불쑥 내게 물었다.

"보호자님은 고향이 여기인가요?"

잠시 멈칫한 끝에 '여기'가 '이 도시'를 의미한다는 걸 알았다.

"네."

"저도요."

유 의사의 손이 고양이의 꼬리로 옮겨갔다.

"전 이곳이 이렇게 변할 거라고는 한 번도 상상해 본 적이 없어요. 어쩌면 제가 태어난 곳을 제대로 이해해 본 적이 없었는지도 모르죠."

그날 밤, 창밖의 야경을 가만히 바라보았다. 구불구불 이어지는 육교는 야경을 가로지르는 강물 같았고 주홍색의 헤드라이트 불빛은 강물 위를 어른대는 촛불 같았다. 뉴스만 보지 않는다면, 세상일에 눈과 귀만 닫는다면, 이 도시는 여전히 이토록 아름다운 곳이었다. 연기가 나타나지 않았더라면, 남편과 나는 평온한 일상을 보내고 있었을 것이다. 출근하고 퇴근하고 아이가 태어나길 기다리면서. 나중에는 아이를 학교에 보내고, 하굣길에 마중을 나가고, 아이가 자라 출근하고 퇴근할 때까지……. 하지만 지금 나는 아이의 장래를 걱정한다. 고양이를, 남편의 안위를 걱정한다. 심지어는 이 모든 걱정이 그저 임신으로 인한 호르몬 변화 탓은 아닐까 걱정한다. 사실 내가 임신했다고 했을 때, 누구도 기뻐해 주는 사람이 없었다. 다들 일단은 몇 초간 굳어 있다가 머뭇대며 "축하해요"라고 건네곤 했다. "연기가 있네요"라고 할 때와 똑같은 말투로.

나는 당장 내일을 어떻게 보내야 할지도 상상할 수 없었다. 가정법의 질문은 현실에 아무런 도움이 되지 않는 법이니까.

거울에 비친 고양이의 모습이 유리창에 비쳤다. 내 옆에 웅크리고 앉아 나처럼 창밖의 풍경을 바라보고 있었다. 기이하게 변해 버린 코가 육교 뒤에 있는 고층 빌딩 위로 겹쳤다. 마치 엽서에 그려진 풍경 속의 높다란 산처럼.

"고양이랑 같이 야경을 봤어요, 한 십오 분쯤이요. 그러고 나서 다시 음식을 먹여봤어요."

"잘 되던가요?"

"아뇨."

나는 무겁게 한숨을 내쉬었다.

"안 먹더라고요."

그때, 고양이는 유 의사 손에 들린 작은 숟가락에 얼굴을 묻고 영양제를 홀짝이고 있었다.

"왜 실패한 걸까요?"

나는 유 의사가 그럴듯한 해결책을 제시해 주길 기다리며 재차 물었다. 유 의사는 고양이를 가만히 바라보며 미소만 지었다.

나는 얌전히 기다렸다. 대략 오 분쯤 흘렀을까. 고양이가 마침내 영양제를 다 먹고는 고개를 돌리더니 발로 얼굴을 닦았다.

"왜 실패하셨을까요?"

유 의사가 나를 바라보며 말했다.

"솔직히 말하면, 저도 잘 모르겠어요."

어쩐지 마음에 들지 않는 대답이었지만, 딱히 뭐라고 대꾸해야 할지 떠오르지 않았다.

"선생님이 지난번에 사랑이 곧 이해는 아니라고 하셨죠."

나는 항변하듯 말을 이었다.

"저는 한때 제가 사랑에 대해 잘 안다고 생각했어요. 매일 고양이에게 밥을 먹이고 털을 빗겨줬죠. 매일 남편이 출근할 때면 옷을 챙겨주고, 밥을 할 때도 영양을 골고루 챙기고 색감의 조화까지 따졌으니까요.”

“정말 잘하셨네요.”

“하지만 모든 게 제 뜻대로만 되지 않네요. 고양이도 굶어 죽을지언정 저를 거들떠보지도 않잖아요. 실패한 보호자 같아요.”

말을 내뱉고 나서야 내가 너무 당돌했다는 생각에 아차 싶었다. 유 의사는 수의사일 뿐, 심리 상담사가 아닌데. 실수했다는 생각에 수치스러운 나머지 눈물이 쏟아졌다.

“감정을 털어놓아 주셔서 감사합니다.”

유 의사는 책상 위에 있던 티슈를 내게 건넸다.

“지난번에도 말씀드렸지만, 보호자의 기분은 고양이 건강에 직접적인 영향을 끼쳐요. 감정을 쏟아내는 건, 보호자님에게도 고양이에게도 좋은 일이죠.”

나는 울고 싶었지만, 목이 메어 소리도 못 내고 코만 풀었다.

“고양이가 선생님이 계신 이곳을 집보다 더 편안해하는 것 같네요.”

나는 애써 웃으며 말했다.

“걱정하지 마세요. 그렇다고 고양이를 빼앗아 가진 않습니다.”

유 의사는 따듯한 물에 적신 작은 수건으로 고양이의 얼굴을 닦아주었다.

“고양이를 기르는 건, 세상에서 제일 바보 같은 일이에요. 고양이는 고마워할 줄도 모르고, 주인을 존중하지도 않고, 주인과 같이 놀아주지도 않거든요. 심지어 주인을 사랑해 주지도 않죠.”

나는 유 의사의 말이 농담인지 진담인지 분간할 수 없었다.

“진심으로 하는 말입니다.”

유 의사는 마치 내 생각을 꿰뚫고 있는 듯했다.

"수의사도 의사인지라 혹독한 훈련을 받아요. 이성, 절차, 그리고 규칙을 따르도록 교육받죠. 진료실에서만이 아니라 일상에서도 마찬가지예요. 의사에게 사랑의 구현이란, 곧 질서와 판단인 겁니다."

나는 잠시 생각에 잠겼다.

"외람된 말이지만, 선생님을 보니 제 남편이 떠올라요."

나는 속내를 털어놓았다.

"어디 한번 들어볼까요."

유 의사는 나의 말에 그다지 놀라는 기색이 없었다.

"남편 집안은 대대로 의사예요. 어릴 때부터 아버님은 자식을 엄격하게 가르치셨죠. 예를 들면, 아는 사람한테 아쉬운 소리 한 번만 하면 아들을 선망하던 미션 스쿨에 보낼 수 있었는데도 끝끝내 실력으로 들어가야 한다고 고집하셨으니까요."

"네."

"남편은 초등학교 때부터 온갖 과외 활동에 시달렸어요. 바이올린부터 영어 회화, 그림 그리기까지…… 지금도 어머님은 불평하시죠. 당신은 아버지라는 사람이 너무 모질다고, 의사이니 고개 숙이는 환자들은 물론이고 연줄은 또 얼마나 많냐고 하시면서요. 그러면 아버님은 콧방귀부터 '흥' 뀌시고는 마지못해 대꾸하세요. 사람은 함부로 원칙을 깨서도 안 되고, 또 함부로 남에게 신세를 져도 안 된다고요."

"네."

"그래서인지…… 제 남편도 고지식한 사람이에요. 후배들을 타이를 때 보면, 말투가 아버님이랑 판박이더라고요."

"그렇다면."

유 의사가 고개를 끄덕이더니 말을 이었다.

"보호자님은 그런 삶의 태도가 마음에 드시나요?"

"아니요."

나는 지체하지 않고 대답했다.

"하지만 부러워요."

"왜요?"

"남편이 불면증을 겪는 걸 본 적이 없거든요. 신혼 때, 당신은 어떻게 그렇게 머리를 대자마자 잠들 수 있냐고 물어본 적이 있어요. 그 사람 말이, 의사는 언제나 머리가 맑아야 한대요. 그러려면 잠을 충분히 자는 게 최선이라고 하더라고요. 졸업 논문 주제도 '수면과 통증의 상관관계'였대요."

"아주 거창한데요."

나는 어깨를 으쓱해 보였다.

"그래서인지 남편은 잠 못 드는 환자들에게 유독 동정심을 보이고, 수면제 처방을 아끼지 않았어요. 연애 초기에 대화 주제가 '양질의 수면을 취하는 방법'이었다니까요."

유 의사가 '하하' 하고 웃음을 터뜨렸다.

"일찍 일어나고 일찍 자는 방법부터 꿈을 덜 꾸는 방법, 렘(REM)수면의 리듬을 잘 유지하는 방법, 그리고 집중하는 방법부터 잡생각을 줄이는 방법까지."

나는 불현듯 웃음이 나왔다.

"'잠을 푹 자지 못하는 사람은 긍정적인 감정을 느끼기가 어렵고, 일상에서 닥치는 여러 문제 또한 감당해 낼 힘이 없다', 남편이 한 말이에요."

"저도 같은 생각이에요."

유 의사가 고개를 끄덕였다.

"보호자님은 어떻게 생각하세요?"

"그땐 한창 사랑에 빠진 여자였으니 당연히 남편 말을 따랐죠."

"하하."

우리는 잠시 침묵했다.

"연기가 나타나기 전까지만 해도 저는 제가 남편을 속속들이 다 알고 있다고, 그 사람을 사랑하고 있다고 생각했어요."

나는 또 한 번 어깨를 으쓱했다.

"제가 고양이한테 그랬던 것처럼요."

나는 병원에서 고양이를 데리고 나온 다음 근처 쇼핑몰에 가서 육아용품을 바리바리 사 들고는 택시를 탔다. 하지만 사거리쯤 다다랐을 때, 차는 더 이상 나아가지 못했다. 앞뒤로 미니버스부터 이층 버스, 승용차까지 꽉꽉 들어차서 오토바이조차 지나갈 틈이 없었다.

"앞쪽 도로가 봉쇄됐네요."

기사가 말했다.

"연기 때문에요."

"아."

우리는 십 분 정도 가만히 기다렸다. 차창 밖에서는 버스 승객들이 줄지어 내리더니 인도로 올라서고 있었다. 점차 사람들이

차도로 쏟아져 나왔다.

"내리시겠어요?"

기사가 백미러로 나를 바라보며 물었다.

나는 쇼핑백을 팔에 끼고 차에서 내렸다. 차 몇 대를 가로질러 인도로 비집고 올라가 새까만 인파를 따라 걸었다. 이곳은 도심 한복판, 평소 익숙하게 다니던 거리였다. 앞쪽에 백화점과 은행 본점이 인접한 사거리에 지하철역이 있었다. 그러나 여기서부터 는 더 이상 앞으로 나아갈 수가 없었다.

연기로 봉쇄된 구역 언저리에 우리가 있었다.

평소 같았으면 온갖 차량이 오고 갔을 사거리가 이제는 사람 하나 없이 텅 비어 있었다. 일부 그곳에 남아 있는 사람들도 있었 지만, 나는 다른 사람들을 따라 목적 없이 오른쪽으로 발길을 돌렸다. 걷다가 뒤를 돌아보는데, 문득 남편과 결혼 전에 교외로 소풍을 갔던 기억이 떠올랐다. 드넓은 공원 잔디밭에서 사과도 먹고 뛰어다니기도 하다가 풀들이 바람에 엎드리는 모습을 지켜 보기도 했었다. 그때의 세상은 그토록 광활하고 푸르르며, 또 아 득했다. 마치 눈앞의 이 텅 빈 공간처럼.

"아가씨."

나는 고개를 돌렸다.

"얼굴빛이 안 좋아 보이시는데, 도와드릴까요?"

검은 야구 모자에 검은 마스크를 쓴 젊은 청년이었다. 마른 체구에 키가 원체 커서 고개를 들어야만 그의 눈을 볼 수 있었다.

고양이 케이지를 들고 있던 오른손이 살짝 저려와서 왼손으로 바꿔 들었다.

"연기 냄새가 나서요."

"맞아요. 빨리 다른 데로 가시는 게 좋겠어요."

"그럴게요."

고양이를 생각해서라도 서둘러 집에 가야 했다.

"그쪽은요? 혼자예요?"

"전 괜찮아요. 여기 남아서 뭐라도 도울 일은 없는지 보려고요."

"하지만……."

순간 기침이 나왔다. 인파에 밀려 몸이 저절로 앞으로 움직였다. 마지막으로 뒤를 돌아보았을 때, 검은 야구 모자는 연기 속으로 사라져 갔다.

그날 저녁, 나는 무사히 집으로 돌아왔다. 현기증도 없고, 피가 나거나 다친 곳도 없었다. 심지어 나를 위한 저녁까지 간단히 차렸다. 그러나 정작 식탁 앞에 앉으니 식욕이 조금도 돌지 않았다. 텔레비전 뉴스에서 아까 지나온 그 거리에 연기가 덮쳤다가 사라졌다는 보도가 나왔다. 마치 젊은 청년과 나누었던 대화처럼 모든 게 환각처럼 느껴졌다.

텔레비전을 끄고 손도 안 댄 밥과 반찬을 냉장고에 넣은 뒤 설거지를 했다. 수도꼭지에서 쏟아지는 찬물이 수세미 위에서 거품을 만들어냈다. 투명하고 풍성한 거품이 손바닥에서 솟아오르자 마치 주방에 꿈을 만들어내는 신선이라도 나타난 것 같았다. 인공적인 향이 퍼지기 시작했다. 세제는 라벤더 향이었고 낮에 육아용품점에서 맡았던 것과 똑같았지만, 쇼핑백에 담긴 아기 옷들에는 연기가 이미 배었을 것이다.

순간, 메스꺼움이 치밀었다. 설거지물로 가득 찬 싱크대에 손을 담그고서 차가운 물로 마음을 진정시켜 보려고 애썼다. 그러나 결국은 목 놓아 울고 말았다.
"이번 주는 좀 괜찮아졌나요?"
유 의사가 물었다.
"고양이가 뭘 좀 먹던가요?"
"조금요."
나는 쓸쓸하게 웃어 보였다.
"세 끼 중에 한 끼 정도는 제가 주는 걸 먹었어요."
"그럼 아주 잘된 거 아닌가요?"
유 의사는 마치 초등학생을 격려하듯 말했다.
"그럼, 보호자분은요? 입맛이 좀 돌아왔나요?"
"음…… 조금 나아진 것 같아요."
"아주 잘됐네요."
유 의사가 흡족한 얼굴로 고개를 끄덕였다.
"보호자님 자신을 위해서 드셨으면 좋겠어요. 고양이나 아이를 위해서 말고."
"차이가 있나요?"
"자신을 위해서 먹으면, 밥맛이 더 좋죠."

나는 웃음이 나왔다. 유 의사도 함께 웃었다. 그런 다음 고양이의 체중을 쟀다.

"지난주와 같네요. 현 상태를 유지하는 것도 쉬운 일이 아닌데 말이에요."

고양이는 의사의 말을 알아듣기라도 한 건지 안 그래도 종양에 눌려 작아진 눈을 가늘게 뜨고서 의사를 바라보았다.

"고관절이 지난번보다 뻣뻣해졌어요."

유 의사가 고양이의 허벅지를 만져보았다.

"마사지를 해봅시다."

"마사지요?"

내가 물었다.

"먹고 있는 약이 이미 많잖아요. 약 먹이는 과정 자체가 고양이나 보호자에게 스트레스가 되니, 다른 방법이 있다면 서로가 좀 더 편해질 것 같아서요."

나는 수의사가 동물을 마사지해 주는 걸 본 적이 없었다. 새로운 것에는 언제나 적응이 느린 편이라 나는 그저 침묵만 지켰다. 유 의사가 고양이의 네 다리를 천천히 돌리기 시작했다. 앞다리부터 시작해 뒷다리 순으로 이어졌다. 오른쪽 뒷다리 차례가 되자 고양이가 거부 반응을 보이며 크게 울었다.

"이쪽 다리가 아픈 모양이네요. 혹시 집에서 고양이가 돌아다니는 걸 본 적 있으세요?"

애써 기억을 더듬었지만 생각나지 않았다. 왜지? 하루 종일 집에만 있었는데. 그 어디든 나간 적도, 또 나갈 수도 없었는데.

"동물이 오래 앓다 보면 움직임이 적어지니까 관절에 불편함이 생기는 건 당연해요. 그러니 자책하실 필요는 없습니다.”

유 의사가 고개를 들어 나를 바라보았다.

“이리 와서 직접 해보세요.”

“제가요?”

“네.”

유 의사는 여전히 나를 바라보고 있었다.

“고양이의 가족이잖아요.”

나는 고양이의 오른쪽 뒷다리에 손을 올렸다.

“허벅지 관절을 돌려보세요, 아주 살살.”

“아파하지 않을까요?”

“그럴 수도 있죠. 고양이와 조금씩 호흡을 맞춰 가시면 돼요.”

나는 숨을 한 번 들이마신 뒤, 고양이의 허벅지와 몸통이 맞닿은 부위를 만지며 천천히 돌려보았다. 그 순간, 고양이가 고통스러운 듯 ‘야옹’하고 울었다. 나는 후다닥 손을 뗐다.

“조금 겁이 나요.”

나는 솔직하게 털어놓았다.

“두려움을 마주하는 것도 배워야 해요. 자, 이제 손바닥을 따뜻할 때까지 비빈 다음에 고양이가 아파하는 부위에 대보세요.”

나는 두 손을 가슴 앞으로 가져가 위아래로 힘껏 비볐다.

“이 정도면 될까요?”

나의 물음에 유 의사가 손을 뻗더니 나의 손목을 잡고 조심스럽게 고양이의 허벅지 위에 올려놓았다. 그의 손이 참 따뜻했다. 고양이의 동맥이 뛰는 게 느껴졌다. 콩, 콩.

"손바닥이 따뜻한 게 느껴지세요?"

"네."

나는 대답했다.

"그리고 고양이가 아파하는 것도 느껴져요…… 뼈 쪽이 시린가 봐요."

"호흡을 차분히 유지해 보세요."

유 의사가 손을 거두었다.

"고양이가 보호자님의 리듬과 맥박을 느끼고 있을 거예요. 보호자님이 차분해지면, 고양이도 고통을 견뎌낼 겁니다."

고양이의 몸을 부드럽게 쓰다듬으며 속으로 생각했다. '무서워하지 마, 우리는 널 사랑해.'

그러는 와중에도 어딘가 한구석은 헛헛하고 겁이 났지만, 그 마음이 결코 거짓이 아니라는 것만은 분명했다.

병원을 나서는 길, 문득 유 의사와의 만남도 이번이 마지막일지 모른다는 생각이 스쳤다. 다음 주면 고양이가 이미 세상에 없을지도, 어쩌면 유 의사가 이곳을 떠날지도 모른다고. 유 의사는 자신이 알고 있는 모든 것을 이미 내게 알려주었으니까. 거리에는 여전히 사람들이 마스크를 쓴 채 내 곁을 빠르게 스쳐 지나갔다. 가게 쇼윈도에 비친 그들의 그림자가 어렴풋하면서도 생생했다.

집에 도착해 고양이가 나올 수 있도록 케이지를 열었다. 녀석의 가벼운 걸음걸이를 보니, 직전까지만 해도 힘겹게 걷던 모습이 떠올랐다. 이제 녀석은 처음 우리 집에 왔던 날처럼 현관 복도에서 거실 소파까지 곧장 걸어가서는 그 위로 폴짝 뛰어올랐다.

소파에 남편이 누워 있었다.

잠든 남편의 코 고는 소리가 사방을 울렸다. 매우 고단했던 모양이었다. 어쩐지 야윈 것도 같았고, 머리카락도 좀 더 자라 있었다. 턱을 뒤덮은 거뭇한 수염 자국 때문인지 얼굴이 수척해 보였다.

나는 제자리에 우두커니 서서 그를 깨워 무슨 말이라도 하고 싶었지만, 입이 떨어지지 않았다. 고양이가 남편의 가슴 위로 폴짝 올라가 한 바퀴를 빙 돌더니 몸을 둥그렇게 말고서 편안히 잠에 빠졌다. 녀석의 종양이 마치 제자리를 찾았다는 듯 남편의 쇄골 쪽으로 기울어졌다.

마스크를 벗고 식탁 의자에 앉아 잠이 든 남편과 고양이를 가만히 바라보았다. 태아가 양수 속에서 출렁이는 게 느껴졌다. 창밖으로 연기가 아주 느리고도 농밀하게 움직이고 있었다. 아무도 모르는 비밀과 저주를 품은 채, 도시의 하늘을 통째로 집어삼키면서.

무심수면 無心睡眠

잠 못 드는 밤

무심수면 無心睡眠

아침 식사 시간, 남편에게 물었다.

"당신, 못 들었어?"

"뭘?"

남편이 물었다.

"아니야."

나는 미소를 지었다. 잊고 있었다. 남편은 한 번 잠들면 화산이 폭발해도 모를 만큼 깊은 잠에 빠진다는 걸.

"잠이라도 좀 더 자."

집을 나서기 전, 남편이 말했다.

"어차피 할 일도 없잖아."

매일 아침, 남편이 내게 하는 말이다. 다들 가정주부는 늘 시간이 남아도는 줄 안다. 마치 빨래가 제 발로 빨랫줄에 기어 올라가고, 그릇이 저 스스로 씻기라도 하는 줄 아는 모양이다. 나는 개가 마실 물을 새로 갈아주고 아침에 쓴 컵과 접시를 설거지한 뒤, 침대 시트를 갈고 세탁기를 돌린다. 그런 다음 바닥과 창문, 방 안 구석구석을 닦는다. 때마침 세탁기가 멈추면 빨래를 널고, 마른빨래를 걷어 다림질한다. 나는 매일 이 일들을 바지런히 해치우며 나에게 쉴 틈을 주지 않는다. 집안일이 끝나면 마트에 가서 장을 본 뒤 엄마가 먹을 음식을 준비해야 한다. 요양원에 음식을 가져다주는 것은 매일 내가 해야 하는 일과였다.

개가 베란다 앞에 납작 엎드려 나의 노동을 지켜보고 있었다.

"들었어요?"
고개를 돌리자 두 명의 중년 여성이 서 있었다.
"나는 못 들었는데, 몇몇 이웃들이 들었다더라고요."
나에게 한 말인 줄 알았는데 아니었다.
"그러게요. 나도 못 들었는데, 어떤 사람은 시끄러워서 잠도 못 잤다던데요."
"여자 목소리라고 했죠?"
"그렇대요. 엄청 날카로운 소리였대요."
계산대 앞에는 아직 두세 명이 더 있었다. 나는 장바구니로 시선을 돌렸다. 아보카도, 오트밀, 호박, 식빵 그리고 감자. 몸이 안 좋은 엄마는 치아가 하나도 없어서 음식은 간 없이 죽 같은 형태로 만들어야 했다. 맛은 없겠지만 다른 것을 먹일 수는 없었다.
계산을 마치고 서둘러 마트에서 나왔다. 집으로 돌아가 잠깐 눈을 붙였는데 그사이 꿈을 꿨다. 아무 소리도 나지 않는, 오로지 칠흑 같은 어둠 속에 문 하나만 보이는 꿈이었다. 문이 열리기도 전에 잠에서 깨버렸다.

"할머니, 국 드셔야지."

데이지가 국을 한 숟가락 떠서 엄마 입에 넣었다. 국물이 입가로 흘러내리자, 데이지는 가제 손수건을 들어 닦아주었다.

"잘 드시네."

엄마는 예상대로 국을 넙죽넙죽 다 받아먹었다.

"아침에는 뭐 드셨어요?"

내가 데이지에게 물었다.

"빵이랑 주스요."

데이지는 잠시 생각하더니 덧붙였다.

"죽도 반 그릇 드시고요."

공기 중에는 각질, 배설물, 그리고 머리카락 냄새가 배어 있었다. 요양원에서 가장 비싼 1인실인 데다가 데이지가 방을 깨끗하게 청소했는데도 어쩔 수 없었다.

"할머니, 사모님이 보러 오셨네."

데이지가 자리에서 일어나 엄마의 머리를 빗기며 말했다.

"사모님이요. 할머니 따님."

엄마가 고개를 들더니 데이지를 바라보았다.

"저쪽이요."

데이지가 나를 가리켰다.

"저쪼옥."

엄마가 데이지의 손을 잡더니 치아 없이 쭈글쭈글해진 입을 벌리며 소리 없이 웃었다. 엄마는 한참 전부터 나를 알아보지 못했다. 그날 이후, 엄마의 세상은 기대라는 것이 사라진 채 매우 평온해졌다.

"속 터지게 하시네."

데이지가 따라 웃었다. 데이지는 언제나 민소매 차림을 즐기면서도 겨드랑이 털을 깎지 않았다. 나는 고개를 다른 쪽으로 돌려버렸다.

"이건 엄마 저녁이에요."

나는 보온병을 가리키며 말했다.

"어제저녁에는 엄마가 얼마나 먹었어요?"

"채소는 남기셨죠오, 사모님."

데이지는 말꼬리를 늘이는 버릇이 있었다.

"씹지를 못하시니까."

"채소는 꼭 드셔야 해요."

나는 자리에서 일어났다.

"오늘 저녁에는 잘게 잘라서 주세요."

"알겠어요오, 사모님."

"엄마 잠들면 퇴근하시고요."

"네에, 사모님."

요양원을 나오는데 갑자기 피로가 극도로 몰려와 돌아가는 택시 안에서 깜빡 졸았다. 그래서였을까. 그날 밤, 또 잠이 오지 않았다. 여전히 남편은 폭주하는 오토바이처럼 시끄럽게 코를 골아댔다. 나는 아예 거실로 나와 소파에 누웠다. 개가 나를 보더니 슬그머니 다가왔다. 어둑한 와중에도 녀석의 밝은 두 눈이 또렷하게 보였다.

1년 전, 마을 입구의 쓰레기장에서 우연히 만난 개였다. 당시 내 손바닥보다 살짝 컸는데, 부슬비가 내리는 길가에서 덜덜 떨고 있었다. 어미를 잃어버렸거나 혹은 주인에게 버려진 것 같았다. 나는 그 자리에 서서 녀석을 한참 바라보다가 외투를 벗어 녀석을 감싸 안고 집으로 데려왔다. 귀가한 남편은 개를 보더니 나처럼 그 자리에 우두커니 서서 개와 나를 차례로 바라보다가 아무런 말없이 개의 존재를 받아들였다. 나는 개에게 이름을 지어주지 않았다. 개가 이름을 갖고 싶어 할까? 인간의 집에서 사는 걸 좋아하는지 그조차도 모르겠다. 나는 동물을 그다지 좋아하지 않는다. 다만 그 순간에는 다른 선택지가 없다는 생각이 들었다. 주위를 오가는 사람들 중, 아무도 녀석을 보지 못했으니까. 나만 빼고.

"안녕."
나는 녀석의 머리를 쓰다듬었다.
개는 언제나 조용하고 얌전했다. 그런데 녀석이 갑자기 고개를 들더니 베란다 쪽을 응시했다. 마치 뭔가를 발견한 듯이. 나는 몸을 일으켜 개의 시선을 따라 걸음을 옮겼다. 새벽 2시, 바깥에는 홀로 선 가로등이 그림자도, 사람도 없는 아스팔트 길을 비추고 있었다.

나는 베란다 유리문에 커튼을 치고, 이불을 들어 서재 바닥에 대충 깔고 누웠다. 잠들기 직전, 내 입에서 새어 나오는 한숨 소리를 들었다.

"어젯밤에 또 왔다나 봐요."

마을버스를 기다리고 있을 때였다.

"들었어요?"

내 뒤에서 누군가 말했다.

"나는 못 들었는데, 우리 막내아들이 들었나 봐요. 무서워서 잠을 못 잤대요."

한참을 기다렸다.

"이 동네에 귀신 들린 거 아니에요?"

버스는 여전히 보이지 않았다.

"에이, 설마요."

길가에 흙먼지가 날렸다.

"정신 나간 사람 아닐까요? 왜, 그 미친 사람들 있잖아요."

나는 맞은편 도로를 바라보았다.

"가능성이 없는 것도 아니죠."

사람들이 오고 갔다.

"누가 알겠어요."

개는 보이지 않았다. 나는 걸어서 집에 가기로 했다.

결혼 후, 이 동네에 살면서 처음 걸어보는 길이었다. 황혼이었다. 날은 흐리고 석양은 없었다. 백색의 똑같이 생긴 주택들이 눈앞에 이어졌다. 오른쪽에는 바다가 있었다. 영화에 나오는 낭만 가득한 해안이 아니라 제방 위로 비닐봉지와 맥주캔, 담배꽁초 따위가 널려 있고 짠 내와 쓰레기 냄새가 진동하는 변변찮은 해안이었다. 머리 위에서 개 짖는 소리가 들려왔다. 고개를 드니 저층 베란다에서 푸들 한 마리가 허공을 향해 의미 없이 짖고 있었다. 모든 게 영원할 것만 같던 그때, 기어이 그 사람이 나타났다.

"새댁, 장 봤나 보네?"

나는 뒤로 한 걸음 물러서며 예의상 미소를 지었다.

"안녕하세요."

레이 여사가 비시시 웃었다. 희끗희끗하고 복슬복슬한 머리 때문인지 인자해 보였다.

"새댁은 참 날씬해."

레이 여사가 자상한 눈길로 나를 훑어보았다. 마치 나를 직접 빚어내기라도 한 사람처럼.

"어쩜 결혼하고도 살이 안 쪄! 우리 때 먹던 피임약은 먹을수록 살이 붙던데 말이야."

"저는……."

나는 입을 떼려다 말았다. 굳이 남에게 나의 피임법까지 보고할 의무는 없다고 속으로 되뇌면서.

"내 말은, 새댁이 복이 참 많다는 얘기지."

레이 여사가 한숨을 내쉬었다.

"찬 선생도 사람이 얼마나 좋아…… 두 사람이 애를 낳으면 보나마나 순둥이일걸."

모퉁이를 두 번만 돌면 집인데, 어쩐지 걷고 또 걸어도 멀게만 느껴졌다.

"우리 아들놈처럼 되지는 말아야지."

레이 여사가 또 한숨을 쉬었다.

"이 녀석이, 또 돈을 달라고 하잖아."

"아……."

조금도 새삼스러울 게 없는 이야기라 나는 대충 얼버무렸다.

"이번에는 사업을 하니 뭐니 하면서 돈이 필요하다나."

레이 여사가 눈가를 쓱 훔쳤다.

"그러니 새댁은 얼마나 팔자가 좋아."

나는 굳이 반박하지 않으려 애썼다. 사실 반박할 말도 딱히 떠오르지 않았다. 레이 여사 역시 나를 비난할 의도는 아니었을 테니까.

식료품과 생필품이 든 봉지를 잔뜩 끌고 드디어 집에 도착했다. 문을 닫고 들어오자마자 소파 위로 엎어졌다. 개가 다가오더니 쿵쿵 냄새를 한번 맡았다. 마치 살아있는지 확인이라도 하는 것 같았다. 우선 녀석의 밥을 줘야 했다. 그런 다음에는 장 본 것을 냉장고에 넣어야 한다. 하지만 몸을 움직일 수가 없었다. 소파에 그대로 누운 채, 남편이 퇴근할 때까지도.

"어머니는 요즘 어때?"

남편이 물었다.

"비슷하지, 뭐."

나는 전기포트를 뚫어지게 바라보았다.

"그래."

남편이 토스트를 들고 나가자, 물이 다 끓었다. 나는 커피 한 잔을 타서 남편을 따라갔다.

"어제 레이 여사를 만났어."

나는 남편에게 말했다.

"뭐?"

"레이 여사님 말이야."

남편은 휴대폰에 시선을 고정한 채 토스트를 입에 넣었다. 음식을 먹으며 다른 일을 동시에 하는 동물이 자연계에 또 있을까? 아마 없을 것이다. 문득 호주의 쿼카가 떠올랐다. 잎을 손에 쥐고 냠냠 먹는 모습이 언제나 행복해 보이는 녀석이다. 쿼카는 다큐멘터리에서만 볼 수 있는 생물이었다.

"잘 지낸대?"

남편이 물었다. 내 말을 듣긴 한 모양이었다.

"아들이 또 돈을 빌려달라고 했대."

"이번엔 또 뭐 때문에?"

"사업."

"하."

남편이 웃었다.

"다음엔 또 사업 실패했다고 하겠네. 아니면 동업자한테 사기당했다거나."

"너무 야박하게 그러지 마."

내가 말했다.

"레이 여사님도 불쌍한 사람이야."

"응."

남편이 휴대폰을 내려놓더니 입을 닦았다.

"이번 주말에는 내가 시간 있으니까 장모님한테 가볼게. 당신은 좀 쉬어."

"아무거나 막 먹이면 안 돼."

나는 남편에게 주의를 주었다. 남편이 나간 뒤, 나는 소파 위에 널브러져 베란다 앞에서 아침을 먹고 있는 개를 바라보았다. 벌써 몇 주째 산책을 시키지 못했다. 너무 피곤했다. 일어난 지 얼마 안 되었는데 이미 지칠 대로 지쳐 있었다.

엄마가 뜬금없이 말했다.

"아이스크림 먹고 싶어."

"아이스크림?"

나는 데이지에게 시선을 돌렸다.

"이게 무슨 이야기예요?"

"아이스크림 먹고 싶어."

엄마가 같은 말을 반복했다.

"안 돼."

내가 말했다.

"찬 거 드시면 안 돼."

"아이스크림 먹을래."

엄마의 목소리가 점점 커졌다.

"아이스크림 먹을 거야."

"안 된다니까."

나는 고개를 떨구고 가방을 챙겼다.

"토마토랑 감자, 두부 넣고 푹 끓여 왔으니까 오늘 저녁밥은 다 드셔야 해."

"아이스크림 먹는다고!"

엄마가 손에 쥔 숟가락을 허공에 대고 휘둘렀다. 데이지가 빼앗으려 하자 엄마가 데이지를 밀쳐냈다.

"아이스크림 먹을 거야! 아이스크림 먹는다고!"

엄마가 입에 있던 음식을 나에게 '퉤' 하고 뱉었다.

"네가 날 여기 가뒀지! 사람 불러다 감시하게 만들고! 허구한 날 돼지죽 같은 거나 먹이고!"

말문이 턱 막혔다.

"할머니, 이러지 마셔어."

데이지가 엄마 입에서 나온 것들을 부랴부랴 닦아내더니, 그 입을 닦았던 가제 손수건으로 내 옷을 닦으려 했다. 나는 데이지의 손을 확 밀어냈다.

"그만 좀 해!"

포효하듯 소리치는 나의 목소리가 귀에 들어왔다.

"정도껏 해야지! 아이스크림 먹으면 병난다고! 기침하다 죽는다니까!"

"넌 내가 죽길 바라잖아! 진작부터 바라고 있었잖아!"

엄마가 방문을 향해 숟가락을 휙 집어 던졌다. 그 바람에 문을 열고 들어오던 간호사가 하마터면 숟가락에 맞을 뻔했다.

"무슨 일이에요?"

간호사가 나와 엄마를 차례로 바라보았다. 누구도 대답하지 않았다.

"두 분이 막 싸우셔요."

데이지가 한숨을 쉬었다.

"할머니랑 따님이요오."

나는 그 난장판을 간호사와 데이지에게 던져둔 채, 숨이 막히기 직전에 거리로 뛰쳐나왔다. 눈앞에 하나둘 지나가는 버스를 보며 저기로 뛰어들면 어떨까, 상상했다. 그것만이 내가 잠들 수 있는 유일한 방법이었다.

"오늘 도로에서 개 한 마리를 봤어."

저녁을 먹으며 남편에게 말했다.

"네이선 로드[1]에서."

"네이선 로드?"

남편이 볶음면을 입에 넣으며 물었다. 면을 대충 볶는 것 말고는 더 차릴 기운이 없었다.

"응. 요양원 앞 도로에서 이층 버스 옆을 따라 막 달리는 거야. 내가 잘못 본 줄 알았다니까."

---

1 Nathan Road. 홍콩 구룡 지역의 중심 도로로, 홍콩에서 가장 번화한 거리 중 하나다.

“진짜 잘못 본 거 아니야?”

남편은 믿지 않는 눈치였다.

“혹시 오토바이였거나?”

“그럴 리가, 개랑 오토바이를 헷갈릴 리가 없잖아.”

애써 기억을 더듬어 보았다.

“검은 잡종견이었어. 피부병으로 털도 좀 빠져 있고.”

“그런데 개가 어떻게 네이선 로드에 나가 있어?”

“어쩔 수 없는 사정이 있었겠지. 사람한테 쫓겼다거나.”

나는 어떻게든 설명해 보려 했다.

“아니면, 자살 시도였거나.”

“동물이 자살을 해?”

“어쩌면 살려고 도망치던 걸지도 몰라. 끔찍한 현장에서.”

남편은 젓가락을 내려놓고 나를 바라보았다. 내가 헛것을 본 게 아닌지 확인하려는 사람 같았다.

“장모님은 어떠셔?”

별다른 게 없어 보였는지 남편은 화제를 돌렸다.

“비슷하지, 뭐.”

나는 잠시 생각하다 다시 입을 열었다.

“또 발작하고 난리였어.”

“노인들 치매 걸리면 성격 나빠진다더라.”

“엄마는 원래 그랬어.”

“장모님이 당신을 못 알아보니까 그럴 거야.”

“아니, 날 알아봤어.”

나는 확신했다. 엄마는 나를 증오한다. 내가 엄마를 증오하듯

이. 그건 눈앞에 보이는 볶음면보다 더 명백한 사실이다.

그날 밤, 또 잠이 오지 않았다. 개에게 목줄을 채웠더니 개가 얌전히 나를 따라나섰다. 문을 열자, 개가 고개를 밖으로 내밀더니 '킁킁' 하고 바깥 공기를 확인했다. 안전하다 싶었는지 나를 힐끗 바라보았다. 나가자는 뜻으로 줄을 가볍게 당기자, 집을 나서는 녀석의 두 눈이 흥분한 기색으로 반짝거렸다.

"미안해."
나는 개에게 말했다.
"맨날 집에만 가둬놔서."
내 말을 알아듣는 건지 녀석의 발걸음이 가벼워졌다. 거리에 사람 하나 보이지 않는 깊은 밤이었다. 나는 개와 함께 동네 끝자락으로 향했다. 소리가 점점 선명해지고 있었다. 나올 때부터 이미 마음의 준비를 한 데다가 개와 함께였으므로 나는 계속 앞으로 걸어나갔다.
새벽 3시, 길을 따라 드문드문 불 켜진 창문이 있었다. 이 울음소리 때문인지도 몰랐다.
저 멀리, 해안가 끝에서 한 중년의 여자가 돌의자에 앉아 울고 있었다. 축축한 공기 속에서 여자의 흐릿한 실루엣은 마치 바닥에 늘어진 걸레처럼 보였다. 나는 개와 함께 멈춰 섰다.
여자가 몸을 돌리더니 나를 바라보았다. 놀라는 기색이 전혀 없었다.
"당신 귀신이야?"

내가 물었다.

“당신 때문에 다들 잠을 못 자고 있어.”

여자는 아무런 말이 없었다. 어쩌면 귀신일 수도, 어쩌면 아닐 수도 있었다.

“벌써 몇 날 며칠을 밤마다 울고 있잖아.”

나는 넌지시 말을 이었다.

“이제 그만 가. 자신을 놔줘. 그리고 우리도. 귀신이라면 가서 환생을 해, 인간 세상에 미련 두지 말고.”

“당신은 귀신이 안 무서워?”

여자가 물었다. 어슴푸레한 가로등 아래여서 얼굴이 또렷하게 보이지 않았다.

“업보가 두렵지도 않아?”

“산다는 것 자체가 업보인데.”

나는 웃으며 대답했다.

“더 무서울 게 뭐가 있어?”

여자가 불현듯 나를 향해 달려들었다. 내가 어떻게든 버티고 서 있는 사이, 개가 소리 없이 나와 여자 사이를 막아섰다.

“내가 뭘 잘못했는데?”

여자는 개 앞에 멈춰서서 단호하게 물었다.

“도대체 내가 뭘 잘못했는데?”

“당신은 잘못 없어.”

나는 다시 입을 열었다.

“잘못은 다른 사람들이 했지.”

여자가 멈칫했다. 나의 말을 곱씹는 것 같았다.

"당신의 그 고통은 결국 자신이 선택한 결과일 뿐이야. 아냐?"

나는 여자를 도발하듯 말했다. 악의를 담아서.

"뭐가 어째?"

여자의 목소리가 한껏 높아졌다. 그 순간, 개가 여자를 향해 짖어댔다. 나의 개가 짖는 소리를 들은 건 그때가 처음이었다. 개가 앞으로 달려드는 바람에 나까지 넘어질 뻔했다. 개는 매우 격분해 있었다. 마치 오래전에 헤어진 원수를 드디어 만났다는 양 털을 꼿꼿이 곤두세운 채 이빨을 드러냈다.

"안 돼."

당황한 나는 목줄을 세게 잡았다. 광분한 야수와 줄다리기하는 심정으로.

"그만해."

간신히 정신을 차리고 보니, 여자는 어느새 온데간데없이 사라졌다. 개에게 놀라 도망친 것 같았다. 개는 일순간 평온을 되찾더니 바닥에 쪼그리고 앉았다. 아무 일도 없었다는 듯이.

나는 개를 끌어안고 목 놓아 울었다.

주말이 되어 남편이 나 대신 요양원에 가려고 나섰다.

"장모님한테 뭐 가져다드릴 거 있어?"

나는 가만히 생각하다가 대답했다.

"아이스크림."

"아이스크림?"

남편은 약간 놀라는 눈치였지만, 더는 묻지 않았다.

"참, 어제 레이 여사를 봤어. 찻집에서."

"그래? 그분이 차 마신다는 얘긴 처음이네."

“그런데 여사님은 날 못 봤어.”

남편이 오트밀을 보온병에 담았다.

“아들이랑 같이 계시더라.”

“그래?”

남편보다 더 놀란 건 사실 나였다. 나는 레이 여사가 늘 아들을 피해 다니는 줄 알았으니까.

“꽤 즐거워 보이더라, 레이 여사님.”

남편이 운동화를 신었다.

“아이스크림은 바닐라 맛? 아니면 초콜릿?”

나는 대답하지 않았다.

“당신은 좀 더 자. 점심으로 뭐 먹을지 전화해서 알려주고.”

굳게 닫히는 대문처럼 졸음이 ‘쾅’ 하고 나를 세상 밖으로 밀어냈다. 그렇다, 수면. 나는 그 속으로 아주 깊이 빠져들어 가고 싶었다. 꿈 하나 없이.

침대 위로 몸을 던졌다. 눈이 감기기 직전, 개가 조용히 내게 다가왔다. 나를 밖으로 내보내 줘, 개가 말했다. 햇빛을 보게 해줘.

황금 가지와 옥 같은 잎

금지옥엽 金枝玉葉

집 근처에 버려진 공터가 하나 있다. 민간 주택 단지와 공공 임대 주택 단지 사이에 놓인 그 공터는 사방이 철조망으로 둘러싸여 있었다. 철조망 뒤로는 무성하게 자라난 잡초와 이름 모를 나무가 있었는데, 모기와 벌레가 들끓는가 하면 길고양이가 지나다니기도 했다. 개도 있었다. 순둥이처럼 나를 향해 이빨을 드러내며 웃던 검은 강아지였다. 간혹 멧돼지가 나타난다는 소문도 있었다. 어느 고요한 여름밤, 그곳을 지나다 보면 꽃향기가 코끝으로 훅 끼쳐오곤 했다. 은은하면서도 그윽한 게 백란 같기도, 꽃생강 같기도 했는데 그 향은 마치 어디선가 굵고 기다란 몸짓으로 행인들을 향해 넉살 좋게 손을 흔드는 것 같았다. 남편에게 "이게 무슨 꽃이지? 향이 좋네" 하고 물으면 남편은 '밤늦게 귀가할 때는 향이 난다는 말은 하면 안 된다'고 했다.

"부정 타."

남편은 말했다.

"떠도는 혼을 불러들이는 거야."

남편은 내게 언제나 향기 없는 꽃을 선물했다. 이를테면 해바라기나 카네이션 같은.

나는 그 향의 이름을 말할 수 없었다. 마치 여자의 이름을 말할 수 없는 것처럼. 실은 처음부터 여자의 이름을 들어본 적이 없었다.

어머니의 입에서 여자는 그저 '그 여자'였고, 좀 더 자세히 말하면 '우리 동네에 사는 그 여자'였다. '우리 동네'란 어머니가 살고 있는 공공 임대 아파트 단지다. 매일 아침, 어머니는 연배가 비슷한 아주머니들과 함께 단지 내 광장에 있는 벵골보리수 아래에서 태극권을 했다. 콘크리트 숲속에서 그 벵골보리수는 유난히 커 보였다. 드넓은 수관이 하늘을 절반이나 뒤덮은 데다, 공기뿌리가 줄기를 빽빽하게 둘러싸고 있어 흡사 하나의 왕국 같았다. 이파리 사이사이로 바람이 불어 들어서 그곳은 아주머니들이 아침 운동을 하고 땀을 식히며 수다를 떨기에 딱 좋은 곳이었다.

그 여자도 며칠은 태극권을 했다고 어머니는 말했다. 하지만 며칠 못 가 놀이터 쪽으로 갔다고 했다. 그쪽 사람들은 태극권 대신 부채춤을 췄다. 그 여자는 부채춤 무리와 수다를 떨었다.

한 번은 어머니와 시장에서 장을 보는데, 어머니가 갑자기 팔꿈치로 나를 툭 쳤다.

"어, 저 사람이 그 여자야."

어머니의 시선을 따라가 보니, 저만치 계단에서 한 여자가 올라오고 있었다. 솔직히 말하면 지극히 평범한 중년 여자였다. 어깨까지 내려오는 파마머리에 알록달록한 머리띠, 가느다란 테의 안경이 눈에 들어왔다. 화장기 없는 얼굴은 팔자 주름 때문에 입꼬리가 축 처져 보였다. 여자는 살구색과 주황색, 초록색이 뒤섞인 얇은 망사 재질의 상의를 걸치고 있었다.

계단을 오르는 발걸음과 함께 여자의 얼굴이 점점 위로 올라왔다. 얼핏 보면 비장해 보이기도 했는데, 다시 눈을 깜빡이고 보니 좀 전의 그 평범한 모습이었다. 아파트 단지 내에서 마주치는 여느 여자들과 비슷했다.

전에는 나도 그 단지에 살았었다.

"우리 동네 그 여자 말이야."

어머니가 그 여자 이야기를 시작했다. 종종 드는 생각인데, 어머니가 만약 송나라 때 태어났다면 저잣거리 이야기꾼으로 살았을 것이다.

"어떤 여자?"

나는 능숙하게 받아쳤다. 무더운 날이었다. 우리 집에는 송나라 저잣거리에 있을 법한 나무 그늘이 없었기에 대신 에어컨을 켰다. 만약 나도 송나라 때 태어났다면, 바가지 머리에 코를 훌쩍거리며 길거리에서 이야기가 시작되기만을 기다리는 아이였을지도 모른다.

"나도 다 건너 들은 얘기야. 그 여자하고 몇 번 마주친 게 전부라니까."

일단 어머니는 선부터 그었다. 나는 갓 마른빨래를 개면서 어머니의 이야기를 들었다.

"그 여자 말이야, 실은 아침 운동을 한동안 같이 했거든. 그 여자가 우리 동네 사람들이 운동하는 걸 보더니, 며칠 나와서 같이 하더라고. 근데 웡 여사한테 그러더래. 한 2년간 선전深圳[1]에 가서 마사지를 못 받았더니 온몸이 찌뿌둥해 죽겠다나."

"원래 마사지 받으러 선전에 많이들 가잖아."

나는 아이 양말을 뒤집으며 대꾸했다. 아이는 늘 양말을 벗으면 뒤집힌 그대로 세탁기에 던져 넣었다.

"그냥 건전한 마사지가 아니래도."

어머니는 너무 순진하다는 듯 나를 보았다.

"웡 여사한테 그랬다는 거야, 거기 젊은 남자들이 힘이 어찌나 좋은지 서비스가 끝내준대."

"아……."

가만히 생각해 보면, 가격이 싸다는 게 가장 큰 이유일 듯했다.

"솔직히 뭐 하러 굳이 남한테 그런 이야기를 해."

"어디 그뿐인 줄 아니."

역시 어머니는 뜸 들이는 데 일가견이 있다.

"사실은 남편도 있대. 친정 엄마랑 딸이랑 다 같이 산다더라고. 근데 그 남편도 참 팔자가 기구해. 중풍으로 쓰러져서 휠체어 신세라더라."

"아……."

나는 바지 주머니에서 푹 젖은 휴지 뭉치를 꺼냈다. 부스러기

---

1 홍콩과 맞닿은 중국 도시. 1980년 중국에서 최초로 경제특구로 지정되었으며 이후 급속히 성장하여 상하이, 베이징과 함께 중국의 주요 도시가 되었다.

가 옷에 묻지 않아서 다행이었다.

"아니, 근데 그 여자가 아예 외간 남자를 집으로 불러들였다는 거 아니니. 그것도 식구들 다 사는 그 공공 임대 아파트에다가."

"세상에."

나는 약간 놀랐다. 이 정도면 제법 훌륭한 청중이다.

"그럴 거면 차라리 이혼을 하지? 남편이 너무 괴롭잖아."

"어휴, 말로는 자기가 남편 수발들어야 한다나 뭐라나. 이것도 건너 들은 얘긴데, 한 번은 저녁 먹고 다 같이 TV를 보는데, 그 여자가 갑자기 그 남자를 방으로 부르더래. 그 안에서 무슨 짓을 하는지 문을 딱 걸어 잠그더라나."

"그건 좀……."

"그러니까 말이야. 딸이 길길이 날뛰었다잖니."

"딸이 몇 살인데?"

"중4[1]야. 다 컸지."

나는 이 모든 이야기가 너무나도 기이한 치정극처럼 느껴진 나머지, 그렇게 사적인 이야기들이 어떻게 밖으로 새어 나오는 건지 묻지 못했다. 중4인 여자아이가 그런 이야기를 동네에 떠들고 다녔을 리도 만무하고, 이야기에 의견을 섞고 살을 붙이는 것이 이야기꾼들의 전통이었으니까.

"근데 나중에는 그 여자가 그 남자를 쫓아내 버렸대."

"왜 또?"

---

1 홍콩의 중등 교육은 6년 과정으로, 초급 중학(Junior Secondary) 3년과 고급 중학(Senior Secondary) 3년으로 나뉘어 있다. 중4는 한국의 고등학교 1학년에 해당하는 학년이다.

"그 남자가 그 여자 남편을 때렸대. 그랬더니 '내가 널 집에 들인 건 들인 거고, 내 남편을 때리는 건 용납할 수 없다'고 그랬다나."

"아……."

나는 잠시 말을 곱씹었다.

"그럼 그렇게 막돼먹은 여자는 아니네……."

"그렇게 볼 수도 있지."

어머니가 고개를 끄덕이며 내 말에 딱히 반대하지 않았다. 나는 빨래를 다 개고서 고개를 들었다.

"시간 다 됐네. 아이 데리러 가야겠다."

"아."

어머니는 어쩐지 일어날 생각이 없어 보였다.

"집으로 데려올 거니?"

"아니, 학원 가야지."

"숙제가 너무 많은 것 같더라."

"어쩔 수 없어."

더 이상 긴말을 하고 싶지 않았다. 요즘 초등학교 교육 과정이 얼마나 복잡한지 어머니는 모를 터였다. 사실 나조차도 이해가 안 되니까.

"그럼 이만 간다."

어머니가 몸을 일으켰다.

"오늘은 손주 얼굴 좀 보나 했더니."

사실 하교 시간까지는 아직 삼십 분이 남아 있었다. 나는 보통 집에서 일찍 나와 근처 차찬텡[1]에 앉아 있다가 가곤 했다.

"여기!"

얼굴이 가무잡잡한 남자 몇 명이 한쪽에 앉아 있었다. 근처에 한창 철거 중인 주택 단지가 있었다. 조만간 번지르르한 호화 주택이 들어설 거라고 했다. 남자들은 그 철거 현장에서 일하는 인부들로, 이 가게 단골이었다. 나는 그들을 알아볼 수 있었다.

"밀크티 시킨 지가 언젠데, 여태 깜깜무소식이야."

그중 한 남자가 눈을 가늘게 뜨고는 지나가던 여성 종업원을 훑으며 말했다.

"왜 내 것만 이렇게 오래 걸리는 거야?"

"아유."

종업원은 고개도 안 돌리고 대꾸했다.

"그쪽은 원래 남들보다 '오래' 걸리잖아, 안 그래?"

남자들이 동시에 웃음을 터뜨렸다. 이 가게에서 이런 음담패설은 메뉴판의 일부나 마찬가지다. 말하자면, 세트 메뉴 A에 딸려 나오는 스페셜 음료 같은 것이랄까.

"아이스 레몬티, 얼음 적게, 시럽 빼고."

종업원이 내 앞에 레몬티를 내려놓았다.

"이따 아이 데리러 가?"

"네."

---

1 茶餐廳. 차와 음식(찬)이 함께 한다는 의미로, 홍콩식 서양 요리를 즐길 수 있는 식당이다. 간단한 차와 디저트, 값싼 음식들을 판다.

나는 살짝 웃으며 고개를 끄덕였다.

"벌써 많이 컸지."

호박색의 레몬티 뒤로 비즈 장식이 박힌 오프숄더 상의가 반짝거렸다.

"참 착하더라, 아들내미."

"고마워요."

나는 고개를 끄덕였다. 육아 전문가들이 그랬다. 누군가 아이를 칭찬하면, 부모는 굳이 겸손 떨 필요 없이 감사하다고 대답하면 된다고. 그래야 아이의 자존감이 높아진다고.

"누님, 오늘따라 파인애플 번이 왜 이렇게 커?"

남자들이 또 시끄럽게 굴기 시작했다.

"그 주둥이 좀 틀어막으라고 큰 걸로 골랐지!"

"아무리 큰다 한들 누님 것만 하겠어!"

남자는 종업원이 대꾸하기도 전에 웃겨 죽겠다는 듯 폭소를 터뜨렸다. 나는 계산대 뒤에 있는 여사장을 힐끗 쳐다보았다. 여사장은 돈을 세느라 이쪽은 보지도 않았다.

매일 이 삼십 분은 나 혼자만의 시간이었다. 세상 어떤 일도 나와 무관해지는 유일한 시간.

날이 하루가 다르게 더워지고 있었다. 단지 내에는 꽃들이 만개했다. 아프리카 튤립나무의 꽃봉오리는 위로 치솟은 불꽃 같았고, 병솔나무와 부겐빌레아는 축축한 공기 속에서 소리 없이 터지는 폭죽 같았다.

그러나 지금 나는 언제나 일정한 온도로 유지되는 슈퍼마켓에서 어머니와 함께 쌀을 사고 있다.

"슈퍼마켓은 시장보다 비싸도 너무 비싸다니까."

어머니가 수프가 든 통조림을 집어 들었다.

"시장에서는 12홍콩달러면 사는데, 여기는 16홍콩달러나 하네. 너무 차이 나잖아."

어머니가 말하는 시장은 단지 맞은편에 있는 축축하고 퀴퀴한 곳이었다. 물건이 어찌나 많은지 내가 이름도 알 수 없는 것들을 수두룩하게 팔았다.

불현듯 뒤에서 "좋은 아침!" 하는 소리가 들려왔다. 돌아보니 어머니의 아침 운동 멤버인 응 여사님이었다.

"안녕하세요, 응 여사님."

내가 그분의 성姓을 제대로 부른 게 맞기를 바랐다. 엄밀히 말하면, 남편의 성이겠지만.

"딸내미 좀 봐."

응 여사가 어머니의 어깨를 툭 치며 말했다.

"정말 효녀가 따로 없다니까!"

"얘가 착하긴 하지."

어머니가 대답했다. 육아 전문가의 조언 같은 건 들어본 적이 없는 사람이다.

"참, 그 얘기 들었어? 그 여자 친정 엄마 얘기?"

응 여사가 방실방실 웃으며 물었다.

"알지."

어머니가 과자를 한 봉지 집어 들더니 자세히 들여다보았다.

"웡 씨한테 들었어."

“진짜 말세라니까.”

웅 여사는 기대했던 반응이 아니어서 약간 김이 샌 모양이었다.

“그래서 난 굳이 묻지도 않았어.”

어머니가 과자를 내려놓고 다른 과자를 집어 들었다.

“세상에 별사람 다 있어.”

웅 여사가 머쓱한 듯 자리를 떴다.

“저 웅 여사도 남 얘기하는 거 참 좋아해.”

“그래?”

나는 대충 대꾸했다.

“남들 얘기 다 듣고 나면, 꼭 캐묻는다니까. 손주 녀석 성적은 어떻냐, 학교는 명문이냐 아니냐.”

어머니가 과자 봉지를 내게 건넸다.

“여기 돼지기름 들었나 봐봐.”

“이건 버터 스콘이잖아. 버터가 들었겠지.”

“제대로 봐봐, 애가 좋아하는 거야.”

어머니는 스콘을 카트에 넣었다.

“아니, 글쎄, 동네 사람들이 그 여자 친정 엄마한테 그랬단다. 집에 다른 남자 못 들이게 딸 좀 말려 보라고.”

“아.”

나는 과자를 집어 들고 뒷면에 적힌 영양 성분표를 살펴보았다. 지방이 너무 많았다.

“그랬더니 그 친정 엄마가 뭐라고 했는 줄 아니?”

나는 통밀로 만들어진 다른 과자를 집어 들었다.

“뭐라고 했다는데?”

나는 서술자가 이끄는 대로 순순히 응하면서 카트를 진열대 반대쪽으로 밀었다. 뒤에서 누군가가 엿듣고 있을지도 모르는 일이다.

"그 친정 엄마가 이랬단다. '흥! 그러게, 젊고 팔팔한 우리 딸을 제대로 만족시켜 줬어야지!'"

나는 그 노부인의 솔직함에 감탄했다.

"나중에 들은 얘긴데, 그 친정 엄마가 마작을 그렇게 좋아한단다. 허구한 날, 동네 남자들을 꼬드겨서 판을 벌이는데 자리에만 앉으면 옷을 쑥 내려서 가슴을 다 내보인다는 거야. 남자들이 거기에 정신 팔려서 돈을 몽땅 잃는대."

"근데 그분도 나이가 꽤 많지 않아?"

"예순이 넘었지! 사내놈이란 그런 거야. 마다할 리 없잖니?"

어머니는 내가 세상 물정을 모른다고 생각했는지 그쯤에서 이야기를 멈추었다. 진열대 뒤에는 그다지 관련 없어 보이는 할아버지 한 분이 서 있었다. 그분은 상상도 못 했을 것이다. 나의 어머니가 할아버지 자신과 같은 무리들을 이렇게 싸잡아 평가하리라고는.

나는 그 여자의 이야기를 줄곧 기억하고 있었다. 그러다 훗날, 시장에서 그 여자와 대화를 나누게 되었다. 정확히 말하면, 또 한 번 그 여자의 청중이 되었던 날이다.

그날은 더할 나위 없이 어느 평범한 오후였다. 아이의 하교 시간을 기다리며 차찬텡에 앉아 있었다. 비즈로 장식된 상의를 입던 종업원은 보이지 않았고, 대신 화장기 없는 어느 여자가 있었다. 질끈 묶은 머리에 커다란 눈, 그리고 입가에 매력적인 점이 하나 있었는데, 어딘가 좀 무뚝뚝했다. 남자들은 언제나 그랬듯 주문을 받고 음식을 내오는 여자를 힐끗 한 번 보다가 조용히 입을 다물었다.

차찬텡을 나서는데, 마침 여사장이 외출을 마치고 돌아왔다. 약간 화장기 있는 얼굴로 내게 고개를 숙이며 웃어 보였다. 시장 길목에는 목면화가 통꽃 그대로 떨어져 축축한 바닥에 가득 널려 있었다.

시장 엘리베이터 문이 열렸다. 엄마가 말하던 '그 여자'와 한 남자가 안에 있었다. 뇌가 상황을 인지하기도 전에 나는 엘리베이터에 올랐고, 문이 닫혔다.

두 사람은 대화를 나누고 있었다. 아이 교육과 관련된 내용인 것 같았다.

꼭대기 층에 도착하자 나, 남자, 그리고 여자 순으로 엘리베이터에서 내렸다. 남자는 다른 방향으로 향했다. 그때, 나는 여자를 슬쩍 바라보았다. 때마침 여자도 나를 보고 있었다.

"요즘 교육 제도가 참 모순이 많아요."

여자가 말했다.

"네."

"솔직히 애들이 허구한 날 이렇게 공부만 해서야 되겠어요. 실컷 놀기도 하고 운동도 좀 하고 세상 구경도 해야지."

"맞아요."

나는 여자의 말에 진심으로 동의했다.

"세상이 달라졌잖아요. 무작정 열심히만 할 게 아니라 왜 노력해야 하는지 스스로 생각을 해봐야지.”

“그럼요.”

그 말에 나는 반박할 이유가 없었다.

“실컷 놀아봐야 자기가 뭘 좋아하는지도 알고 말이에요.”

“네, 네.”

나는 최대한 예의를 지키려 했다.

“다들 의사, 변호사만 하겠다고 하니, 원……”

여자가 불현듯 나를 한번 쳐다보더니 어깨를 으쓱하고는 돌아서서 가버렸다. 나의 접대용 미소를 눈치챈 모양이었다.

집으로 돌아가는 길, 나는 아이와 철조망 너머에 있는 공터 옆을 지나고 있었다. 여태껏 그곳에 길고양이가 웅크리고 있다고 생각했는데, 이제 보니 녹슨 철통이었다.

그 후로도 나는 그 여자와 몇 번 마주쳤다. 여자는 더 이상 내게 말을 걸지 않았다. 마치 아무 일도 없었던 것처럼.

어느 날 밤, 집에 가는데 또다시 그 꽃향기가 코끝에 닿았다. 태풍 전야라 그런지 바퀴벌레들이 길바닥 위를 정신없이 기어다니고 있었다. 행여라도 내 다리 위로 기어오를까 봐 까치발을 하고 빠르게 걸었다. 후덥지근한 공기가 거대한 랩처럼 세상을 꽉 에워싸고 있었지만 하늘에선 폭우와 바람이 잔뜩 몰려들고 있다는 게 느껴졌다. 사람들의 머리 위를 빙빙 맴돌면서, 언제든 에너지를 터뜨릴 타이밍을 노리고 있었다.

후끈한 바람이 불어오자, 별안간 꽃향기가 훅 끼쳐왔다.

아파트 출입문을 몇 걸음 남겨둔 채, 그 자리에 멈춰 섰다. 이번에는 향기의 출처를 기필코 찾아내리라. 검은 그림자 하나가 눈앞을 휙 스쳤다. 겨자색 나방 한 마리가 가로등 위에 조용히 내려앉았다. 날개 무늬인 두 개의 검은 동그라미가 마치 졸린 눈처럼 보였다.

갑자기 나방이 하늘로 날아올랐다. 탁한 공기를 가르며 철조망을 넘어 공터로 날아갔다. 어둑한 가로등 불빛 아래, 녀석이 관목의 꽃송이를 향해 덤벼드는 모습이 보였다. 작고 하얀 꽃들이 한데 모여 피어 있었다. 나방이 파고들자, 꽃이 제 몸을 흔들며 나방의 흡입을 기꺼이 받아들였다.

그 꽃꿀은 어떤 맛이었을까.

바람이 일자, 빗물과 풀 냄새가 살육의 피비린내처럼 끼쳐왔다. 나는 서둘러 건물 안으로 들어갔다.

"당신 왔어?"

남편이 문을 열어주었다.

"태풍 왔어."

창가로 다가가니 단지 내 광장의 나무들이 속절없이 흔들리고 있었다. 빗방울이 후드득 유리창을 두드리기 시작하더니 점점 거세졌다. 기상청은 슈퍼 태풍이라고 했다. 지난 5년간 있었던 폭풍우를 가뿐히 뛰어넘을 만큼 강할 거라고.

창틈으로 바람이 새어 들어오자, 또 그 꽃향기가 났다.

"아, 향기로워!"

나는 큰 소리로 말했다. 이곳은 밝고 안전한 실내이므로 그 모든 불결한 것들로부터 자유로울 테니까. 나는 그 나방이 떠올랐다. 녀석은 내일 아침까지 살아남을 수 있을까. 문득 녀석의 그날갯짓과 의미를 알 것만 같았다.

당신이 너무나도 아름다웠던 탓에

● Track 05   과니과분미려 怪你過分美麗

그날 이후 아주 오랫동안, 그곳을 지날 때면 그때의 그 장면이 떠오르곤 했다. 검은 비닐 아래로 불룩 솟아있던 덩어리와 옆에 놓인 나무 상자 두 개, 그리고 콘크리트 위의 검붉은 핏자국들. 물론 유쾌한 기억은 아니지만, 그렇다고 크게 무섭지는 않았던 것 같다. 그렇게 높이 세워진 건물이라면, 으레 그런 용도로 쓰일 법하니 자연스러운 일이라고 여겼다. 초등학교 6학년 때의 생각이었다.

푼 아주머니. 조그만 입에 짧고 구불거리던 검은 머리, 그리고 피부가 하얗던 푼 아주머니는 이제 산산이 부서졌다. 아주머니가 지녔던 모든 색채가 한데 뒤섞였다. 곤죽이 된 머리통과 사방으로 튀어버린 살점, 그리고 흐르는 핏물이 되어 버린 채…… 그리고 나무 상자 안에는 아주머니의 안구가 들어 있었다고 한다. 푼 아주머니, 내가 기억하는 푼 아주머니는 언제나 방긋 웃는 얼굴이었다. 여느 다른 아주머니들과는 달랐다. 대개는 세계 대전이라도 하는 양 쩌렁쩌렁한 말소리에다가 아이들을 곡소리가 나도록 때리거나 남편을 전쟁 포로 대하듯 했지만, 푼 아주머니는 그렇지 않았다. 조용하고, 체구도 작았다. 엘리베이터 안에서는 남을 쳐다보지 않았고, 나중에는 아예 남들과 같이 타지 않았다. 그저 뒤쪽에 서서 사람들이 전부 집으로 돌아갈 때까지 기다렸다가 텅 빈 엘리베이터가 오면 비로소 그때 종종걸음으로 엘리베이터에 올랐다. 그러나 엘리베이터 안에 나 혹은 아무것도 모르는 다른 아이들이 있을 때면, 그제야 표정을 조금 풀고서 우리를 바라보며 미소 지었다. 엘리베이터가 이동하는 그 짧은 몇십 초의 시간 동안, 우리에게 밥은 먹었는지, 가방은 무겁지 않은지 몇 마디씩 묻곤 했다. 엘리베이터 문이 열리고 나면, 나는 닫히는 문틈 사이로 사라져 가는 아주머니의 뒷모습을 바라보았다.

내가 마지막으로 보았던 아주머니의 모습도 바로 그 뒷모습이었다.

철창문을 열고 집에 들어갔지만, 할머니와 엄마는 쳐다보지도 않았다. 엄마는 재봉틀을 돌리느라 바빴고, 할머니는 플라스틱 의자에 앉아 빨래를 개고 있었다. 나는 책가방을 접이식 의자 위에 내려놓았다. 텔레비전에서는 뉴스가 한창이었다. 신발과 양말을 벗어 던지고서 방으로 뛰어 들어가 이층 침대 아래 칸에 벌러덩 드러누웠다.

"교복 갈아입어야지."

할머니가 고개를 들고 나를 힐끗 바라보았다. 나는 대꾸도 하지 않았다. 할머니도 더는 말이 없었다. 나는 위층 침대의 바닥

나무판을 가만히 바라보았다. 사실 저 위층이 내 자리였다. 그때 내 소원은 집에 오자마자 바로 침대에 드러눕는 일이었다. 위층으로 기어올라갈 필요도, 남의 침대에 누울 필요도 없이 곧바로.

밥 냄새가 방 안으로 솔솔 풍겨왔다. ‘탁’ 하는 소리가 났다. 전기밥솥이 밥이 다 됐다고 알리는 소리다. 할머니가 자리에서 일어났다. 그때만 해도 할머니는 꽤 정정했다.

“밥 먹어라!”

배는 정말 고픈데, 꼼짝도 하기 싫었다. 하지만, 별수 없다. 어른들의 호통에 그대로 따라야만 하는 게 우리 같은 아이들의 숙명일 테니까. 더 버텼다가는 엄마가 출동하고 말 것이다. 나는 몇 초간을 더 뭉개고 있다가 마지못해 방에서 나갔다.

“교복 갈아입으라니까.”

할머니가 찜 요리를 한 접시 들고 나왔다. 나는 방으로 다시 들어가 문을 닫고 교복을 갈아입은 뒤, 또다시 침대에 잠시 누웠다. 침대 맞은편에 놓인 5단 서랍장에는 옷가지와 잡동사니가 잔뜩 들어차 있었다. 서랍장 상판 유리 밑에는 부모님의 결혼사진, 누나와 나의 어릴 적 사진, 그리고 흑백사진 한 장이 끼워져 있었다. 중국 본토에 있는 고모가 젊은 시절에 굵게 땋은 양 갈래머리를 하고서 찍은 사진이었다.

“밥 먹으라니까.”

나는 발을 질질 끌며 방에서 나갔다. 어른들이 초등학생의 피로를 알 리가 없다.

밥을 반쯤 먹었을 때, 라우 아주머니가 왔다. 남이 점심을 먹든 말든 매일 이 시간이면 우리 집을 찾아온다.

"윙 여사, 밥 먹어?"

뻔히 알면서도 매일 같이 던지는 질문이다.

"네."

엄마는 라우 아주머니에게 무덤덤하게 대꾸했다.

"여사님은요? 식사하셨어요?"

"진작 먹었지. 아들 녀석이 오후반이잖아."

라우 아주머니가 철창문에 기대서더니 갑자기 목소리를 한껏 낮췄다.

"저기, 어젯밤에 들었어? 그 인간 말이야."

"글쎄, 별로 신경 안 써서요."

엄마가 자리에서 일어나더니 라우 아주머니 쪽으로 다가갔다. 그러고는 둘이 소곤대며 몇 마디를 주고받았다.

"밥 먹는 데 방해 그만해야지."

라우 아주머니는 그제야 퇴장을 선언했다. 엄마는 자리로 돌아와 남은 밥에 뜨거운 차를 조금 부었다.

"저 라우 여사도 어지간히 참견하는 거 좋아해."

할머니가 참지 못하고 한마디를 했다.

"그러게 말이야, 매일 같이 와서는 이게 어쨌네, 저게 어쨌네. 상대를 안 할 수도 없고, 원."

엄마가 남은 밥을 입에 떠넣었다.

"근데, 그 여자도 좀 그렇긴 하네…… 행실이 어째 영……."

할머니는 대꾸하지 않았다. 남은 식사 시간은 내내 침묵만 흘렀다. 어른들은 내가 아무것도 모르는 줄 알았을 것이다.

매일 오후 네다섯 시는 우리 단지 내 아이들의 놀이 시간이었다. 한 곳에서 철창문 여는 소리가 울리면, 전쟁터 북소리처럼 단지 전체로 퍼져나갔다. 복도 끝에 구멍 뚫린 격자 벽[1]은 우리의 집결지였다. 때가 되면 그곳으로 멤버들이 모였다. 나, 가이짜이, 그리고 렝짜이닥.

우리는 거의 똑같이 생긴 쪼리를 신고 목적 없이 돌아다니곤 했다. 엘리베이터를 타고 오르내리면서 단지 한쪽 끝에서 반대쪽 끝까지 쏘다녔다. 돈이 있을 때는 오징어채나 쌍쌍바 같은 아이스크림을 사 먹었고, 돈이 없으면 남들이 사 먹는 걸 구경했다. 슈퍼집의 뚱보 딸은 우리보다 나이가 많았는데, 곧 졸업 시험을 본다고 했다. 뚱뚱한 데다 민소매 원피스를 즐겨 입으면서도 겨드랑이털은 안 밀었다. 가게 앞마당 구석에는 바깥쪽으로 화단이, 화단 뒤에는 바둑판이 새겨진 돌 탁자가 있었다. 우리는 그 탁자에서 구슬치기나 고무줄총 쏘기도 하고, 햇살 좋은 틈을 타 나무 뒤에 숨어서 뚱보 누나의 치마 밑으로 보이는 허벅지를 훔쳐보기도 했다.

그리고 비파나무가 있었다. 화단 가운데 세워져 있지만, 누구도 거들떠보지 않는 나무였다. 매년 초여름이면 연한 주황빛의 열매가 점점 형태를 갖추면서 알알이, 층층이, 빽빽하게 달렸다. 가이짜이는 통통하게 차오른 비파 열매를 힐끗 보다가 뚱보 누나를 힐끗 보면서 웃는 둥 마는 둥 알 수 없는 표정을 했다.

---

1 덥고 습한 날씨 때문에 홍콩의 구식 아파트는 복도 끝을 완전히 막지 않고 바람이 통하도록 구멍이 뚫린 시멘트 블록으로 벽을 쌓는다. 모양이 마치 와플이나 격자처럼 보인다.

“야! 왜 웃는데?”

내가 물었다.

“네가 뭔 상관이야?”

가이짜이가 씹고 있던 매실 씨를 퉤 뱉으며 대답했다.

“퉤! 더럽게 시네.”

“비파나 먹자.”

렝짜이닥은 ‘렝짜이’에 ‘미남’이라는 뜻이 있었지만, 그렇다고 그렇게 잘생긴 얼굴은 아니었다. 다만 피부가 하얗고 언제나 늘 침착했다.

“익었잖아.”

고개를 들어 올려다보니 정말 비파가 잘 익어 있었다. 나뭇가지 끝에 쌍쌍이 매달린 비파는 길쭉하면서도 큼직하고 둥글둥글했다. 바람이 불면 금방이라도 뚝 떨어질 듯 위태롭게 흔들리다가도 가지와 잎 사이에서 절묘하게 살랑거리는 모습에 눈이 어지러웠다. 나는 눈을 비비며 군침을 꼴깍 삼켰다.

“얼씨구.”

렝짜이닥이 내 어깨를 잡더니 한번 주물렀다.

“올라가자. 비파 따게.”

가이짜이가 행동은 제일 날쌨다. 후다닥 단숨에 기어 올라갔는데, 정작 열매는 안 따고 나뭇가지에 앉아 있었다. 지나가는 사람들, 그중에서도 특히 여자들을 구경하려는 속셈이라는 걸 우리는 알고 있었다. 여름철이라 옷차림이 얇아져서, 높은 곳에 있으면 별별 기이한 풍경이 눈에 들어오곤 했다. 렝짜이닥은 가이짜이가 그러거나 말거나 대나무 장대를 하나 찾아왔다.

"네가 해 봐, 네가 더 크잖아."

렝짜이닥이 내게 장대를 건넸다. 나는 화단 턱에 올라서서 팔을 위로 뻗으며 제일 밑에 달린 비파 두 개를 건드려 보았다. 나무 밑동으로 거의 고꾸라질 뻔할 만큼 발뒤꿈치를 최대한 들고 또 들었는데도 비파는 닿을 듯 말 듯 아슬아슬하기만 했다. 마치 달콤한 물방울처럼 비파가 눈앞에서 달랑거렸다.

"이리 와 봐."

렝짜이닥이 다가와 내 다리를 감싸 안고 위로 들어 올리려 했다. 그다지 건장한 편이 아니어서 나를 높이 들어 올리기는커녕 간지럽히는 느낌이었다. 나는 웃음이 나올 것 같았다. 하지만, 비파. 나는 저 비파를 꼭 따고 싶었다.

"가이짜이!"

나는 끙끙대며 소리쳤다.

"도와달라고!"

결국 나는 렝짜이닥과 함께 화단 턱에서 바닥으로 굴러떨어졌다. 나는 렝짜이닥 몸 위로 떨어진 터라 멀쩡했지만, 렝짜이닥은 팔꿈치가 까졌다.

"괜찮아."

렝짜이닥은 아무렇지 않다는 얼굴로 상처를 후후 불었지만, 이마에는 송골송골한 땀이 가득했다.

"와, 피 나네."

가이짜이가 그제야 뛰어내렸다. 렝짜이닥의 팔꿈치에서 천천히 피가 배어 나왔다. 다친 것보다도 집에 가서 엄마에게 몽둥이찜질을 당할 게 더 큰일이었다. 우리는 이 일을 어떻게 숨겨야 할지 머리를 굴렸다.

"어머, 너희 왜 그러니?"

돌아보니 푼 아주머니였다.

"무슨 일이야?"

푼 아주머니는 망사 재질의 오렌지색 옷을 입고 손에는 찬거리를 들고 있었다.

"아이고, 피가 나네?"

우리는 아무 말도 하지 못했다. 어른들 앞에서 우리는 모두 꿀 먹은 벙어리가 된다.

푼 아주머니는 손에 들고 있던 짐을 화단 턱에 내려놓고 주머니에서 손수건을 꺼내더니 렝짜이닥에게 다가가 피를 살살 닦아주었다. 렝짜이닥은 '쓰읍' 소리를 내며 팔을 움츠렸다.

"조금만 참아."

푼 아주머니가 렝짜이닥의 팔을 자기 쪽으로 부드럽게 끌어당기며 말했다.

"일단 피부터 닦아야지."

렝짜이닥은 이를 악물고 견뎠다. 피를 깨끗이 닦고 나서 푼 아주머니는 렝짜이닥에게 피가 멎을 때까지 손수건을 대고 있으라고 했다.

"너희 뭐 하다 그랬어?"

아주머니가 물었다.

"비, 비파 따다가요……."

가이짜이가 우물쭈물 대답했다. 다행히 나무 뒤쪽이어서 아무도 본 사람이 없었다.

“아.”

푼 아주머니가 미소 지으며 장대를 집어 들더니 화단 턱으로 올라가 까치발을 했다. 아주머니가 두 손으로 장대를 높이 치켜 들자, 비파 두 알이 파르르 흔들리는 게 보였다.

‘툭’ 소리와 함께 비파가 떨어지자, 아주머니가 다급히 손으로 받아냈다.

“자!”

아주머니가 열매를 내밀며 웃었다.

“먹어.”

내가 망설이는 사이, 렝짜이닥이 손을 뻗어 열매를 받았다.

“감사합니다.”

“다음부터는 조심해.”

푼 아주머니는 장대를 내려놓더니 손을 툭툭 털고서 찬거리를 챙겨 돌아섰다. 우리는 제자리에 우두커니 서서 푼 아주머니의 뒷모습이 모퉁이를 돌아 사라질 때까지 바라보다가 꿈에서 막 깨어난 듯 정신을 차렸다.

“먹자.”

우리는 돌 탁자 위에서 주황빛의 얇은 비파 껍질을 조심조심 벗겨냈다. 과즙이 손가락 사이사이로 주르륵 흘러내렸다. 걸쭉하고 끈끈하면서도 따끔따끔했다. 껍질을 다 벗기고 나니 탐스럽고 탱글탱글하던 과육은 손가락 자국이 가득했고, 과즙이 과육과 뒤섞여 흘러나왔다. 우리는 그 모습을 가만히 바라보았다. 렝짜이닥이 먼저 자리 잡고 앉아서 열매를 한 입 베어 물었다.

“엄청나게 달아.”

그 말에 가이짜이와 나도 열매를 먹었다. 역시 달았다.

"피 멎었겠네."

가이짜이가 렝짜이닥의 상처를 보며 말했다.

"응."

렝짜이닥은 손수건을 떼서 주머니에 욱여넣다가 잠시 생각하더니 탁자 위에 쌓인 껍질 더미 옆으로 손수건을 툭 던졌다.

"우리 엄마한테는 비밀이다."

"피도 다 멎었으니까 괜찮겠지."

가이짜이가 손등으로 입가를 쓱 훔쳤다.

"내 말은, 푼 아주머니 말이야."

렝짜이닥이 화단 쪽으로 손을 툭툭 털며 과즙을 털어냈다.

우리는 렝짜이닥의 말이 무엇을 의미하는지 알았다. 나는 과일 껍질과 씨, 그리고 푼 아주머니의 손수건까지 전부 주워 들고 쓰레기통으로 다가갔다. 그러다 나는 그 더럽고 축축한 손수건을 바지 주머니로 쓱 숨겼다. 이유는 알 수 없었다.

그날 밤, 창밖에서 또 그 이상한 소리가 들려왔다. 자고 싶은데, 내일 중국어 암기 시험이 있었다.

'송나라 사람 중 밭 가는 자가 있었는데, 밭 가운데에 그루터기가 있어, 토끼가 달려가다……'[1]

그다음에는 뭐더라? 뭐였지? 뭐지?

도통 생각이 나지 않았다. 나는 이불을 머리끝까지 뒤집어쓰고

---

[1] 한비자(韓非子)의 오두편(五蠹篇)에 나오는 고전 산문으로 사자성어 '수주대토'의 유래가 된 글의 초반부다.

귀를 틀어막으며 억지로 잠을 청했다. 그럼에도 창밖의 소리는 여전히 선명하게 들려왔다. 침대 위 칸의 상판이 잠시 흔들렸다. 누나가 뒤척이고 있었다.

'그루터기에 부딪혀 목이 부러져 죽고 말았으니……'

손수건은 여전히 운동복 주머니에 있고 바지는 침대 발치에 있었다. 지금쯤이면 이미 말랐겠지? 더러워 죽겠네. 진작 버렸어야 했다. 지금은 일어날 수가 없다. 일어나면 내가 안 자고 있다는 것을, 그 소리를 다 듣고 있다는 것을 누나가 알게 될 터다. 내일 아침에 일어나자마자 꺼내야 한다. 안 그러면 엄마가 빨래할 때 발견하고 말 테니까.

"아…… 아……."

'그루터기에 부딪혀 목이 부러져 죽고 말았으니……'

진작 갖다 버릴걸. 귀를 틀어막고 있던 두 손이 너무 저려서 할 수 없이 손을 내렸다. 잠시 기다리니, 어느새 사방이 고요해졌다. 이불 밖으로 머리를 빼내고서 조용히 숨을 내쉬었다.

"……"

마침내 잠이 들었다.

늘 히죽거리던 가이짜이도 오늘은 죽상이었다. 가이짜이와 나는 같은 층에 산다. 둘 다 '그루터기에 부딪혀 목이 부러져 죽고 말았으니'에서 더 나가지 못하고 막혀버렸다.

"이번엔 진짜 끝장이야, 나 벌써 두 번이나 불합격했거든."

가이짜이가 슈퍼를 등지고 앉은 채, 돌 탁자에 턱을 괴고 말했다. 뚱보 누나가 가게 앞에 서서 바람을 쐬고 있었지만, 가이짜이는 관심도 없었다.

나는 대꾸하지 않았다. 지금은 내 코가 석 자다.

"남 탓 좀 그만해."

렝짜이닥이 가이짜이를 힐끗 쳐다보며 말했다.

"수업 시간에 퍼질러 자놓고서."

"넌 우리랑 같은 동에 안 사니까 모르겠지."

가이짜이가 목소리를 높였다.

"밤에 잠을 잘 수가 없다니까!"

"그래봤자 우리 쪽에서 들리는 들개 짖는 소리보다 더 하겠냐."

렝짜이닥은 늘 그렇듯 무덤덤했다.

"그냥 네가 밝히니까 그렇지."

"그럼 우리 층 사람들 죄다 변태게?"

가이짜이가 소리치더니 나를 가리켰다.

"애한테 물어봐!"

"알았어, 알았다고."

나는 가이짜이의 그 커다란 입을 틀어막고 싶었다.

"목소리 좀 낮춰라, 제발."

"그날 그 아줌마가 너 상처 닦아줬다고 편드는 거냐?"

가이짜이는 내 말을 아예 무시해 버렸다.

"밝히는 건 너잖아!"

나는 무심코 주머니를 꽉 움켜쥐었다. 손수건이 아직 주머니 속에 있었다.

"그날 아줌마가 따준 비파는 신나게 받아먹더니."

렝짜이닥이 미간을 찌푸리며 말했다.

“그날은 왜 찍소리도 안 했는데?”

가이짜이가 ‘흥’ 하고 코웃음을 쳤다.

“푼 아줌마, 좋은 사람이야.”

렝짜이닥이 탁자 위에 떨어진 비파잎을 주워 만지작거렸다.

“우리는 알고 있잖아.”

가이짜이는 말이 없었다. 언젠가 고학년 뚱뚱보인 자우가 우리 앞에서 아이스크림을 먹었던 날이었다. 자우는 언제나 입에 간식을 달고 살았는데, 툭하면 자랑질을 했다. 우리가 가는 곳은 어디든 끈질기게 따라다녔다. 학교에는 녀석과 놀아주는 사람이 없었다.

“아, 진짜 짜증 나게!”

가이짜이가 참다못해 쏘아붙였다. 그러거나 말거나 자우는 아무것도 못 들은 사람처럼 제자리에서 얼쩡거렸다.

“아오, 씨!”

가이짜이가 쪼리를 벗어 홱 집어던졌다. 자우 손에 있던 아이스크림이 쪼리에 정확히 가격당하며 바닥으로 툭 떨어졌다. 알록달록한 아이스크림은 뜨거운 아스팔트 위에서 금세 물이 되어 버렸다. 그 더러운 물속에 가이짜이의 쪼리가 좌초된 배처럼 둥둥 떠 있었다. 자우가 “아!” 하고 소리치더니 발을 구르며 우리에게 달려들었다.

“가이짜이, 튀어!”

렝짜이닥이 가이짜이의 팔을 잡아끌며 사람들이 북적이는 시장 쪽으로 내달렸다. 나도 부랴부랴 그 뒤를 쫓았는데, 어느새 내가 둘을 추월해 더 빨리 도망갔다. 고개를 돌려보니 자우가 계속 쫓아오고 있었다. 워낙 뚱뚱해서인지 속도가 영 느렸다. 가이짜이는 자우를 향해 악다구니를 퍼부었지만, 렝짜이닥에게 붙잡힌 채 내내 끌려갔다. 쪼리를 한쪽만 신고 있어서 금방이라도 고꾸라질 듯했다.

"너희들 뭐 하는 거야?"

갑자기 누군가가 우리와 자우 사이를 막아섰다. 달리던 자우가 그대로 들이받더니 비틀대며 뒤로 몇 걸음 물러났다.

"왜들 싸우고 그래?"

푼 아주머니가 다급히 자우의 손을 붙잡았다. 어른의 등장에 우리는 제자리에 멈춰 섰고, 자우는 푼 아주머니를 알아보더니 잼싸게 아주머니의 손을 뿌리쳤다.

"너희 왜 그래?"

푼 아주머니는 연한 초록색 옷을 입고 있었다. 반소매 끝에는 연잎 같은 레이스가 달려 있었고, 그 속에서 뻗어 나온 팔은 마치 하얀 연근 같았다.

내가 잠시 멍하니 바라보고 있던 사이, 자우가 별안간 푼 아주머니를 향해 '퉤' 하고 침을 뱉었다.

"우리 엄마가 더럽댔어!"

침이 비수처럼 날아가 푼 아주머니의 발치로 툭 떨어졌다. 자우는 손등으로 제 입을 쓱 훔치더니 가이짜이를 흘겨보고는 돌아서 가버렸다.

순간 얼굴이 파랗게 질려가던 푼 아주머니는 이내 표정을 추슬렀다.

"너희들 괜찮니?"

아주머니가 미소를 지었다.

"놀랐지?"

우리는 아무 말도 하지 못했다. 푼 아주머니는 가이짜이의 발을 보더니, 뒤를 돌아보았다. 저만치 떨어진 쪼리 한 짝을 발견하고는 다가가 신발을 주워 들고서 물기를 탁탁 털었다.

"다음부터는 말썽 피우지 말고."

푼 아주머니가 신발을 가이짜이에게 돌려주었다.

"감사합니다."

렝짜이닥이 말했다.

푼 아주머니가 손을 뻗어 렝짜이닥의 머리를 쓰다듬었다. 렝짜이닥은 피하지 않고, 아주머니의 손길 아래 가만히 있었다.

푼 아주머니는 말없이 미소 짓다가 돌아서서 자리를 떴다.

"솔직히 말이야."

나는 참다못해 의문을 제기했다.

"다들 푼 아줌마를 싫어하잖아."

"우리 엄마가 제일 싫어할걸."

가이짜이가 냉큼 끼어들었다.

"사실…… 딱히 그렇게 나쁜 사람도 아니잖아."

"어쨌거나 우리 아래층 라우 아줌마보다 훨 나아."

나는 잠시 생각하다가 솔직하게 말했다.

"그 아줌마는 툭하면 올라와서 상대방이 듣기 싫어하든 말든 남 얘기만 해대거든. 우리 엄마는 귀찮아 죽겠다면서도 거절은 못 해서 몇 마디 받아주고."

"이제 우리 단지 아줌마들 전부 다 푼 아줌마랑 말 안 해."
렝짜이닥이 말했다.
"우리 엄마가 푼 아줌마 보고 경박하다더라. 내가 보기엔 슈퍼집 뚱보 누나보다 훨씬 점잖은데. 그 뚱보 누나는 맨날 속치마도 안 입잖아. 보고 싶지도 않은데, 왜 자꾸 보게 만드는 거야."
"보기 싫으면 고개를 돌리면 되지!"
가이짜이가 렝짜이닥을 손가락질하며 깔깔 웃어댔다.
"누가 억지로 보랬냐?"
"눈에 보이는 걸 어떡해!"
렝짜이닥은 괴로워하는 얼굴이었다.
나는 묻고 싶었다. 경박하다는 건 뭘까? 하지만 입을 다물었다. 밤이면 간혹 들려오던 신음과 숨소리가 떠올라서였다. 그 일을 떠올리니 나 자신도 경박한 사람이 된 것만 같았다. 그 소리를 듣지 말았어야 했다. 아니, 설령 들린다 해도 모르는 척 넘기고 그대로 잠을 청했어야 했다. 귀를 틀어막을 필요도 없이.
"그 뚱보 누나는 여름만 되면 겨드랑이 냄새도 나!"
가이짜이가 깔깔대며 웃었다. 암기 시험 따위는 까맣게 잊어버린 것 같았다.

그날 밤은 고요했다. 이불 속에 누웠지만, 도통 잠이 오지 않았다. 푼 아주머니가 떠올랐고, 다른 아주머니들이 뒤에서 하던 말들이 떠올랐다. 다들 하나같이 경멸하는 얼굴로 입을 삐죽대며 흉을 보곤 했다. 우리 엄마는 거의 말을 섞지 않았지만, 라우 아주머니 같은 사람들이 붙들고 늘어지면 건성으로 몇 마디 대꾸했다.

"아줌마들이 뭐래?"

언젠가 엄마에게 물은 적이 있었다.

"애들은 몰라도 돼."

엄마는 나를 쳐다보지도 않고 대답했다.

조금씩 나는 깨닫기 시작했다.

한번은 방에 들어갔더니, 누나가 침대에 걸터앉아 면도칼로 종아리를 밀고 있었다.

"수염 깎는 거야?"

나는 깜짝 놀라 물었다. 어떻게 다리에 수염이 날 수 있지?

"들어올 땐 노크 좀 해!"

누나가 벌떡 일어나더니 '쾅' 하고 문을 세게 닫았다. 노크는 무슨, 누나가 문도 안 닫고 있었으면서. 누나는 나보다 여섯 살 위로, 어느새 열여섯 살이었다. 또 한번은 누나가 화장실에서 막 나오는 걸 보고 소변이 급해서 들어갔는데, 변기 안에 피가 고여 있었다. 혹시 누가 다쳤나? 순간 가슴이 철렁했지만, 이내 깨달았다. 이런 일들은 못 본 척해야 한다는 것을. 엄마가 내게 알려주지 않은 일들은 웬만하면 모르는 척해야 한다는 것을.

렝짜이닥의 말이 맞다. 푼 아주머니는 좋은 사람이다. 나는 귀를 쫑긋 세우고 있다가 가족들이 모두 잠든 것을 확인한 뒤, 살금살금 일어나 화장실에 들어갔다. 문을 잠그고 수도꼭지를 아주 조금만 틀어놓은 뒤, 그 손수건을 비벼 빨았다. 한밤중 수돗물이 손가락 사이에 스며든 비밀을 씻어내듯 서늘하게 내 손 위로 흘러내렸다. 말라붙은 비파 과즙을 후딱 문질러 지우고서 물기를 짠 뒤, 다시 발소리를 죽여 침대로 돌아왔다. 손수건을 침대 발치에 놓인 선풍기에 대고 말리면서 위층 침대의 인기척에 귀를 기울였다. 다행히 누나는 한 번 잠들면 업어가도 모르는 사람이었다.

얼마나 지났을까. 손수건이 얼추 말랐다. 푼 아주머니에게 이걸 어떻게 돌려줘야 할까? 나는 문득 손수건을 코에 가져다댔다. 어렴풋하게 어떤 냄새가 났다. 향긋하면서도, 연한 오렌지빛과 연한 초록빛, 그리고 한 토막의 연근 같은 것. 덥석 만져볼 수 있을 듯 매끄럽고도 차가운, 마치 흐릿하게 번져가는 물 같은…….

"윽……."

나는 깜짝 놀라 잠에서 깨며 축축하게 젖은 바지 앞섶을 다급히 눌렀다. 소리 내면 안 돼! 어떤 소리도 내서는 안 된다. 나는 두 눈을 부릅떴다. 다행히 훔쳐보는 사람은 없었다.

"하지 마……."

소리가, 어떤 소리가 위쪽에서 들려왔다. 심장이 미친 듯이 뛰었다. 머릿속에는 오로지 한 가지 생각뿐이었다. 누나다, 누나는 지금 잠꼬대를 하고 있다.

나는 심호흡을 하며 진정하려 애썼다. 손수건은 어디 갔지? 다른 한 손으로 침대를 더듬다가 베개 옆에서 손수건을 찾아냈다. 다행히, 더럽혀지지 않았다.

"우리 엄마가 더럽댔어!"

난데없이 뚱뚱보 자우가 눈앞에 보였다. 그건 나에게 한 말일까?

가이짜이는 역시나 불합격이어서 벌로 학교에 남았고, 그날 오후에는 나와 렝짜이닥 둘이 있었다.

"가이짜이 큰일 났네."

렝짜이닥이 자갈을 발로 툭 차며 말했다. 가이짜이 엄마가 무섭기로 유명하다는 건 우리 모두가 아는 사실이었다. 암기 시험에서 불합격할 때마다, 어김없이 다음 날 가이짜이의 종아리는 회초리 자국이 선명했다.

나는 한숨이 나왔다. 나 또한 합격점을 간신히 넘겼던 터라 집에 가면 잔소리를 들을 게 뻔했다.

"한숨 좀 그만 쉬어."

렝짜이닥이 내 러닝셔츠를 잡아당기더니 '탁' 하고 튕겼다.

"비파나 따러 가자. 푹 익어서 지금 안 먹으면 썩어 문드러질걸."

우리는 비파나무 아래로 갔다. 예상한 대로 비파 열매는 이틀 전보다 더 축 늘어져 있었고, 색도 훨씬 더 진했다.

"따자."

렝짜이닥이 머리 위에 주렁주렁 달린 비파 한 송이를 가리켰다.

"대나무 막대 가져와, 내가 너 안아서 올려줄 테니까."

나는 관목숲에서 가장 긴 대나무를 찾아와서는 화단 턱을 밟고 올라가 까치발을 들었다. 렝짜이닥이 내 뒤에서 쪼그리고 앉아 허벅지를 끌어안았다.

"꽉 잡아, 또 넘어뜨리지 말고."

나는 다급히 당부했다. 대나무 막대로 나뭇잎 사이를 마구 헤집는 사이, 렝짜이닥의 발걸음이 이리저리 움직이는 게 느껴졌다.

"다 됐어?"

렝짜이닥이 밑에서 소리쳤다.

"빨리 좀 해!"

"거의 돼 가."

눈을 가늘게 뜨고서 비파 열매의 꼭지를 향해 대나무를 힘껏 찌른 그 순간, 나의 사타구니가…….

"으아악!"

나는 렝짜이닥, 그리고 비파와 함께 바닥으로 나뒹굴었다. 대나무에 찔린 것처럼 사타구니가 찢어지게 아팠다. 비파는 내 발치에 떨어져 으깨진 채, 주황빛 곤죽이 되어 짙은 씨앗이 그대로 드러나 있었다.

정신 차리고 보니 내가 렝짜이닥 가슴팍에 앉아 있었다. 간신히 몸을 틀어 녀석을 바라보았다. 녀석이 내 시선을 피하다가 순간 비파 과즙 속에 나동그라져 있는 손수건을 발견했다. 내 주머니에서 떨어진 모양이었다. 한쪽 모서리가 과즙에 젖어 하얀 천이 점점 연노란색으로 물들고 있었다.

일순간 얼굴이 불타오르듯 뜨거웠다. 분노와 굴욕과 수치심이 한꺼번에 밀려왔다. 나는 벌떡 일어나 손수건을 주워 비파나무 아래 화단 속으로 홱 던져버렸다. 나는 렝짜이닥에게 눈길도 주지 않았다. 그 순간, 우리는 더 이상 친구가 아니라는 것을 알았다. 나는 억지로 가슴을 쫙 펴고 자리를 떴다. 짐짓 당당한 척하며 슬픔을 감췄다. 대체 왜? 렝짜이닥은 왜 그랬을까? 우리는 형제 아니었던가? 친구가 아니었던가? 왜지? 왜 나는 손수건을 버렸을까? 푼 아주머니에게 돌려줄 생각이었는데? 푼 아주머니를 좋은 사람이라고 믿고 있었잖아, 아니야?

앞쪽에서 한바탕 소란이 일며 나의 상념을 뚝 끊어 놓았다. 시장 사람들 중 일부는 앞쪽으로 몰려들었고, 일부는 머리를 맞대고 수군거렸다. 문구점, 한약방, 그리고 차찬텡에 있던 사람들까지 전부 나와 같은 방향을 바라보고 있었다. 나는 속이 엉망진창이었지만, 아무렇지 않은 척 앞으로 걸어갔다. 그때, 누군가 내 손을 덥석 잡아끌었다. 라우 아주머니였다.

"얘, 저기로 가면 안 돼!"

라우 아주머니가 몹시 당황한 얼굴로 말했다.

"저기서 누가 뛰어내렸다잖니!"

뛰어내렸다고?

"사람이 뛰어내렸어요!"

아저씨 한 분이 숨을 헐떡이며 달려왔다.

"저기 시장 맞은편에서! 다들 가지 마요!"

시장 전체가 일순간 끓어오르는 냄비처럼 떠들썩해졌다. 다들 왠지 흥분한 기색이었고, 아저씨 혼자만 파랗게 질려 있었다.

"누군데요?"

누군가 물었다.

"남자예요, 여자예요?"

"여자라던데요."

또 다른 누군가가 말했다.

"저기, 여자래요?"

"내가 어떻게 알아요?"

아저씨가 목소리를 높였다.

"분홍색 옷을 입었대요!"

나는 뒤를 돌아보았다. 몇 걸음 뒤에 렝짜이닥이 서 있었다. 나는 알았다. 녀석과 내가 같은 사람을 떠올렸다는 걸. 우리는 동시에 내달리기 시작했다.

"얘들아, 너희 어디 가?"

라우 아주머니가 뒤에서 소리쳤다. 그러거나 말거나 우리는 아주머니와 이러쿵저러쿵 떠들어대는 사람들을 뒤로한 채 계속 달렸다. 시장 입구에 다다르자, 잔뜩 몰려든 사람들로 길이 막혔다. 우리가 그사이를 비집고 파고들자, 누군가 뒤에서 우리를 붙잡았다. 녹색 제복을 입은 경찰이었다.

"이 녀석들아! 여기서 얼쩡거리지 말고 얼른 돌아가!"

이어서 경찰차와 구급차의 사이렌 소리, 웅성거리는 말소리가 이어졌다…… 내가 기억하는 건 거기까지다. 그리고 뒤엉킨 사람들의 체취와 시장 비린내, 채소 풋내, 그리고 인파 사이로 저 멀리 어렴풋하게 보이던 홍건한 핏자국까지…….

사람들이 더 몰려들면서 렝짜이닥과 나는 뒤로 밀려났다. 그때, 렝짜이닥의 엄마가 나타나 녀석을 끌고 갔다. 렝짜이닥이 고개 돌려 나를 한번 쳐다보더니, 갑자기 엄마 손을 홱 뿌리치고는 나를 붙잡고 시장 쪽으로 걸어갔다.

"얘, 어디 가?"

뒤에서 렝짜이닥의 엄마가 소리쳤다. 우리는 비파나무 아래로 날아갈 듯 뛰었다. 나무 아래 버려진 손수건을 렝짜이닥이 주워 들더니 아무런 말없이 내 손에 욱여넣었다. 그러고는 다시 혼자 날아갈 듯 뛰어 내 눈앞에서 사라졌다.

우리는 여전히 친구일까? 나는 알 수 없었다.

그날부터 우리 단지의 밤은 고요해졌다. 낮에도 마찬가지였다. 이후 라우 아주머니는 우리 집에 찾아오지 않았고, 엘리베이터 앞에서 수다를 떨던 무리도 사라졌다. 가이짜이는 여전히 툭하면 암기 시험을 망쳤다. 시간이 흘러 나는 렝짜이닥과 다시 인사를 나누기 시작했지만, 예전처럼 하교 후에 같이 놀지는 않았다. 학교 숙제는 날이 갈수록 많아졌고, 엄마도 더는 내가 가방을 던져놓고 뛰쳐나가게 두지 않았다. 누나는 졸업 시험을 준비하느라 자주 자습실에 갔다. 누나가 집에 있으면 엄마는 공부에 방해가 될까 봐 텔레비전을 껐다. 집안이 한결 조용해졌다.

반년이 흘렀다. 엄마 심부름으로 시장에 가다가 문득 비파나무가 떠올라 그곳에 가보았다. 열매는 모두 떨어지고, 잎도 누렇게 바랬다. 어느새 여름이 지나 있었다. 그 여름에 있었던 모든 일들도 함께. 며칠 뒤, 나는 하굣길에 비파나무를 다시 찾아가 푼 아주머니의 손수건을 나무뿌리 밑에 묻었다.

푼 아주머니. 지금도 나는 아주머니의 반짝이던 두 눈과 새하얗던 팔을 기억한다. 아이들에게도 나긋나긋하고 부드러웠던 그 목소리까지.

많은 걸 바라지 않아

무수요태다 無需要太多

잠에서 깬 카우 아저씨는 베란다 바깥으로 넘치듯 쏟아지는 햇살부터 눈에 들어왔다. 그러자 기분이 절로 좋아졌다. 작년에 쓰레기장에서 주워 온 아마릴리스가 오늘 마침내 활짝 피어났다. 흙 속에서 뻗어 나온 굵고 튼튼한 꽃대 위에서 그릇만큼 커다란 주홍빛 꽃송이가 아침 햇살 속으로 고개를 쑥 내밀고 하늘하늘 바람을 맞고 있었다. 화분 옆에는 깨끗하게 빤 운동화 한 켤레가 놓여 있었다. 뒤축이 조금 닳은 탓에 두 짝이 좌우로 약간 기울어져 있었는데, 마치 앞에 무엇이 있는지 보겠다고 있는 힘껏 까치발을 드는 작은 남자아이 같았다. 전날 널어둔 옷은 어느새 말라 있었고 옷걸이에 걸린 회청색 러닝셔츠는 어깨 부분이 솟아 있었다. 이따금 옷자락이 바람에 펄럭거렸다. 그네에 앉아 높이, 조금 더 높이 위로 올라가려 애쓰는 장난꾸러기 녀석 같았다.

카우 아저씨는 몸을 일으켰다. 침대 머리맡을 더듬어 안경을 찾아 썼다. 이렇게 날씨 좋은 날에는 얼른 빨래부터 해놓고 거리로 나가 산책을 해야 한다. 카우 아저씨는 잠자리에서 일어나 씻었다. 머리를 꼼꼼하게 감고 샤워를 하고 세수를 한 뒤, 이를 닦았다. 머리를 단정하게 빗고서 욕실과 변기까지 싹 청소했다. 그런 다음, 방금 갈아입은 잠옷에다 어제 입었던 옷까지 한데 모아 대야에 몽땅 넣고 물에 담가두었다. 옷은 물에 잠시 불려야 깨끗하게 빨 수 있다. 그러는 사이, 카우 아저씨는 주방에서 아침 식사를 준비했다. 빵은 냉장고 두 번째 칸에, 달걀은 냉장고 문 쪽 플라스틱 선반에, 치즈는 빵 옆에 놓인 플라스틱 용기에, 그리고 토마토는 맨 아래 서랍 칸에 있다. 카우 아저씨는 재료를 꺼내 샌드위치를 만들어 접시에 담아놓고 커피도 한 잔 탔다. 텔레비전은 온통 시끌시끌한 뉴스뿐이라 보면서도 도통 이해가 안 되어 결국에는 전원을 끄고 식사에만 집중했다. 예전에 배달 일을 할 때, 아침을 풍성하게 차려 든든하게 먹는 습관이 있었다. 그래야 하루의 고된 노동을 견딜 수 있고, 겸사겸사 점심값도 아낄 수 있었으니까. 지금도 그 습관이 그대로 남아 있다.

샌드위치를 다 먹고 난 뒤 빨래를 돌려서 널고, 마른 옷을 걷어서 잘 갠 다음 화분에 물도 주었다. 그런 뒤에 깨끗한 옷으로 갈아입고 집을 나섰다. 출근과 등교 시간이 지나서인지 단지 내 공원에는 온통 노인들뿐이었다. 개중에는 대화를 나누는 사람도 있었고, 내기 판을 벌여놓은 사람, 그리고 할 일 없이 멍하니 앉아 있는 사람도 있었다. 카우 아저씨는 발길 닿는 대로 걸었다. 그때, 별안간 누군가가 뒤에서 아저씨의 팔을 잡아끌었다.

"아저씨, 150홍콩달러. 원하는 건 다 해줄게!"

카우 아저씨가 고개를 돌렸다. 끈 달린 원피스 차림을 한 중년 여자였다. 화장기 하나 없는 얼굴에 입술만 새빨갛게 칠해 놓아서 양 볼에 여드름 자국만 더 빽빽하게 도드라져 보였다. 카우 아저씨는 고개를 내저으며 여자의 손을 밀어냈다. 여자도 눈치껏 물러나는가 싶더니 카우 아저씨 뒤에 있던 또 다른 중년 남자에게 접근했다. 그 남자는 멈춰서서 여자와 흥정을 시도하는 눈치였다. 카우 아저씨는 다시 한번 고개를 절레절레 흔들었다. 여드름투성이 얼굴이라니! 불결해라!

걷다 보니 어느새 버스 정류장이었다. 마침 야우마테이로 가는 버스가 들어와 카우 아저씨는 그대로 차에 올라탔다.

네이선 로드는 또 다른 세계였다. 와글와글하고 후덥지근한 데다 어딘가 혼탁했다. 행인들이 카우 아저씨와 자꾸만 어깨를 부딪치곤 했다. 간혹 고개 돌려 아저씨를 힐끗 쳐다보는 사람도 있었다. 그중 키가 크고 덩치 좋은 남자가 있었는데, 아저씨와 똑같이 회청색 러닝셔츠 차림이었다. 대략 마흔쯤 되었을까. 나이는 조금 더 젊어 보였고, 겨드랑이에 신문을 끼고 있었다. 모퉁이만 돌면 바로 가까이에 공중화장실이 있었다. 카우 아저씨는 그 남자가 어디로 가는지 보려고 그의 뒷모습을 눈으로 좇았다. 잠시 후, 남자는 어느 음식점으로 들어가 버렸다. 카우 아저씨는 다소 실망스러운 얼굴로 다시 발걸음을 옮겼다. 아직 이른 시간이라 그런지 시노 센터에는 문을 연 가게가 별로 없었는데, 뜻밖에도 그 중고 음반 가게는 영업 중이었다. 가게로 들어가 보니 장국영과 매염방의 새 베스트 앨범이 또 나왔다. 매염방의 앨범을 뒤집어 수록곡을 살펴보았지만, 「그리운 이가 온 것만 같아」는 리스트에 여전히 없었다. 카우 아저씨는 한숨과 함께 앨범을 내려놓았다.

시노 센터를 막 나서는데 전화가 울렸다. 누나였다.

"뭐 해?"

누나가 늘 던지는 첫마디다.

"밥은 먹었어?"

카우 아저씨가 시계를 보았다. 어느새 정오였다.

"그냥 좀 돌아다니는 중이야."

"볼 게 뭐 있다고 돌아다녀? 날도 이렇게 더운데."

누나는 늘 그렇듯 잔소리부터 했다.

"이번 주 일요일에 밥 먹으러 와. 국 좀 푹 끓여줄게."

누나는 매주 카우 아저씨를 집으로 불러 밥을 먹이곤 했다. 카우 아저씨에게는 누나가 가장 가까운 여자였다.

"응."

카우 아저씨가 대답했다. 누나 말을 따르는 데 익숙한 사람이었다.

정오가 지나자, 거리는 점점 더 인산인해가 되어가고 기온까지 덩달아 치솟았다. 카우 아저씨는 몸에서 땀 냄새가 나는 듯해 부랴부랴 에어컨 바람을 찾아서 신식 쇼핑몰로 들어갔다. 바로 앞에 보통화[1]를 쓰는 관광객들이 있었다. 성인 남녀와 여자아이 한 명이었다. 그들은 어느 보석 가게 진열장 앞에 불쑥 멈춰 서더니,

---

1 표준 중국어를 말한다. 중국이 각 방언 간의 차이를 극복하기 위해 제정한 현대 한족의 공통어다.

다이아몬드를 가리키며 이러쿵저러쿵 이야기를 나눴다. 아이는 다소 지루했는지 어른들 옆에서 혼자 노래를 흥얼거리며 치맛자락을 붙잡고 빙글빙글 돌다가 카우 아저씨의 다리에 부딪히고 말았다. 아이는 고개를 들고 카우 아저씨를 쳐다보았지만, 사과 한마디도 없이 두 걸음 뒤로 물러서서는 계속 자기만의 공연을 이어갔다. 카우 아저씨는 미간을 찌푸렸다. 조카 녀석 둘만 빼고, 아이들은 죄다 성가신 존재였다.

아침을 든든히 먹었으니, 점심은 빵 하나면 충분했다. 에어컨 바람으로 땀을 충분히 말린 카우 아저씨는 레클러메이션 거리에 있는 빵집으로 가서 단팥빵 하나를 샀다. 쇼핑몰에 있는 빵집은 너무 비쌌기 때문이다. 카우 아저씨는 또 땀이 날까 봐 아주 천천히 걸음을 옮겼다. 땀 냄새가 나면 남들이 불쾌해할 것 같아 신경이 쓰였다.

구경도 할 만큼 하고 빵도 먹고 나니 마음이 한결 든든했다. 카우 아저씨는 늘 앉던 벤치에 자리를 잡고 앉았다. 벤치 맞은편에 공중화장실이 있었다. 잠시 후, 말끔하게 생긴 젊은 남자 한 명이 안으로 들어가는 게 보였다. 하지만 남자는 얼마 안 되어 금방 밖으로 나왔다. 오히려 대머리 남자가 한참 전에 들어가서는 나오지 않고 있었다. 사람들이 수시로 들락날락하는 동안, 잠시 기다리던 카우 아저씨는 이쯤이면 됐다고 생각했다. 혹시 몸에서 냄새가 나는지 킁킁 맡아보았지만, 땀 냄새가 심하지 않아 바로 화장실로 들어갔다. 소변기 쪽에는 아무도 없었다. 예상한 대로 두 번째 칸의 문 뒤로 대머리가 반쯤 보였다. 카우 아저씨는 그 모습이 우스워 얼른 입을 막았다. 세 번째 칸도 문이 살짝 열려 있었다. 슬쩍 보았더니, 놀랍게도 회청색 러닝셔츠가 보였다. 정말이지 최고로 운 좋은 날이었다.

카우 아저씨는 얼른 다가가 자신의 벌린 입을 손가락으로 가리켰다.

그날 저녁, 집으로 돌아온 카우 아저씨는 피곤하지만, 흡족한 기분으로 소파에 몸을 기댔다. 그건 이 나이에 자주 오지 않는 행운이었다. 아저씨는 마음으로 기도했다. 몇 차례가 지나간 뒤, 다시 만날 수 있게 되기를! 당장 다음번 말고, 또 너무 빨리도 말고. 너무 빠르게 다시 만나면 재미가 없으니까. 게임의 법칙이란 그런 법이다.

카우 아저씨는 잠시 그 기분을 더 누리고 싶었다. 석양 속에서 아마릴리스는 어딘가 지쳐 보였지만, 그래서인지 더 요염해 보였다. 이윽고 해가 완전히 저물었다. 텔레비전 프로그램의 배경 음악 속에서 땅거미가 아무도 눈치채지 못하게, 그리고 완전하게 세상에 내려앉았다. 불도 켜지 않은 거실에 앉아 카우 아저씨는 국그릇을 받쳐 들고 새우 국수를 시원스럽게 후루룩 들이켰다. 반쯤 먹었을 때, 문득 떠오르는 게 있어 그릇을 내려놓고는 텔레비전 장식장 앞으로 갔다. 창밖에서 들어오는 빛에 의지해 눈을 가늘게 뜨고서 시디 케이스 옆면에 적힌 깨알 같은 글씨를 간신히 읽다가 마침내 찾아냈다. 장국영의 베스트 앨범이었다.

시디를 플레이어에 넣자, 파란색의 디지털 표시등이 켜졌다. 마치 파르스름하고 작은 가스 불꽃처럼 멀찍이서 차갑게 빛을 내고 있었다. 시디플레이어가 '샤샤' 소리를 내며 돌아가다 마침내 어느 지점에 닿자, 음악이 흘러나왔다. 카우 아저씨가 가장 아끼는 노래 「많은 걸 바라지 않아」의 익숙한 전주였다.

뜨거운 에너지

대열 大熱

숨겨진 물살에 몸을 맡긴 채 나는 흘러간다. ‘콸콸’ 흐르는 물살이 머리카락과 모공 사이를 통과하며 내 몸의 열기와 먼지를 씻어낸다. 숨을 포기하는 건, 사실 조금도 괴로운 일이 아니다.

더 깊이 가라앉을수록, 모든 게 어둑해진다.

아니, 애초에 맑았던 적이 없었다고 해야 맞을까. 이곳은 심해. 햇살조차 닿지 않는 곳이니까.

몸에 힘을 쫙 빼야 바닷물이 널 떠받쳐 줄 거야. 물이 속삭인다. 바다가 널 편안한 곳으로 데려다줄 거야. 그곳은 소리도, 빛도 없어 어둠마저 의미를 잃는 곳이지. 물이 말한다. 발부터 엉덩이, 허리, 등, 손, 어깨, 목…… 모든 게 내 의지와 상관없이 곤두박질치며 머리까지 아래로 끌어당겨지는 것을 느낀다. 나는 눈을 감으며 발버둥을 멈추기로 한다. 내 생애 가장 완벽한 순간이다. 나는 지쳐 있었다. 생각했던 것보다 훨씬 더 많이. 내게는 이것이

가장 좋은 결말이야, 의식 속에서 던진 마지막 한마디였다.

"그러나 심해는 우리가 상상하는 것처럼 죽은 듯이 고요하지만은 않습니다. 20세기 과학자들은 북극해 해역에서 '해저의 블랙 스모커'라고 불리는 열수 분출공을 발견했죠. 수천 미터 아래, 빛이 전혀 닿지 않는 해저에서 섭씨 400도에 달하는 뜨거운 물이 검은 굴뚝을 통해 끝없이 솟구치고 있었습니다. 굴뚝 주변에는 태초부터 살아온 고세균들이 가득 서식하고 있었지요. 과학자들은 이러한 지열 에너지가 연충이나 판새류, 게와 같은 생물들을 지탱하고 있다는 사실을 발견했습니다. 그리고 지구에 적어도 두 종류의 먹이사슬이 존재한다는 결론을 도출했지요. 하나는 우리가 익히 알고 있는, 온도와 빛이 있는 환경에서 이루어지는 광합성 기반의 생태계, 다른 하나는 지구 내부의 에너지를 기반으로 고온과 암흑 속에서 화학 작용에 의존해 유지되는 생태계입니다. 과학자들은 이를 근거로 원시 생명이 '해저의 블랙 스모커' 주변에서 시작되었을 가능성과 함께, 지구 초기의 생명은 이 호열성 미생물이었을 거라는 이론을 제시했습니다……."

나는 천천히 눈을 떴다. 스크린을 가득 채운 심해 속에 담배꽁초 같은 굴뚝들이 줄지어 서 있다. 십 년째 한결같은 내레이션은 여전히 묵직하고 기복이 없다. 마치 현실의 삶처럼. 다시 이 세상의 공기를 들이마셔 본다. 나는 관람객들 속에 있다.

학교에 가지 않는 날이면, 과학 박물관에 와서 영화를 본다.

교복을 입은 초등학생들이 호기심 가득한 눈으로 공룡 뼈를 바라보고, 그 뒤에는 부모들이 스마트폰에 시선을 고정하고 있다. 나는 자리에서 일어나 그곳을 나왔다.

이번 주는 내내 비가 내린다. 희뿌연 기운 속에서 손목시계를 보았다. 오전 11시 46분. 오늘은 수요일이니 오후에 중국어 수업이 있다. 선제는 창업을 반도 이루지 못하고 도중에 돌아가셨으니…… 창백한 얼굴에 흰머리를 하고 그사이를 비틀거리며…… 정원 아래쪽은 물이 고인 듯 투명하고 물속에는 수초가 엉켜 있는데…….[1] 전부 나와는 아무런 상관없는 감정들. 그럼에도 내가 망설이는 유일한 이유는 중국어를 가르치는 정 선생님 때문이었다. 중학교 2학년 때, 정 선생님은 내게 밥을 사준 적이 있었다. 아버지가 용돈을 깜빡했던 날이었다. 혼자 운동장에 있는 나를 본 정 선생님이 방금 사 온 도시락을 내게 불쑥 내밀며 말했다. 오늘은 위가 아파서 도저히 먹을 수가 없다고.

정 선생님은 그 일을 이미 잊었을 것이다. 오늘 아침, 전화 너머로 들려오는 정 선생님의 목소리에는 짜증이 묻어났다. 나는 두어 마디 듣다가 끊어버렸다. 그렇다고 해서 정 선생님이 싫은 건 아니다. 선생님도 이미 할 만큼 했으니까. 세상을 살아가는 이들이라면 누구나 저마다의 고뇌가 있는 법이다.

과학 박물관 문밖에 서서 비 내리는 하늘을 바라보았다.

학교로 되돌아가야 한다면, 적어도 그 전에 보송보송한 양말로 갈아 신고 싶었다. 이스트 침사추이 쪽 골목에 있던 잡화점이 떠올랐다. 그곳이라면 양말을 팔지도 모른다. 침사추이에 대해서라면 이상할 정도로 기억이 선명하다. 바닷가 맞은편의 불빛과

---

1 차례로 제갈량의 「출사표(出師表)」 구양수(歐陽脩)의 「취옹정기(醉翁亭記)」, 소식(蘇軾, 소동파)의 「기승천사야유(記承天寺夜遊)」의 한 구절이다.

입구가 비좁던 양복점, 하물며 인도인 재단사가 가게 앞에 서서 서양인들에게 쇼윈도 속의 양복을 소개하던 모습까지 또렷하게 기억할 만큼. 시가와 파이프 담배를 팔던 곳도 있었다.

훗날 인터넷에서 1980년대 침사추이의 사진을 보게 되었다. 내가 태어나기도 전의 풍경인데, 어째서인지 내 기억의 일부가 되어 있었다. 어쩌면 그건 전생의 경험일 수도 있다. 그 전생 속에는 나의 어머니와 과거의 아버지가 있다. 그때 아버지는 내게 시가는 쿠바에서 왔으며, 쿠바는 지구 반대편에 있다고 말했다. 지도를 가리키며 바다 위의 어느 작은 섬에서 조금 더 커다란 섬으로 손가락을 옮기면서 이곳이 바로 쿠바라고, 라틴 아메리카의 나라이자 시가 말고도 훌륭한 음악이 많은 곳이라고 했다. 나중에야 안 사실이지만, 아버지는 사실 음악에 대해 아는 것이 전혀 없었다. 그저 시가 판매점 쇼윈도에 쿠바 음악을 소재로 만든 영화 포스터가 붙어 있는 것을 보고 입에서 나오는 대로 말했던 것일 뿐.

내가 아버지의 말을 믿었던 건, 아마도 어머니의 미소 때문이었을 것이다. 어머니는 아버지를 바라볼 때면, 언제나 미소를 머금고 있었다. 나를 바라볼 때도 그랬다. 마치 다른 표정은 단 한 번도 가져본 적이 없는 사람 같았다.

그러나 나는 그런 어머니를 배신했다.

어느 오후, 아버지를 포함해 모두가 거실에 모여 조잘조잘 알 수 없는 이야기를 나누고 있었다. 나는 방 안에서 침대에 앉아 있었고, 누군지 모를 어떤 이모가 내 곁에서 그림책을 읽어주었다. 기억에 따르면, 그건 영어책이었다. hand, head, ear, eye, nose; grandfather, grandmother, father…… 그러다 'mother'가 나왔을 때, 나는 아무 말없이 냉큼 다음 페이지로 넘겨버렸다. 내 행동에 스스로가 깜짝 놀란 사이, 누군가가 나를 와락 품에 안았다. 순간 이모 가슴에 있는 지방 감촉이 느껴지는 동시에 이모의 심장 소리가 들렸다. 이모의 체취는 어머니와 달랐다. 이모는 나의 어머니가 아니다. 바로 그 순간부터 어머니가 정말로 죽었다는 사실을 알았다. 그 사실을 이토록 빠르게 받아들인 내가 증오스러웠다. 분명 아버지는 내게 실망했을 것이다. 아버지 마음속에 나는 언제나 구제 불능의 반골 기질을 가진 아이일 뿐이니까.

새 양말을 한 켤레 사 들고 버스에 올랐다. 2층에는 승객이 별로 없었다. 유리창이 물기를 막아준 덕분에 나는 겨우 다시 세상으로 돌아와 혼탁하고 악취 섞인 인간 세상의 공기를 들이마셨다. 앞쪽 몇 줄에서는 중년 남자들이 코를 드르렁거리며 자고 있었다. 인간 세상에 대한 신뢰가 있으니 저렇게까지 깊이 잠들 수 있는 것일 테다.

나는 새 양말로 갈아 신었다. 젖은 양말을 집어 들고서야 비로소 책가방을 집에 두고 왔다는 사실을 깨달았다.

책가방은 주방 문가에 있었다. 주방에 있는 아버지를 보면 해마가 생각났다. 불룩 튀어나온 배와 타오바오[1]에서 산 선반은 구불구불한 꼬리가 되어 걸려있는 것 같았다. 그렇게 바닷물을 따라, 아니 공기를 따라 살며시 몸이 흔들리는 듯했다. 아버지는 늘 나보다 일찍 일어나고 늦게 잠들기 때문에 깨어 있는 동안에는

---

1 중국의 온라인 쇼핑 웹사이트로 알리바바 그룹이 운영하는 오픈마켓

아버지의 존재를 피할 수 없었다. 아버지는 최근 주방에 틀어박혀 이것저것 만드는 게 취미였다. 제대로 연구해서 매일 먹을 걸 만들어주마. 아버지는 그렇게 말했다. 아버지는 주로 간식거리를 만들었다. 가루를 반죽하고, 달걀을 풀고, 오븐을 예열하고, 기름을 두르기 전에는 신중하게 분량을 재어가면서…… 그 좁은 주방 안을 능숙하게 왔다 갔다 하면서도 발밑의 제한된 공간을 벗어나지는 못했다. 아버지는 소소한 간식류에 꽤 자신이 있어 이걸로 장사라도 작게 할 수 있겠다며 이런저런 맛을 개발하고 있었다. 그전까지만 해도 아버지의 계획은 온라인 의류 쇼핑몰을 운영하는 것이었다. 종일 컴퓨터 앞에 앉아 각종 의류의 디자인이며 원단, 도매가, 소매가 등을 연구하곤 했다. 문밖을 나서지 않아도 천하의 일을 훤히 알았고, 무슨 이야기를 해도 막힘이 없었다. 지금은 인터넷이 아버지 세상의 전부였다. 이곳 공공 임대 아파트로 이사 오면서 아버지는 본인의 대학 졸업장을 거실 벽에 걸어두었다. 옛집에서 가져온 몇 안 되는 물건 중 하나였다. 그렇지만 나는 예전에 살던 집을 여전히 잊지 못한다. 그곳에는 사과빛의 초록색 벽이 있었고, 그 앞에는 짙은 커피색의 피아노 한 대가 놓여 있었다. 어머니는 간단한 연주 정도는 가능했는데, 간혹 피아노 앞에 앉아 「아름답고 푸른 도나우강」을 뚝뚝 끊어지게 연주하곤 했다. 유독 그 곡만 또렷이 기억나는 걸 보면, 어머니가 연주할 수 있는 곡은 그리 많지 않았던 것 같다. 피아노는 나와 아버지가 이사하면서 옛집에 남겨졌다. 문을 닫기 직전, 나는 뒤를 돌아보았다. 텅 빈 방과 피아노, 그리고 초록색 벽은 그렇게 나의 시야 속에 영원히 남겨졌다.

버스가 가다 멈추기를 반복했다. 남자는 파도를 따라 흔들리는 해초처럼 균일하게 코 고는 소리를 내며 자고 있었다. 나는 젖은 양말을 교복 주머니에 욱여넣고 눈을 감았다.

교실에서 창밖을 내다보면, 운동장 구석에 작은 연못이 보였다. 연못 위쪽에는 성모 마리아상이 있는데, 고개 숙인 성모 마리아의 머리를 석조 두건이 감싸고 있어서 뾰족한 얼굴만 밖으로 드러났다. 지금, 성모 마리아는 거센 빗속에서 눈을 내리깔고 운명의 세례를 받아들이고 있다.

나는 성모 마리아상이 있는 성당을 본 적이 있다. 성모상 대신 십자가만 있는 교회도 본 적이 있다. 어머니가 세상을 떠난 뒤, 아버지는 한때 나를 데리고 교회에 다녔다. 예배가 끝나면, 사람들은 우리를 잔뜩 에워싸고는 줄을 서듯 아버지와 악수를 나눈 뒤, 내 머리를 쓰다듬으며 얌전하다고 했다. 아버지는 또 한참을 가만히 기다렸다가 사람들이 흩어진 뒤에야 나를 데리고 목사님 옆으로 갔다. 부인이 세상을 떠나 상심이 크시겠습니다만, 그리스도를 사랑하는 형제님의 마음은 아내를 향한 사랑보다 더 커야 합니다. 나는 아버지 옆에서 목사가 아버지에게 건네는 말을 들었다. 또 아버지는 한때 '사부'라고 불리던 남자와 빈번하게 왕래하기도 했는데, 매일 같이 무슨 후추와 소금을 뿌려 볶아낸 두부튀김이며, 동과 찜, 노루궁뎅이버섯으로 만든 탕수육 같은 채식을 만들었다. 나를 데리고 그 사람을 따라 불당에 가서 향을 피우고 절을 하기도 했지만, 어쩐 일인지 그 또한 흐지부지되고 말았다. 사실 성모 마리아니 그리스도니 부처니 하는 것들은 내게 너무나도 머나먼 존재였다. 이 세상에서 내 옆에 있는 건 오로지 아버지뿐이다.

빗방울이 성모 마리아상 위로 촘촘히 떨어졌다. 소리도 날 법한데, 창문이 닫혀 있어서 들리지 않았다.

"레이위가!"

"레이위가!"

앞줄에 앉은 친구들이 모두 고개 돌려 나를 쳐다보았다. 정 선생님이 벌써 몇 번이나 나를 부른 모양이었다. 나는 정신을 차리고 다시 교과서에 집중하기 시작했다. 선생님도 별다른 말없이 목청을 한번 가다듬더니 낯빛을 수습하며 다시 수업을 시작했다. 이번 시간이 오늘의 마지막 수업이었다. 오후 3시, 나는 정 선생님이 하품을 참느라 눈물이 그렁그렁해지는 모습을 몇 번이나 목격했다. 오늘은 목이 넓게 파인 상의를 입고 있었는데, 이따금 낡은 브래지어 끈이 드러났다. 선생님 노릇도 참 쉽지 않은 시대다.

아버지 말에 따르면 학교 선생이란 그저 밥벌이일 뿐, 학생에게 관심이 있는 건 아니라고 했다. 또 아버지는 내가 자신의 총명한 머리를 물려받았음에도 성적이 나쁜 건 수업 수준이 너무 낮아 흥미를 느끼지 못하기 때문이며, 결석을 하는 건 주입식 교육 제도가 나에게 맞지 않아서라고 했다. 홍콩의 선생들은 구태의연하다고, 홍콩 대학들의 연구는 양만 앞세우고 품질은 안중에도 없다고 했다. 별 볼 일 없는 사람들이 널리고 널렸으니 굳이 그들과 어울릴 필요가 없다고 아버지는 말했다. 그러는 동안 손에는 텔레비전 리모컨을 쥐고 끝없이 채널을 돌려댔는데, 그 손놀림은 마치 총잡이가 총을 쥐고 텔레비전 화면을 향해 한 발 한 발 총알을 쏘아대는 것 같았다. 홍콩 드라마는 죄다 썩었어. 아버지가 말했다. 남자 주인공 머리 꼬락서니 하고는, 남자가 무슨 파마야? 아버지가 말했다. 시트콤 속 주인공의 집들은 대략 90제곱미터 정도 되는 규모에 인테리어도 호화로웠지만, 내가 처한 상황은 전혀 달랐다. 우리 집은 고작해야 28제곱미터에다가 철문에는 꽃무늬 천이 걸려 있고 대문은 선명한 초록색 칠이 되어 있다. 이 세상은 평범하고 선한 사람들뿐이다. 나는 그들을 미워하지 않는다. 그들을 좋아하지 않는 것과 마찬가지로.

주머니에 넣어둔 젖은 양말이 갈수록 더 묵직하게 느껴졌다. 마치 차가운 종양 덩어리 같았다.

"레이위가."

사회복지사가 서류철을 열더니 위에 적힌 글자를 따라 내 이름을 그대로 읽어 내려갔다.

나는 아무런 말도 하지 않았다.

"종합 사회 보장 지원[1]을 받고 있으니, 경제적으로는 큰 문제 없겠구나."

사회복지사가 글자를 따라 눈동자를 위아래로 움직였다.

나는 여전히 입을 열지 않았다. 사회복지사는 그제야 나를 쳐다보았다.

"넌 아직 열다섯 살이 안 됐으니까 법에 따라 의무 교육을 받아야 해. 또 이유 없이 결석하면, 너희 아버지가 기소될 수도 있어."

나는 여전히 아무 말도 하지 않았다.

---

1 홍콩의 공공 복지 제도로 경제적으로 자급자족이 어려운 사람들에게 경제적 지원을 제공한다. 월별 생활비와 필요시 특별 보조금 등을 지급한다.

"너한테 가족은 아버지 하나뿐인데, 아버지가 법적 문제에 휘말리는 건 너도 원치 않잖아. 안 그래?"

그 말을 하며 사회복지사는 미소를 지었다. 호의로 건네는 말이라는 듯이.

"학교는 왜 안 가는 거니?"

나는 그저 어머니의 이름이 무엇인지, 어머니는 어디에 묻혔는지 그것이 알고 싶을 뿐인데, 학교는 그 답을 줄 수 있는 사람이 아무도 없는 곳이었다.

"수업은 따라가 볼게요."

내가 대답했다.

"이번 학기에는 더 이상 결석 안 해요."

사회복지사는 나를 한 번 바라보더니 어쩔 수 없다는 듯 미소를 보였다.

"그럼 됐고."

사회복지사가 파일을 덮으며 말을 이었다.

"필요한 게 있으면 언제든 나를 찾아와. 매주 목요일 오후에는 항상 여기 있으니까."

나는 그대로 일어나 돌아서서 자리를 떴다. 갑자기 사회복지사가 내 등을 향해 소리쳤다.

"밖에 비 오는데."

그러고는 서랍을 열더니 접이식 우산 하나를 꺼냈다.

"우산 가져왔니?"

사회복지사 사무실을 나오는데, 복도에서 그 남학생을 또 마주쳤다. 나를 아무 표정 없이 바라보고 있었다. 어제 아침에는 단지 상가를 배회하는 그 아이를 봤었다. 상가 뒤쪽 계단은 옥상으로 이어져 있었는데, 어쩐 일인지 문이 잠겨 있지 않았다. 철문을 밀고 들어가니, 옥상 난간에 앉아 있는 그 아이의 뒷모습이 보였다.

옥상은 꽤 넓었다. 나는 그 아이와 2~3미터 정도 거리를 두고 난간에 앉았다. 다리가 허공에서 대롱대롱 흔들리는 감각은 버스에서 듣던 코 고는 소리와 무척 흡사했다. 한가로이 박자를 타며 겨울 햇살 속을 흐르는 마치 한 곡의 쿠바 음악처럼. 높은 곳에서 내려다본 도시는 아주 작아 보였다. 거리 위로 사람들과 차들이 개미 떼처럼 질서정연하면서도 목적 없이 앞으로 나아가고 있었다. 그들이 머리 위에 짊어진 고민과 꿈이 보이는 듯했다. 그건 마치 해저의 굴뚝 같았다.

학교는 왜 안 가는 거니?

학교를 왜 가지 않느냐고? 사람들은 학교를 왜 가야 하는지는 묻지 않는다. 이유라는 건, 학교에 안 갈 때가 아니라 학교에 가야 할 때 필요한 것이다. 마치 삶처럼. 죽음에는 이유가 필요 없지만, 삶에는 이유가 필요하니까.

뛰어내리는 상상을 안 해본 건 아니었다. 내게 죽음은 삶보다 훨씬 쉬운 일이었다. 사람들은 항상 '생명을 소중히 여겨야 한다'고 말한다. 가족을 위해, 친구를 위해…… 그리고 타인을 위해서. 그러나 나의 세계에는 다른 사람이 없다. 나와 관련된 일도, 연결된 사람도 없다.

사는 것과 죽는 것에 옳고 그름이란 없는 법이다.

너무 이기적인 거 아니니? 가족들을 생각해 봐, 그리고 친구들을…….

나는 가족이 없다. 친구들도 없다. 무엇보다 내가 왜 타인을 위해 살아야 하지?

네 아버지를 생각해 봐.

나의 아버지라. 어쩌면 나는 아버지에 대한 증오로 지금껏 살아왔다. 나는 내 삶이 오래오래 이어지기를 바란다. 아버지가 없는 세상에서 살 수 있도록. 그때가 되면, 공기는 맑고 햇빛은 투명하게 반짝이겠지. 내 눈에 비치는 모든 것들이 지금보다 훨씬 또렷해질 것이다.

나는 다리를 흔들었다. 바람이 교복 치마 속을 파고들어 조금 추웠다. 유일하게 느껴지는 감각이었다.

잠시 후, 남학생이 옥상 난간에서 일어섰다. 나는 그 아이를 바라보았다. 그 아이는 두 팔을 벌리더니 눈을 감았다. 바람이 불어와 교복이 몸에 찰싹 달라붙으며 그 아이의 왜소한 몸뚱이를 감쌌다.

나는 아이의 이름도 모른다. 만약 아이가 뛰어내린다면, 내가 말려야 할까? 아이를 바라보던 2분 남짓한 시간 동안, 그 질문이 머릿속을 꽉 채웠다. 답을 찾을 수 없었다. 아니면, 최소한 이름 정도는 물어봐도 좋을 것이다.

“음.”

나는 앞으로 다가가며 말을 걸었다.

“넌 이름이 뭐야?”

그 아이는 분명 나를 알아보는 눈치였지만, 대답을 하지도, 그렇다고 자리를 뜨지도 않았다.

"나는 레이위가야."

나는 계속 말을 이었다.

"혹시 우리 중 누가 먼저 떠나더라도, 최소한 남은 사람이 이름 정도는 기억할 수 있으니까."

그 아이는 여전히 나를 바라보고만 있었다.

"한 번 생각해 봐."

나는 돌아서서 그곳을 나왔다. 애초에 남에게 강요하는 재주 따위는 내게 없었다. 하물며 오늘치 대화의 한도마저 다 써버린 상태였다.

"저기."

그 아이가 나를 불러 세웠다.

"내 이름은……."

내일. 내일 다시 알려줘. 나는 생각했다. 우리가 내일도 여전히 존재한다면 말이야.

교문을 나서는데, 순간 빗물이 내 머리 위로 쏟아졌다. 빌려온 우산을 서둘러 폈다. 나는 이번 사회복지사가 마음에 들었다. 지난번에 만났던 사람은 중년 남자였는데, 꼭 화학 선생 같은 외모였다. 셔츠와 정장 바지 차림에 안경을 끼고 늘 친절한 얼굴을 보였지만 입냄새가 지독했다. 반년 뒤, 다른 학교로 전근을 가고 나서야 나는 겨우 한숨을 돌렸다. 그제야 안 사실이지만, 나는 그 사람의 성도 기억하지 못하고 있었다. 오늘 만난 사람은 약간 통통했고 얼핏 젊어 보였지만, 몇 마디 나누다 보니 얼굴에 잔주름이 보였다. 화장도 조금 한 것 같았다. 정 선생님을 포함해 학교 여직원들은 늘 민낯이어서 나이 들고 피곤해 보였다. 못생긴 게 곧 성실함이요, 노력과 소박함의 방증이라도 되는 줄 아는 모양이었다. 아버지는 언제나 여자는 화장을 안 했을 때가 제일 예쁘다고 했다. 또 너무 뚱뚱하면 둔해 보인다고도 했다. 짐작건대, 어머니는 화장을 하지 않는 가냘픈 여자였을 것이다. 아주 평범한 여자.

어머니의 얼굴은 진작 잊어버렸다.

어머니가 죽은 뒤, 아버지는 서둘러 옛집을 떠났다. 아버지가 챙긴 건 나와 고양이, 슬리퍼 두 켤레, 칫솔 두 개, 그리고 자신의 대학 졸업장뿐이었다. 우리는 아주 긴 시간 동안 버스를 타고 가다가 어느 집에 짐을 풀었다. 그곳은 창밖으로 바나나 나무가 엉망진창으로 우거져 있었고, 조금 떨어진 길목에는 낡은 자동차 몇 대가 세워져 있었다. 그곳으로 이사한 지 얼마 안 되어 고양이도 세상을 떠났다.

고양이를 떠올리자, 약간의 가책이 느껴졌다. 녀석이 식욕을 잃었다는 것을 나는 진작부터 알고 있었다.

"아빠, 고양이가 밥을 잘 안 먹는 것 같아."

"그래?"

아버지는 몸을 뒤척이며 바닥에 있는 고양이를 힐끗 한 번 쳐다보았다.

"날이 더우면 입맛이 떨어지지. 이따 내가 마트에 가서 맛있는 통조림을 하나 사다주마."

아버지는 다시 내게 등을 보이며 돌아누웠다. 잠이 들었는지 아닌지 알 수 없었다. 남의 집을 전전하는 동안, 아버지는 줄곧 누워서 하루를 보냈다. 옛집을 떠난 뒤, 아버지는 애써 아무렇지 않은 척하며 수많은 친척과 친구들을 불러다 밥을 먹였다. 주방과 거실을 분주하게 오갔지만, 결국 그들과는 하나같이 싸움으로 끝을 맺었다. 그들의 넘쳐흐르는 호의와 무력한 위로를 아버지가 도저히 견디지 못한 탓이었다. 사람들이 더 이상 우리 집을 찾지 않자, 아버지는 그제야 고양이가 종잇장처럼 말라 있다는 사실을 알아챘다. 수의사가 말했다. 신부전 말기이며, 너무 늦었다고.

먼저 울음이 터진 건 나였다. 그러자 아버지도 울었다. 처음에는 참으려 애를 쓰더니, 이내 목 놓아 울기 시작했다. 어머니가 돌아가셨을 때도 단 한 번 울지 않던 아버지였다.

수의사는 익숙한 장면이라는 듯 휴지를 건네며 천천히 말을 건넸다.

"녀석은 이미 최선을 다했습니다."

몇 년 후, 우리는 공공 임대 아파트를 배정받아 이사했다. 어느 오후, 별 목적 없이 버스를 탔다가 그때 그 거리를 지나게 되었다. 동물 병원이 있던 자리에는 어느새 부동산 중개업소가 들어서 있었다.

나는 고개를 들었다. 시야가 우산에 가려 하늘이 보이지 않았다. 분홍색 우산 위에는 캐릭터나 무늬가 없었다. 표면은 구김살 하나 없이 매끈했다. 문득 가슴이 뭉클했다. 적어도 이 우산 아래에서만큼은 내가 안전하다는 생각에, 이 우산이 소중하게 다루어진 물건이라는 사실에 나는 공연히 마음이 놓였다.

거실은 소리 없는 텔레비전과 아버지 발치에 있는 적외선램프만 번쩍이고 있었다. 텔레비전을 켜둔 채, 아버지는 소파에서 잠이 들었다. 하교 때마다 마주하던 그 모습 그대로. 아버지는 허리가 아프다고 했다. 종아리에 힘이 들어가지 않는다고도 했다. 왼쪽 어깨가 무겁고 팔이 안 올라가는 것을 보면 오십견인 것 같다고 했다. 적외선램프는 아버지의 유일한 빛이었다. 순간, 붉은빛이 발치에서부터 거대한 몸체를 비추니 그 모습이 마치 제단 위의 신상神像 같았다. 입을 벌린 채 곤히 잠든 얼굴은 수염 난 아기 같기도 했다. 나는 진심으로 아버지의 일상이 평안하기를 바란다. 그래야만 내가 조금은 평온해질 수 있으니까.

방문을 닫고 들어가 침대에 몸을 던졌다. 아직도 주머니 속에는 축축한 양말이 체온을 잃은 종양처럼 들어 있다.

나는 깊은 잠에 빠져들었다.

나는 그 남학생과 단지 상가의 계단을 걷고 있었다. 우리는 계속 아래로, 또 아래로 내려가다가 모퉁이를 한 번 돌고, 또 한 번 돌았다.

"옥상은 위로 올라가야 하는 거 아니야?"

나의 물음에 그 아이는 아무 말도 하지 않았다. 그 아이의 이름을 제대로 듣지 않았던 게 후회되었다. 나는 걸음을 재촉했다. 아무도 우리를 알아보지 못하는 곳으로, 적어도 우리의 교복을 알아보는 사람이 없는 곳으로 서둘러 가고 싶었다.

상가 안에는 아무도 없었다. 슈퍼마켓부터 편의점, 패스트푸드점, 잡화점까지 모두 철문을 단단히 닫아두었다.

"아!"

그 아이가 갑자기 멈춰 섰다.

나도 따라 멈췄다.

“이름을 옥상에 두고 왔어.”

그 아이는 몹시 당황한 얼굴이었다.

“어떡하지?”

그러고는 갑자기 돌아서서 위쪽으로 달려가더니 모퉁이를 돌아 흔적도 없이 사라져 버렸다. 나는 그 자리에 서 있었다. 고통스러운 신음 소리가 저 멀리서 들려오며 점점 가까워졌다. 불현듯 두 눈을 떴다. 나는 침대에 누워 있었다.

신음 소리가 방문 밖에서 들려왔다. 나는 몸을 일으켜 문을 열고 밖을 내다보았다. 아버지가 창백한 얼굴로 소파에 힘없이 기대앉은 채, 한쪽 다리가 바닥으로 축 늘어져 있었다.

“왜 그래?”

가까이 다가가 보니 미간은 구겨져 있고, 관자놀이는 땀이 맺혀 번들거렸다. 아버지는 대답 없이 배를 감싸쥐었다.

“어디가 불편해?”

왠지 심상치 않아 보여 재차 물었다.

“배가…….”

아버지는 겨우 몇 마디를 뱉어냈다.

“아파…… 갑자기…….”

“진통 오일[1]이라도 발라볼까?”

아버지의 대답을 기다리지 않고, 텔레비전 옆에 있는 플라스틱

---

1 약유(藥油)라고 불리는 홍콩 가정의 필수 상비약이다. 주로 멘톨, 장뇌, 한약 성분 등을 배합해 만든다.

서랍장을 샅샅이 뒤졌다. 아버지의 진료 예약 서류, 줄줄이 딸려 나오는 정체 모를 알약들, 나의 옛 학생증 사진 몇 장, 그리고 사은품으로 받은 볼펜 몇 자루가 나왔다. 서랍을 닫고 다른 서랍을 열었다. 그 안에는 저렴해 보이는 아버지의 옷가지가 있었다. 마침내 세 번째 서랍 속에서 잔뜩 뒤엉킨 충전 케이블 사이로 진통 오일이 보였다.

나는 잠시 망설였다. 오일을 손바닥에 덜어낸 뒤, 두 손을 비벼 따뜻하게 문지른 다음 아버지의 배를 누르며 발라주었다. 대체 누구에게 이걸 배웠더라? 기억이 나지 않았다.

"난 괜찮다."

아버지가 간신히 몸을 일으켜 앉았다.

"조금 있으면 나아져."

나는 몇 걸음 뒤로 물러나 물끄러미 아버지를 바라보았다. 불도, 텔레비전도 다 꺼진 거실. 그 속에서 아버지의 신음이 끝없이 부풀어 올랐다. 자꾸자꾸 바람을 불어넣은 풍선처럼 금방이라도 터질 것만 같았다.

아버지는 그 팽창하는 고통 속에서 안간힘을 쓰고 있었다. 얼굴은 점점 더 하얗게 질려가고, 땀이 비 오듯 쏟아졌다.

"구급차 부를까?"

이제는 이 소동을 끝내야 할 것 같았다.

"됐다."

아버지는 힘겹게 대답했다.

"방에 가서 잠깐 누워 있으면 돼."

아버지가 자리에서 일어서던 찰나, 허리가 꺾이면서 고개가 툭 떨어졌다. 손은 소파 등받이를 짚고 있었지만, 다리는 앞으로 한 발짝도 떼지 못하고 있었다. 나는 처음으로 아버지가 곧 맥없이 허물어질 것 같다는 느낌이 들었다. 마치 바람에 꺾이기 직전, 갑자기 흔들림을 멈춘 나무줄기처럼. 나는 그 속에서 벌레 먹은 나이테를 보았다.

진작부터 나는 알고 있었다. 어머니가 세상을 떠난 그 순간부터 아버지의 마음은 문드러져 가고 있었다는 것을. 아버지는 나를 사랑하지 않는다. 적어도 어머니를 사랑했던 것만큼 나를 사랑하지는 않는다.

그러니 나는 도울 수가 없다. 아버지를 도와줄 수가 없다. 내가 거둘 수 있는 건, 오직 나 하나뿐이다.

구급차를 부르고, 나갈 채비를 했다. 내 신분증, 아버지의 신분증, 돈, 열쇠, 그리고 아버지의 외투까지 챙겼다. 응급실은 에어컨 바람이 차가울 것이다. 나는 이상할 정도로 침착했다. 그건 아버지가 나를 사랑하지 않는다는 사실을 명확하게 깨달은 결과일 터다.

마음이 차분히 가라앉았다.

구급대원이 도착해 아버지를 들것에 능숙하게 실었다. 아버지는 저항할 힘조차 남아 있지 않았다.

응급실은 사람들로 가득했다. 구급대원은 움직일 수 없는 아버지를 휠체어에 앉혀두고 병원을 떠났다. 이제 우리는 기나긴 기다림을 할 차례였다. 시계는 8시 45분을 가리키고 있었다. 로비의 텔레비전에서는 궁중 사극이 방영 중이었다. 사극 배우들의 분장 아래에서 아버지 얼굴이 백지장처럼 유독 창백해 보였다. 두 눈을 감은 아버지의 관자놀이에서 식은땀이 배어 나왔다. 더럽고 부패한 이곳을 아버지는 고통으로 맞버티고 있었다. 나는 그저 옆에서 그 모습을 지켜볼 뿐이었다.

차라리 고개를 돌리기로 하고 텔레비전으로 시선을 옮겼다. 화면 속에서 인물들이 다양한 표정 연기를 하며 대사를 주고받는 동안, 머리 장식과 귀걸이가 연달아 흔들렸다. 그러나 내 귀에는 의사와 간호사의 발소리, 병원의 안내 방송, 그리고 기침과 가래 끓는 소리만 들려왔다. 그러고 보니 텔레비전은 음소거 상태였다.

"넌 내가 많이 미울 거야, 그렇지?"

나는 고개를 돌렸다. 아버지가 건넨 말이었다는 걸 뒤늦게 알아챘다.

"그러니까 내 말은."

아버지는 여전히 눈을 감은 채 말을 이었다.

"넌 분명 날 미워하고 있을 거라고."

응급실의 공기가 부풀어 오르더니 거센 파도가 몰아치는 바다로 변한다. 모든 것을 삼켜버릴 듯 강한 기압이 밀려와 산소를 휩쓸어 버린다. 숨이 막혔다. 격랑이 이는 침묵 속에서 사극은 끝이 났고, 부러진 해초가 산산조각 흩날리듯 광고가 이어졌다. 다음 프로그램은 무협 드라마였다. 달아나는 물고기 떼처럼 자막이 빠르게 화면을 훑고 지나갔다. 침묵 속에서 두 남자가 칼끝을 주고받았다. 가볍게 디디는 발소리가 심해에서 튀어 오르는 미세

한 플라스틱 입자 같았다. 두 사람은 정말 서로를 죽이려는 걸까, 아니면 그저 전장을 벗어나고 싶은 걸까? 나의 몸이 바닷속 쓰레기에 사정없이 부딪힌다. 자동차 타이어에, 녹슨 쇳덩이에, 온몸을 휘감는 폐그물까지.

나는 그곳에 앉아 심한 메스꺼움을 느꼈다. 그리고 마침내, 모든 게 지나가 버렸다.

"아니, 난 아버지를 미워하지 않아."

나는 텔레비전에 시선을 고정한 채 말을 이었다.

"아버지는 이미 최선을 다했으니까."

응급실의 에어컨 바람이 소름 돋을 만큼 차가웠다. 사방에서 '훅훅' 하는 바람 소리가 쉴 없이 울렸다.

"학교 사회복지사한테 얘기해 두마. 기숙학교나 다른 기숙사에 들어갈 수 있게 신청해 달라고. 혼자서도 건강 챙기면서 잘 지낼 거라고 믿는다."

나는 고개를 돌리지 않았다.

"아버지도 건강 챙기면서 잘 지내."

온 힘을 짜낸 끝에 겨우, 말할 수 있었다.

드디어 의사가 왔다. 병동 보조원이 휠체어를 밀었다. 나도 일어나 뒤따라갔다. 커튼 뒤에서 아버지는 이미 침대로 옮겨진 상태였다. 의사가 아버지의 상의를 걷어 올리자, 오랫동안 햇빛을 보지 못해 물렁물렁하게 꺼진 배가 드러났다. 의사는 배 위를 몇 번 눌러보다가 아버지를 돌아눕게 했다.

쓰나미가 휩쓸고 지나간 자리, 아버지는 물에서 나와 도살을 기다리는 커다란 물고기가 되어 있었다.

"맹장염입니다. 잠시 후에 초음파를 할 거예요. 우선 항생제를 써보고, 효과가 없으면 수술해야 할 수도 있고요."

의사가 진료 기록지에 기호를 그리며 말했다.

"오늘 밤은 입원해서 경과를 보겠습니다. 보호자분은 이따가 접수 창구에 가서 수속 먼저 하시고요. 지금은 면회 시간이 아니니 수속이 끝나면 귀가하셔도 됩니다."

의사가 고개를 들어 나를 힐끗 쳐다보았다.

"너 열여섯 살은 넘었니?"

그러고 보니 나는 여전히 교복 차림이었다.

"집에 다른 가족들은 있고?"

의사가 재차 물었다.

"아니요."

"법적으로 열여섯 살 미만은 집에 혼자 있을 수 없는데."

의사가 마스크를 벗자 뾰족하고 고상해 보이는 턱이 드러났다.

"너 열여섯 살 넘었어?"

나는 대답하지 않기로 했다.

"혹시 다른 보호자가 없다면……."

"전 보호자 같은 거 필요 없어요."

나는 의사의 말을 잘랐다.

"지금껏 내가 나를 돌보며 살았으니까."

"의사 선생님……."

아버지가 갑자기 힘없이 눈을 떴다.

"아이는 괜찮을 겁니다."

"뭐라고요?"

의사가 머리를 살짝 아래로 기울였다.

"이 아이는 괜찮을 거라고요."

아버지가 비스듬히 나를 바라보았다.

의사는 고개를 들어 나를 한참 응시했다.

"그럼 난 아무것도 모르는 거다."

의사는 다시 마스크를 쓰더니 등 뒤에 있던 컴퓨터 앞으로 가서 키보드를 두드렸다.

나는 돌아서서 그곳을 나왔다.

내리막길을 걸었다. 천둥소리가 귓가를 울리며 진동하고, 가로등 불빛은 노란 웅덩이가 되어 번져간다. 세상이 희석되어 빗물의 일부가 된 듯 천천히 내 안으로 스며든다. 나를 심해로 끌고 내려가 그 깊은 바닷속에서 하나로 녹아들어 거대한 열에너지가 된다. 나의 두 팔은 펄펄 끓어오르며 쏟아지는 비를 증발시킨다. 나는 묵묵히 걸어나간다. 이 육신을 벗어나 또 다른 뜨거운 나를 찾아 나서듯이.

나를 지키는 마음

결신자애 潔身自愛

“우리를 시험에 들게 하지 마시옵고, 다만 악에서 구하시옵소서. 나라와 권세와 영광이 아버지께 영원히 있사옵나이다. 아멘.”

예배 봉사자들이 예배당을 빠져나가면서 주일 예배도 끝이 났다. 교인들 중에는 자리에서 일어나 나설 채비를 하는 사람들부터 여전히 긴 의자에 앉아 앞뒤의 교인들과 근황을 나누는 사람들도 있었다. 그들은 서로 구역 모임이나 새 신자반에 나갔는지, 매일 기도하며 하나님과 가까이 지냈는지 등의 소식을 주고받았다. 어쩌면 그들에게는 매주 혹은 매달 단 한 번 주어지는 유일한 대화 시간일지도 몰랐다. 로비 출입구에서 교인들과 악수를 나누던 귁호우는 입으로는 비슷한 이야기들을 건네면서도 속으로는 방금 했던 설교를 되짚고 있었다. 평이하고 이해하기 쉬운 예시를 들었다고 생각했는데, 교인들의 반응이 영 미적지근했다. 오래된 동네라 그런지 교인들 대부분이 연장자였다. 귁호우는 인정하기로 했다. 그들의 신앙심이 사유보다는 단순함에서 비롯된다는 사실과 그 단순함이야말로 신앙의 기초가 된다는 사실을.

"살이 빠졌네."

찬 할머니가 궉호우의 손을 잡으며 말했다. 그 손은 서늘하면서도 가벼웠다.

"몸을 너무 혹사하면 안 돼."

"알겠습니다."

찬 할머니의 인사에 얼마간 뭉클한 마음이 들었다. 보는 사람마다 '바쁘다'고 '말랐다'고 이야기하는 찬 할머니지만, 노인에게는 그것이 타인에게 줄 수 있는 관심의 전부라는 걸 궉호우는 잘 알고 있었다.

교인들을 서둘러 배웅한 뒤, 궉호우는 2층 소예배당으로 돌아와 전도사 가운을 벗어서 문 뒤에 조심스럽게 걸었다. 잠시 후면 교회 회의가 있으므로 그 전에 짬을 내서 뭐라도 먹어둬야 했다. 목사, 당회장, 부당회장 모두 궉호우를 기다렸다. 그들은 매주 아침 예배가 끝나면 함께 모여 조식을 먹곤 했다. 궉호우가 차찬 텡에 들어서자, 어느새 모두가 원탁에 둘러앉아 있었다.

"여기예요!"

중얀이 동그란 의자를 오른쪽으로 밀어 자리를 만들더니 궉호우에게 손짓했다.

"지난주에 가힘 합격자 발표 나지 않았어요? 어느 대학 붙었어요?"

중얀이 물었다. 가힘은 목사님의 아들이다.

“홍콩대에 붙긴 했는데, 애초에 영국 유학 보내기로 해서.”

목사가 냅킨을 집어 입가에 묻은 사테 소스를 무심히 닦아냈다.

“나는 런던으로 갔으면 했는데 녀석이 에든버러로 가겠다고 하니, 뭐 어쩔 수 있나.”

“자식이 크면 부모 뜻대로 안 되잖아요.”

소위 건강 관리파인 푸 형님은 토스트만 먹으며 말했다.

“알아서 선택하게 두세요.”

“가힘은 그래도 우리 막내딸에 비하면 양반이에요!”

다이파이는 자기 목청이 얼마나 큰지 늘 모르는 사람이다.

“우리 딸은 무슨 팬클럽인가에 가입해서 학교에만 가면 친구들이랑 응원 물품 만드느라 바쁘고, 방학하면 여기저기 쫓아다니느라 정신이 없다니까요! 온종일 휴대폰만 들여다보면서 스케줄을 줄줄 꿰요. 아빠 엄마한테는 그렇게까지 못하는 녀석이!”

“누구를 그렇게 쫓아다니는데요? 한국 연예인, 아니면 홍콩?”

“내가 어떻게 알아요, 죄다 비슷비슷하게 생겼는데. 굳이 말하자면 우리 구제부 부장님보다 화장은 더 진합디다!”

모두가 와하하 웃음을 터뜨리는 와중에 구제부 부장 육징만 못마땅해했다.

“제가 언제 화장을 했다고 그러세요? 저는 내면의 아름다움을 중시하는 사람이라고요! 제 나이 스물이 넘도록 립스틱도 한 번 안 발라봤다니까요!”

“농담이니까 진정하세요……..”

모두가 웃고 떠드는 와중에 궉호우는 말없이 미소만 지으며 마지막 남은 레몬차 한 모금을 마저 마셨다. 화장을 하는 것도,

자식이 있는 것도 아니었기에 그들의 골칫거리는 궉호우와 상관 없는 일이었다.

"자, 슬슬 일어나죠."

푸 형님이 딱 좋은 타이밍에 손목시계를 보았다.

"회의 안건이 산더미입니다."

그래, 가능하면 회의가 제시간에 끝나면 참 좋겠네. 궉호우는 생각했다. 교회 회의는 언제나 길어지고 또 길어져서 일요일을 통째로 잡아먹곤 했다. 그러고 나면, 다음 날은 모두가 지친 몸을 이끌고 또다시 기나긴 닷새를 시작했다. 하지만 오늘은 정말 곤란하다. 오늘 저녁에는 시녹과의 약속이 있었다. 시녹은 목사님 아들 가힘의 동창인데, 집안 형편을 두고 보자면 둘은 하늘과 땅 차이였다. 궉호우는 중학교 2학년 때부터 시녹에게 무료로 영어 과외를 해주었다. 그리고 이번에 시녹은 마침내 원하는 대학에 합격했다. 그러면서 과외 선생님에게 어떻게든 제대로 된 저녁 식 사를 대접하고 싶다고 했다. 궉호우도 시녹이 어떤 식사 자리를 준비했을지 꽤 기대되었다. 이 중요한 약속 자리에 나가려면, 미 리 머리도 좀 하고 옷도 단정한 것으로 갈아입고 싶었다.

— 정 선생님, 오늘 저녁 7시, 만싱 호텔 일식당에서 봬요.

회의가 절반쯤 진행되었을 때, 시녹에게서 문자 메시지가 왔다. 궉호우는 시녹이 예산을 초과한 건 아닌지 걱정스러운 마음에 이 따가 현금을 조금 챙겨야겠다고 생각했다. 전에 비싼 곳까지 갈 필요 없다고 말했음에도 시녹은 고집을 부렸었다.

"정 선생님, 걱정하지 마세요. 여름에 했던 아르바이트비가 들 어왔거든요."

그러고는 궉호우의 어깨를 힘주어 툭 치며 이렇게 말했다.

"지난 몇 년간 선생님이 해주셨던 과외비를 생각하면, 이 정도는 아무것도 아니에요."

궉호우는 눈앞에 앉아 있는 시녹을 바라보았다. 자신보다 훌쩍 커버린 키, 그리고 평범한 셔츠 차림에도 쫙 벌어진 어깨까지 시녹은 이미 중학생 꼬마가 아니었다. 궉호우는 눈이 갑자기 시큰해지면서 간지러웠다. 손으로 눈을 비비려다가 너무 연출된 행동으로 보일 것 같아 꾹 참았다.

"그러니까 일요일에 봬요!"

시녹이 씨익 웃었다.

"전도사님, 혹시 의견 있어요?"

궉호우는 불현듯 회의 중이었다는 사실을 자각했다. 앞에 놓인 서류를 황급히 뒤적거려 보니, 두 번째 안건인 구제부 사업 계획을 논의할 차례인 듯했다.

"제 생각에는, 구제부의 활동 반경을 조금 더 넓혀도 될 것 같습니다."

궉호우는 정신이 돌아왔다. 매번 회의 때마다 미리 안건과 자료를 꼼꼼하게 읽고 요점을 적어두던 그였다.

"근처 식당 중에 정기적으로 무료 급식 봉사를 하는 곳들이 있는데, 노인분들이 줄 서서 기다리더라고요. 우리가 그 식당들과 연락해서 노인분들에게 더 필요한 것은 없는지 알아보는 것도 괜찮겠어요."

"지금 교회에 부족한 건 돈이 아니라 사람이에요."

육징이 고개를 내저었다.

"보살펴야 할 대상은 점점 늘어나는데, 정작 보살필 사람은 줄고 있잖아요. 식당이나 병원 같은 기관들은 당장 제공할 수 있는 것들이 있지만, 우리 같은 교회는…… 감당해야 할 몫이 만만치 않을 거예요."

궉호우는 한숨을 쉬었다. 육징의 말이 사실이라는 것을 잘 알고 있었다. 그가 아는 교인들은 하나같이 선하고 성실한 사람들이었다.

그러므로 궉호우는 더 이상 아무 말도 하지 않았다.

우여곡절 끝에 드디어 회의가 끝났다. 궉호우는 서둘러 사람들과 인사를 하고 그곳에서 나왔다. 가야 할 곳이 한 군데 더 남아 있었다.

요양원은 어느 낡은 건물 3층에 있었다. 궉호우는 양손에 분유 몇 통과 기저귀 몇 팩을 각각 안아 들고 계단을 걸어 올라갔다. 출입구에 다다라서는 손가락 하나를 겨우 빼내 초인종을 눌렀다. 한참을 기다린 뒤에야 누군가 문을 열었다. 원내 청소 시간이라 직원들이 모두 분주해 보였다.

"감사합니다."

궉호우는 미소를 계속 머금고 있었다.

워낙 익숙한 얼굴이라 직원도 별다른 인사 없이 자기 일을 하러 가버렸다. 궉호우는 곧장 병상 옆으로 가서 나지막하게 "엄마" 하고 불렀다. 그러고는 가져온 물건들을 침대 머리맡 서랍장 안에 넣었다. 화장실로 가서 걸레를 빨아다가 서랍장 위에 늘어 놓은 잡동사니를 정리한 뒤, 그 위를 깨끗이 닦았다. 그런 후에야 침대 옆에 있는 둥근 의자에 엉덩이를 붙였다.

“엄마!”

궉호우는 다시 한번 나직하게 불러보았다. 그건 그저 수년간 몸에 밴 습관이었을 뿐, 어머니가 그에게 응답할 리는 없었다. 어머니는 중풍에 걸린 뒤 오로지 침대에 누워 매일 누군가가 먹여주고, 몸을 돌려주고, 기저귀를 갈아줄 때만을 기다려야 했다. 깊은 잠에 빠지는 것만이 어머니에게는 가장 이상적인 삶이었다. 궉호우는 자신의 어머니를, 이 세상에 남은 유일한 혈육을 가만히 바라보았다. 마치 길을 걷다 우연히 눈앞에 툭 떨어져 버린 나뭇잎처럼 누워 있는 어머니를.

궉호우는 어머니 손을 들어 올렸다. 서늘하고도 가벼웠다.

슬퍼할 시기는 지나버린 지 오래였다. 간혹 꿈에서 어머니를 만나곤 했다. 꿈속에서 어머니는 건강했고, 걸을 수 있었으며, 말도 할 수 있었다.

“궉호우.”

어머니가 그를 바라보았다. 궉호우의 뿌연 기억 속에 자신을 바라보던 어머니의 눈빛은 언제나 한결같았다. 연민이 깃든 눈빛. 아들을, 그리고 자기 자신을 연민하던 눈빛이었다. 남편이 일찍 세상을 떠나자, 홀로 남아 자신의 유일한 아들을 어렵사리 키워낸 어머니였다. 궉호우는 지금도 기억하고 있었다. 매년 설이 되어 할머니 댁에 갈 때면, 친척들은 어머니에게 줄을 선 듯 똑같은 말을 건네곤 했다. 차례로 어머니의 손을 잡고서 훌륭하다고, 고생이 많았겠다고.

“정말 보기 드물지.”

마치 한 폭의 명화나 잘 짜인 이야기 앞에서 감탄하는 듯한 말투였다.

"형수님 같은 사람은 정말 드물어요."

어머니는 미소만 지을 뿐, 긍정도 부정도 하지 않았다. 사람들이 던지는 평가를 모조리 뱃속으로 꿀꺽 삼켜버리려는 사람 같았다. 그럴 때마다 곽호우는 어머니와 똑같이 미소 짓고 있는 것으로 친척들의 관심이 자신에게 옮겨오는 상황을 최대한 피했다.

"곽호우."

그렇게 피곤한 밤이면 어머니는 자주 그렇게 아들을 부르고서 물끄러미 바라보곤 했다. 별다른 말은 없었다. 그 거대한 침묵은 공기로 가득 찬 풍선처럼 곽호우를 감싸안았다. 그 압력에 납작하게 짓눌리는 기분이 들었다.

어쩌면 곽호우는 친척들의 찬사 속에서 어머니를 끌어냈어야 했는지도 모른다. 아니면, 어머니를 대신해 조금은 방패막이가 되었어야 했는지도. 아예 그러지 않았던 건 아니었다. 성실히 공부해서 대학에 들어갔고, 중학교 교사가 되기도 했으니까. 곽호우 스스로는 부모님께 부끄럽지 않다고 자부했다. 사진 속에서 안경을 낀 아버지가 아내와 아들을 응시하고 있었다. 이만하면 아버지도 만족해야 한다고 곽호우는 생각했다.

요양원을 나서며 곽호우는 손목시계를 확인했다. 다행히 아직 시간이 조금 있었다. 무슨 옷을 입어야 할지 택시 안에서 끝없이 궁리했다. 넥타이를 매면 너무 거창해 보이려나? 회색 정장 재킷은 너무 딱딱해 보일까? 곽호우는 옷이 많지 않아서 출근할 때나 교회에 갈 때나 늘 비슷한 차림새였다. 이쪽 방면으로는 영 감각이 없었다.

미용실에 들어서자, 낯익은 점원이 어떤 머리를 원하는지 묻지도 않고 자리로 안내했다. 궉호우는 거울 속의 자신을 바라보았다. 남아 있는 머리카락이 많지 않은 상태라 손댈 수 있는 여지가 별로 없었다. 궉호우는 눈앞에 놓인 철 지난 잡지를 펼쳤다. 세련된 차림의 남녀들이 지면을 가득 채우고 있었는데, 다들 하나같이 젊고 늘씬했다. 대학 시절에도 궉호우는 유행하는 옷을 입어 본 적이 없었다. 만일 시간을 되돌릴 수 있다면, 머리숱이 넉넉했던 그때로 돌아가 다양한 헤어스타일을 시도해 볼지도 모를 일이다. 지금은 미용사가 면도칼로 궉호우의 정수리 위에서 머리를 밀고 또 민다. 마치 세상을 깨울까 두려워 불면증에 걸린 두꺼비가 '꽉…… 꽉……' 하고 울음소리를 내듯이.

어둑한 식당으로 갑자기 들어서자 궉호우는 순간 눈앞이 아찔했다. 정신을 가다듬고 보니, 2층 높이 정도 되는 높다란 천장 아래에 자신이 서 있었다. 고층 빌딩 아래 펼쳐진 빅토리아 하버는 마치 공중에 매달린 스크린처럼 정면 통유리창에 걸려 있었다. 이제 보니 도시의 상공은 또 하나의 바다처럼 짙푸른 색이었다. 접시와 술잔을 받쳐 든 웨이터들이 곁을 스쳐 지나갔다. 경쾌하고 날렵한 움직임은 심해를 유영하는 물고기 떼 같기도, 수족관 속에서 놀라 달아나는 열대어 같기도 했다. 바다와 하늘 사이로 노란 온시디움 한 다발이 유리 화병 밖으로 뻗어 나와 마치 별이 총총한 하늘 같았다. 그 반짝이는 꽃들 사이로 시녹이 조용히 자리에 앉아 있었다. 평소 늘어뜨리던 앞머리는 단정하게 빗어넘기고,

하얀 셔츠의 옷깃을 풀어 놓아 눈처럼 새하얀 목덜미가 드러났다. 연회색 재킷은 인공적인 어둠의 빛 속에서 옅은 안개처럼 시녹의 주위를 감싸고 있었다.

궉호우는 또다시 눈앞이 아찔해지는 기분이었다.

고개를 든 시녹이 궉호우를 발견하더니 손을 흔들었다. 좌우로 펼쳐진 거울들이 무수히 많은 형상을 비춰냈다. 궉호우는 자기도 모르게 자신의 배를 힐끔거리며 허리를 곧게 폈다. 심호흡을 한 뒤, 차분하게 걸음을 옮겼다. 이발을 마치자마자 부랴부랴 집으로 돌아가 씻고 나온 참이었다. 짙은 남색의 정장 재킷을 골랐고, 처음에는 넥타이를 맸다가 문을 나서기 직전에 풀어버렸다. 너무 딱딱한 분위기로 만들고 싶지 않아서였다. 이제, 시녹은 대학생이니 더는 과외 선생이 필요치 않을 터였다. 두 사람은 더이상 사제 관계가 아니다. 그렇다면, 친구일까?

"정 선생님."

자리에서 일어선 시녹은 궉호우가 앉고 나서야 다시 자리에 앉았다. 찬찬히 뜯어보니, 시녹이 입고 있던 하얀 셔츠와 회색 재킷은 중학교 때 입었던 교복이었다.

"아직 입을 만해요. 학교 배지만 떼면 되거든요."

시녹이 웃으며 말했다. 자세히 살펴보니, 셔츠는 이미 품이 약간 작아져 가슴 부분이 다소 팽팽해 보였다. 가난한 집 아이는 아낄 수 있는 건 무엇이든 아껴야 하는 법이다. 궉호우는 시녹의 그런 철든 모습을 높이 평가해 왔다.

"선생님이 와주셔서 기뻐요."

시녹이 웃으며 말했다.

"늘 바쁘시잖아요."

"네가 대접하겠다는데, 당연히 와야지."

궉호우가 손을 내밀었다.

"진심으로 축하한다."

시녹 역시 서둘러 손을 내민 뒤, 궉호우의 손을 맞잡았다.

"그동안 도와주셔서 감사했어요. 선생님 아니었으면, 저는……."

시녹은 순간 감정이 북받쳐 올랐다. 그랬다. 시녹과 가힘은 같은 중학교에다 같은 학년이었지만, 가힘이 목사님의 아들이자 교회의 유망주였던 것과 달리 시녹은 처지가 달라도 너무 달랐다. 두 사람이 실은 동갑내기이며 인생의 같은 시기를 지나고 있다는 사실을 기억하는 사람은 아무도 없었다. 오로지 궉호우만 시녹을 곁에 두고 챙겼다. 과외를 해주고, 박물관에 데려갔으며, 조금 더 근사한 식당에 데리고 다녔다. 가난이 시녹의 견문을 가두지 않았으면 했다. 궉호우 자신도 어렵사리 공부해 자수성가한 사람이었으니까. 참으로 녹록지 않은 시절이었다. 돈이 없어 크고 무거운 외투 한 벌로 겨울을 나고, 마트의 마감 세일 시간대를 골라 반값 떨이 빵과 거무칙칙해진 고기, 오래 두어도 괜찮은 감자 등을 사다가 한 솥 끓여 허구한 날 먹던 날들. 궉호우는 그때를 떠올릴 때마다 몸서리가 쳐졌다.

"오늘은 기쁜 날이야."

궉호우가 시녹의 어깨를 다독였다.

"그건 너의 노력으로 얻어낸 결과물이지."

"선생님, 메뉴 골라 보세요. 사양하지 마시고요."

시녹이 헛기침을 한 번 하며 표정을 가다듬었다.

"여기 와규가 유명하대요. 제가 리뷰를 찾아봤거든요."

궉호우는 메뉴판을 펼쳤다. 저녁 메뉴 중 가장 저렴한 것은 연어구이 정식이었고, 그다음으로는 모둠 회, 소고기 그릴 구이, 랍스터와 와규 세트 순이었다. 궉호우는 잠시 고민하다 모둠 회를 골랐다.

"술 드실래요?"

시녹이 물었다.

"술?"

"오늘은 기쁜 날이라면서요."

시녹이 웃었다.

"저 지난달에 열여덟 살 넘었거든요."

시녹이 웨이터를 부르더니 음식을 주문하면서 사케 한 병을 같이 시켰다. 궉호우는 각종 음식과 술의 이름을 제법 능숙하게 읊는 시녹의 모습을 옆에서 지켜보았다. 미리 알아보느라 꽤 오랜 시간을 들였으리라. 그렇게 꾸며낸 성숙함은 시녹을 오히려 더 풋풋하고 미숙해 보이게 할 뿐이었다. 특히 저 짙은 구레나룻 탓에 시녹의 옆얼굴은 더욱 말끔하고 하얘 보였다.

"정 선생님, 더 필요한 건 없으세요?"

"괜찮아, 이 정도면 됐어."

궉호우는 마른기침을 하면서 제 귀에만 들리던 심장 박동 소리를 감췄다.

이런 고급 식당은 사실 궉호우도 자주 찾는 곳이 아니었다. 어디선가 풍겨 오는 은은한 향기 속에서 그릇과 수저가 부딪히는 소리만 무심한 귓속말처럼 간간이 들려왔다. 주위 사람들이 머리를 맞대고 대화를 나누었지만, 말소리가 귀에 닿지 않았다. 이따금 웨이터가 등 뒤로 지나갈 때면, 통로가 꽤 널찍함에도 궉호우는 혹여나 웨이터가 자기 의자에 발이 걸려 넘어질까 봐 신경이 쓰였다.

"대학 가면 기숙사로 들어갈 거니?"

궉호우가 넌지시 말을 꺼냈다.

"네. 중학교 동창이랑 같은 방을 쓰기로 했어요."

"아…… 혹시 내가 아는 애야?"

"농구부 주장이요. 작년에 대학 들어갔던."

"아……."

궉호우는 누군지 기억해 냈다. 키가 크고 훤칠하던 소년이었다. 타고난 곱슬머리에 피부가 까무잡잡해서 웃으면 치아가 유독 하얗게 보이던 아이였다.

"걔가 널 챙겨줄 수 있을까?"

"저를 왜 챙겨요, 저도 이제 어른인데."

시녹이 속눈썹을 파르르 떨며 웃었다.

"맨날 욕을 입에 달고 살긴 하지만 밥은 잘해요. 밥걱정은 없을 거예요."

궉호우가 술잔을 비우자, 맑고 달큼한 술이 바짝 마른 입 안을 가득 채웠다.

"자, 한잔해."

궉호우가 두 사람의 잔을 가득 채웠다.

"정말 다 컸네."

"네."

시녹이 잔을 들더니 귁호우를 마주 보며 단숨에 들이켰다. 제법 사내 같은 행동이었다. 팔뚝에 돋아난 솜털은 여전히 하늘하늘하고 여렸지만.

조명이 마치 엎질러진 달빛처럼 사방으로 고르게 퍼졌다. 귁호우가 다시 한번 눈을 비비는 사이, 눈앞에 모둠 회가 불쑥 나타났다.

"손님, 주문하신 모둠 회 나왔습니다."

"감사합니다."

"음식 설명을 좀 해드려도 될까요?"

젊은 웨이터가 허리를 살짝 굽히면서 뾰족하고 갸름한 얼굴을 귁호우 앞으로 들이밀었다.

"아…… 네, 부탁드릴게요."

귁호우는 시녹을 바라보며 말을 이었다.

"여긴 고급 식당이라 손님과의 소통을 중요하게 생각해. 이런 것도 경험해 두면 좋아."

웨이터는 시녹에게도 가볍게 미소 짓더니 멘트를 읊기 시작했다.

"저희 식당의 생선은 전부 일본 북부 해역에서 잡아 매일 항공편으로 홍콩에 도착합니다. 그러면 주방장님이 가장 부드러운 부위만 골라 회를 뜨시죠."

"네……."

"앞에 보이는 이 참치는 오늘 아침까지만 해도 살아있던 거예요."

"네……."

"맛있게 드세요."

귁호우는 자기도 모르게 침을 꿀꺽 삼켰다. 분홍빛의 새하얗고 반투명한 살점들이 눈앞에 가지런히 놓여 있었다. 궉호우는 젓가락을 들고 조심스럽게 한 점을 집어 올렸다. 회가 긴장한 듯, 또 약간은 들뜬 듯 파르르 떨며 젓가락을 따라 올라왔다. 회를 접시에 내려놓고 고추냉이를 살짝 집었다. 갓 갈아낸 고추냉이는 마치 옅은 초록빛의 연지 같았다. 회에 쓱 바르니 탱탱한 살결 위로 듬뿍 묻어났다. 궉호우는 회를 입에 넣었다. 부드러운 지방의 풍미와 코를 톡 쏘는 알싸한 맛이 동시에 차올랐다. 마치 누군가 서늘한 불꽃을 피워 올린 것만 같았다.

궉호우는 걷잡을 수 없이 눈물이 났다.

시녹이 다시 궉호우의 술잔을 채워주었다. 사케는 겉보기엔 맑은 물 같아도 실은 뜨거운 불덩이나 다름없었다.

참으로 즐거운 식사였다. 평소 술을 꽤 잘 마시던 궉호우는 웬일인지 잔뜩 취하고 말았다.

"네가 이렇게 번듯하게 큰 걸 보니까 정말…… 정말 기쁘다."

"정 선생님, 취하셨어요. 집까지 모셔다 드릴게요."

"나 안 취했어! 진짜 기뻐서 그래……."

말은 그렇게 하면서도 비틀거리는 발걸음 탓에 궉호우는 어쩔 수 없이 시녹의 어깨에 팔을 걸치고서 목덜미에 머리를 파묻게 되었다. 궉호우의 숨결이 시녹의 옷깃에 닿았다. 은은한 향수 냄새가 아니라 술 냄새라는 것이 궉호우는 못내 한스러웠다. 여태 '채소는 많이, 고기는 적게', '일찍 자고 일찍 일어나기' 등을 지키려고 애쓰며 살아왔지만, 불현듯 깨달았다. 아무리 노력해도 세월은 조금의 빈틈도 허락하지 않는다는 사실을. 고작 몸에서 나는 냄새 하나만 보아도 그랬다. 아무리 씻어내도 성인의 속물적인 냄새까지 씻어낼 수는 없었으니까.

자동차 불빛이 제단 위에서 깜빡이는 촛불처럼 반짝이며 흐르고 있었다. 몽롱한 와중에 궉호우는 시녹이 택시를 잡고 있다는 걸 알았다. 그 순간, 다시 또 머리가 이상하리만큼 맑아지더니 자동차 한 대 한 대가 눈에 들어왔다. 빨간색, 초록색, 흰색과 검은색 차들이 마치 싱싱하게 팔딱거리며 앞으로 힘껏 헤엄쳐 나가는 수많은 물고기 떼 같았다. 물고기는 자동차 헤드라이트 같은 두 눈으로 궉호우를 뚫어지게 바라보고 있었다.

도로는 넘실거리는 긴 강이었다. 나는 뛰어들어야 한다. 저편으로 건너가든, 아니면 가루가 되어 부서지든. 그것만이 내가 나일 수 있는 유일한 방법이다. 궉호우는 생각했다.

"선생님, 타세요."

이리 비틀 저리 비틀대며 두 사람은 마침내 궉호우의 집에 도착했다.

남자 혼자 사는 집 치고 궉호우의 집은 꽤 깔끔한 편이었다. 주방의 그릇들은 식기 건조대 위에 조용히 누워 있었고, 거실 소파에는 잡동사니 하나 없이 쿠션 두 개뿐이었다. 사람들이 언제든 드나들 수 있는 모델 하우스 같은 공간이었다. 사실 이곳은 교회 청년들의 예비 숙소이기도 했다. 부모님과 다퉜을 때나 누군가와 속 이야기를 하고 싶을 때, 문자 메시지 한 통이면 이곳의 문이 활짝 열렸다. 벌써 여러 세대의 소년들이 이곳에서 공부를 하고, 훈계를 듣고, 자기 인생을 배워간 참이었다.

"물 한 잔 떠올게요."

"괜찮아."

궉호우는 우물거리며 말을 이었다.

"괜찮으니까 이만 가."

"일단 물부터 드세요."

궉호우는 소파에 앉아 손으로 눈을 가린 채, 멀어졌다 가까워지는 시녹의 발소리를 들었다. 천장에 매달린 샹들리에가 발소리를 따라 흔들거렸다. 경고의 신호를 던지며 바다 위를 지나는 어선 같았다. 생선회의 비린 맛이 정량을 넘긴 술과 함께 목구멍으로 치밀어 올라왔다. 궉호우는 썩은 내를 풍기는 물고기가 된 기분이었다.

"자, 정 선생님, 외투부터 벗으세요."

시녹이 팔을 뻗어왔다. 몸을 휘감는 뱀장어처럼 차갑고 단단하게. 물고기는 바다를 헤맨다. 물고기가 파도를 건드린다. 물고기는 눈을 반짝이지만 속을 꿰뚫어 볼 수가 없다. 물고기의 몸이 어깨를, 등을, 그리고 허리춤을 휘감는다. 매끄럽고도 간지럽게……파고들려는 걸까? 이미 오랜 세월, 궉호우는 지칠 대로 지쳐 있었다. 왠지 더는 버티지 못할 것 같다.

그의 손이 시녹의 손에 맞닿았다.

시녹은 정 선생님을 바라보았다. 처음 이 집에 발을 들이던 날처럼 호기심 어리고 천진한 얼굴로.

"시녹, 나는……."

바닷모래로 어렵사리 쌓아 올린 이 성을 나는 어떻게든 지켜야만 한다. 파도가 밀려들었다가 쓸려나가고 나면 모든 게 흔적 없이 사라지고 말 테니까.

이건 아니야. 안 돼.

"목 안 마르니까 그만 가."

궉호우는 울고 싶었다.

"선생님 취했어요……."

"가라니까!"

궉호우는 이제 버틸 힘이 남아 있지 않았다.

"가라고! 여긴 널 받아줄 수 없으니까!"

궉호우는 사력을 다해 시녹을 바닥으로 밀쳐버리고 주방으로 달려갔다.

시녹이 몸을 일으켜 주방 문 앞으로 다가갔다. 냉장고 앞에 주저앉은 궉호우는 치약처럼 생긴 고추냉이 튜브를 손에 들고 입안으로 마구 짜 넣고 있었다. 붉어진 콧등 위에는 금테 안경이 반쯤 걸쳐져 있고, 흐트러진 머리카락 사이로 정수리가 훤히 드러나 있었다. 입가에 묻은 형광 초록빛이 눈물과 콧물에 뒤섞여 양 뺨으로 번지자, 기괴한 웃음처럼 보였다.

"가란 말이야!"

어둠 속에서 궉호우의 치아 사이사이로 초록빛이 선명하게 반짝였다.

"가라고! 여긴 널 받아줄 수가 없어!"

시녹은 집을 나섰다. 정 선생님의 뜻을 거스르는 법이 없었으니까.

고추냉이를 다 짜버리고 나서야 궉호우는 울음을 그쳤다. 코를 한 번 풀고 나서 고추냉이 범벅이 된 셔츠를 벗어 쓰레기통에 던졌다. 주방 싱크대에서 얼굴을 씻은 뒤, 바닥에 널려 있는 잡동사니들을 치웠다. 바닥으로 떨어진 식기들과 깨진 달걀, 엎질러진 음식들까지……. 자신을 폐허로 만들었다가 그 폐허 속에서 다시 질서를 세우는 일은 그의 오랜 습관이었다.

아무 일도 일어나지 않았다. 아무 일도 일어나지 않을 것이다. 몸과 마음을 지키고 아끼는 일은 사람으로 살아가기 위한 그의 원칙이었으므로, 영원히 변하지 않을 것이다.

나를 안아주지 않는 사람

불상옹포아적인 不想擁抱我的人

박핑은 충분히 모범적인 환자였다. 그런 그가 왜 정신병원에 들어온 건지 우리는 도통 이해할 수 없었다. 이곳에서 벌써 여러 해를 보냈으므로 애초에 어쩌다 이곳에 왔는지도 기억하는 사람이 없었다. 한번은 직원 식당 텔레비전에서 저녁 뉴스가 한창 흘러나오는데, 동료가 고개를 들어 힐끔 화면을 보더니 말했다.

"바깥사람들이 여기 있는 사람들보다 더 비정상이라니까."

그 말에 나는 전적으로 동의했다.

박핑은 이상한 환자였다. 이상하다고 말하는 건, 그가 지나치게 정상적이어서다. 의사나 간호사, 심지어 다른 환자들에게도 그는 언제나 예의 바르고 싹싹하며 겸손했다. 한가할 때는 영문 캘리그래피나 종이접기 같은 활동의 진행을 돕기도 했다. 이따금 환자들 사이에 의견 충돌이 생길 때도 박핑이 다가가서 몇 마디만 던지면 상황이 종료되곤 했다. 무슨 말을 한 거냐고 물었더니 그는 처음에는 대답을 꺼렸다. 그러다 내가 끈질기게 묻자, 이렇게 대답했다.

"시를 읊어줬어요."

"시요? 무슨 시요?"

"그냥 떠오르는 대로요. 이백이나 두보, 셰익스피어도 있고요."

박펑은 어깨를 으쓱해 보였다.

"어차피 자기들보다 더 사차원인 사람이 있다는 것만 보여주면 그만이거든요."

의사는 환자를 두고 '사차원'이라는 판단을 해선 안 되지만, 박펑의 방식에는 감탄이 절로 나왔다.

"싸움은 자기가 옳다는 걸 증명하려다가 일어나죠."

박펑이 또 한 번 어깨를 으쓱했다.

"이 세상에 옳고 그름을 따질 일이 뭐 그리 많겠습니까?"

박펑은 기타를 칠 줄 알았다. 간혹 환자들의 저녁 식사가 끝나고 소등까지 시간이 남으면, 방문객 로비에 앉아 기타를 세심하게 조율한 뒤, 기타 줄을 가볍게 팅기며 포크송을 한 곡 또 한 곡 부르곤 했다. 그러면 여기저기서 사람들이 모여들었고, 야간 근무를 하던 간호사도 문틀에 기대어 서서 노래를 들었다. 약간 허스키한 박펑의 노랫소리는 얼핏 시를 읊조리는 것 같기도, 노래를 부르는 것 같기도 했으며, 또 때로는 이야기를 들려주는 것 같았다. 냉난방이 가동되는 병동은 겨울도 여름도 없었지만, 그런 밤이면 모두가 유난히도 깊은 잠에 빠졌다.

하지만 그해 겨울은 유달리 추웠다. 공기의 색깔마저 변해 버린 듯한 추위였다. 점심때면 정원에 나와 산책을 하거나 햇볕을 쬐던 환자들도 겨울잠을 자는 벌레들처럼 이불 속으로 숨어들었다. 그 와중에 박핑만 혼자서 매일 아침 정해진 시간에 일어나 정원에서 체조를 간단히 했다.

"햇볕은 좋은 거잖아요."

박핑이 말했다.

"흐린 날도 나쁘진 않지만, 햇볕은 언제나 좋죠."

"정말 낙관적이네요."

진심으로 건넨 말이었다.

"박핑, 낙엽 청소 좀 도와줄래요?"

젊은 간호사가 나무 아래에서 손을 흔들었다. 저 멀리서 하얀 꽃잎들이 잘게 부서지며 간호사의 머리 위로 흩날리고 있었다.

"좋죠."

박핑이 씨익 웃으며 대답하자, 새하얀 치아가 드러났다.

앞서 말했듯, 그해 겨울은 유독 추웠고 또 유독 길었다. 특히나 사방이 새하얀 벽뿐인 병원에서 따뜻하고 진한 커피만큼 매혹적인 것은 없었다. 쌉싸름한 맛조차 그윽하고 향기로워 술처럼 느껴질 정도였다. 향기를 따라 걷다 보니 복도 끝에 있는 직원 휴게실 앞이었다. 그곳에서 박핑이 커피를 막 내려 간호사 두 명에게 건네고 있었다. 내가 들어서자, 그들은 다소 멋쩍어했지만 내게는 조금도 놀라운 광경이 아니었다.

"안녕하세요, 선생님."

박핑은 내가 올 줄 알았다는 얼굴이었다.

“커피 드실래요?”

“음…… 좋죠.”

나는 딱히 거절할 만한 이유가 떠오르지 않았다. 그보다 내가 대답도 하기 전에 박펑이 이미 원두를 수동 그라인더에 넣고 있었다.

“원두는 형님과 누님들 거예요.”

박펑이 말하는 ‘형님과 누님들’이란 간호사들이었다. 나이는 상관없었다.

“유명한 원두는 아닌데, 맛은 괜찮아요.”

일련의 능숙한 손놀림이 이어졌다. 금세 따끈한 커피 한 잔이 세상에 모습을 드러내며, 하잘것없고 평범한 우리에게 손에 잡히는 온기를 건네주었다. 창밖의 흐린 날씨마저 일순간 밝아지는 느낌이었다.

“향이 좋네요.”

나는 잔을 받아 들고 몇 번 후후 불다가 조심스럽게 한 모금을 마셔보았다.

“맛있는데요.”

“마음에 드신다니 다행이네요.”

“박펑 씨는요?”

“전 이미 마셨어요. 하루 한 잔으로 만족해요.”

박펑은 커피포트를 씻으며 말을 이었다.

“모든 건 과유불급이니까요.”

나는 말없이 한 모금 더 들이켰다.

“이건 남겨뒀다가 비료로 쓸 수 있어요.”

박핑이 커피 찌꺼기를 싱크대 위에 놓인 빈 병에 담았다.

"그 전에 발효를 먼저 시켜야 하지만."

아는 게 정말 많으시네요,라고 말하려다가 속으로 삼켰다.

박핑이 내게 고개를 까딱하며 웃더니 밖으로 나갔다. 휴게실 공중에 커피 향이 남아 맴돌고 있었다.

세상 대부분의 일들은 한순간에 모습을 드러내지 않는다. 비나 흰머리, 먼지가 그렇듯 누군가가 알아차리기 전에 소리 없이 삶 속으로 들어와 자리 잡는다. 박핑이 평온한 광인이 된 것도 어쩌면 같은 이유였을 것이다. 그건 내가 그의 청중이 된 이유와도 다르지 않았다. 나는 의사다. 더 중요한 건, 내가 성격 좋은 의사라는 사실이다. 병원에 의사는 많고 많지만, 성격 좋은 의사는 그리 많지 않다. 어쩌면 그런 이유로 박핑은 나를 선택했고, 나 또한 그를 거절하지 못했을 것이다.

"아내랑 처음 만났을 때도 딱 지금 같은 겨울이었어요."

어느 날, 박핑이 말했다. 겨울 햇살이 돌바닥 위로 투명한 황금빛을 흩뿌렸지만, 온기는 없었다. 참새 한 마리가 그 빛 속으로 소리 없이 뛰어들었다. 무언가를 생각하듯 고개를 갸웃하더니 일순간 정신을 차린 듯 쏜살같이 하늘을 향해 날아올랐다.

"네."

우리는 병원 앞뜰에 놓인 벤치에 앉아 있었다. 병원 벤치는 바깥세상의 벤치들보다 디자인이 잘 되어 있었다. 나무로 만든 데다가 중간에 팔걸이도 없어서 환자들은 이따금 그 위에 누워 잠들었고 그럴 때면 우리도 굳이 말리지 않았다.

“아내는 원래 제 야간학교 학생이었거든요.”

박펑이 다시 말을 이었다. 박펑의 스토리를 나는 이미 수없이 들은 터였다. 박펑 역시 그 사실을 알고 있었다.

“네.”

그런 그를 내버려두는 건, 환자가 자신의 이야기를 털어놓는 것 또한 일종의 치료라고 믿어서였다. 외국에는 전쟁 생존자들이 트라우마가 된 경험을 반복해서 털어놓을 수 있게 도와주는 전문 치료 기관도 있다.

“아시겠지만, 제가 야간학교에서 공부를 가르쳤잖아요. 제 인생에서 가장 오랜 시간 한 일이었죠.”

박펑이 나를 바라보았다. 마치 내가 그 이야기를 자세히 기억하는지 떠보는 듯한 얼굴로. 내가 기억하는 건 박펑의 아내가 어느 날 불현듯 말없이 떠났다는 사실뿐이었고, 내가 할 수 있는 말은 박펑의 아내가 그를 극도로 증오했을 거라는 판단뿐이었다.

“거기서 정말 온갖 걸 다 가르쳤어요. 초급 프랑스어부터 유럽 철학 개론, 심리학 입문까지. 동료가 병가를 내면 제가 땜빵도 하면서.”

박펑은 ‘하하’ 하고 두 번 웃었다. 이미 여러 번을 되풀이했던 농담이라 그런지 웃음소리가 왠지 건조하게 들렸다.

“학생들은 아주 좋아했죠.”

“수업 시간에는 학생들에게 어떤 이야기를 하셨어요?”

나는 적당히 질문을 던졌다.

“별 이야기를 다 했어요. 우주 대폭발의 원인부터 원앙볶음밥까지.”

"원앙볶음밥이요?"

그 대목은 기억이 나지 않았다.

"원앙볶음밥 안 드셔 보셨어요?"

박펑이 미간을 찌푸렸다.

"태극이 음과 양을 낳고, 음양은 사상四象을 만든다고 하잖아요. 그게 바로 반은 주황색 소스, 반은 하얀색 소스로 만든 원앙볶음밥 아닙니까."

나는 박펑을 바라보았다. 헛소리인지, 아니면 진지한 이야기인지 판단이 되질 않았다.

"그러니까 볶음밥을 좋아하신다는 이야기죠?"

나는 화제를 돌렸다. 실제로 병원에서는 볶음밥이 나오지 않았다. 병원 식단은 직원 식당의 음식마저 형편없을 정도로 맛이 없었다. 오죽하면 A 정식에 나오는 소스가 발효시킨 검은콩인지, 흑후추인지 분간이 안 될 정도였으니까.

잠시 다른 생각을 하는 사이, 박펑이 내 물음에 답했다.

"밥이 보약이에요. 쌀은 습기를 빨아들이고, 사람은 곡기를 먹어야 산다고 하잖아요."

박펑이 자리에서 일어섰다.

"자, 이제 가실 시간입니다."

주머니에서 회중시계를 꺼내보니, 예상대로 어느새 오후 1시 50분이었다. 박펑은 입고 있던 환자복을 툭툭 털더니 그대로 돌아서서 가버렸다. 그의 환자복은 병동 환자들 중 가장 깨끗했고, 냄새는 물론이거니와 주름조차 없었다.

“찬 선생님, 3번 침대 가족분이 선생님을 뵙고 싶으시대요.”

간호사가 말했다.

“어?”

3번 침대 환자가 누구인지 기억나지 않았다.

“몰래 담배 피우시던 아저씨요.”

“아.”

그제야 생각이 났다. 이곳에 입원한 지 벌써 몇 년 된 아저씨였는데, 간암을 앓고 있으면서도 툭하면 병동 보조원의 담배를 훔쳐다가 뒷계단에 숨어 몰래 피웠다. 아저씨를 보러 병원을 드나드는 사람은 어느 중년 여성뿐이었다. 그러니 이른바 ‘가족’이라는 건, 그 여성일 터다.

“무슨 이유로요?”

“그냥 아저씨의 상태가 궁금하다고 하셨어요.”

나는 간호사가 건네준 진료 기록을 받고 급히 훑었다.

“딱히 특별한 상황은 없어 보이는데.”

“네, 없습니다.”

간호사가 대답했다.

“그런데 왜 굳이 나를 만나겠다는 거예요?”

“반년에 한 번씩은 선생님을 뵙겠다고 하시잖아요. 지난번엔 여름이었고요.”

나는 고개를 들고 간호사를 바라보았다. 사뭇 담담한 얼굴이었다.

“알았어요. 최대한 시간 맞춰보죠.”

어쩔 수 없이 응하고 나서 아무 일도 없었다는 듯 다른 이야기를 꺼냈다. 요즘 들어 기억력이 썩 좋지 않다는 걸 나 역시 알고 있었다.

"다른 일은 또 없나요?"

"없습니다."

나는 안도의 숨을 내쉬었다. 마치 방과 후에 남아서 벌을 서다가 드디어 선생님에게 '집에 가도 좋다'는 소리를 들은 초등학생이 된 기분이었다.

그날 밤, 집으로 돌아가는 길에 맥주 한 캔을 사서 공원에 앉아 홀짝였다. 퍽 충실한 하루였다.

오늘 하루만 꼬박 쉰 명의 환자를 만났다. 겨울의 황혼이 어찌나 짧은지 맥주를 채 반도 못 마셨는데 날이 이미 어둑했다. 나는 몸을 부르르 떨었다. 저 멀리서 누군가 달려오는 모습이 보였다. 어슴푸레한 가로등 불빛으로 보니, 한 여자가 긴 포니테일을 흔들거리며 달리고 있었다. 내 앞을 지나쳐 가는 사이, 혈색 좋은 얼굴과 화장기 없이 불그스름하고 탱탱한 두 뺨이 눈에 들어왔다. 러닝화를 신은 두 다리는 길쭉하고 탄탄했다. 걸음을 멈출 거라는 기대도 없었지만, 실제로도 여자는 계속해서 달렸다. 나는 부디 지금처럼 운동하는 습관을 계속 유지해 나가기를 진심으로 바랐다. 몸과 마음이 건강하면 알코올의 힘을 빌려 잠들 필요가 없을 테니까.

"찬 선생님, 오늘 새로 입원한 신규 환자 자료입니다."

책상 위에 파일 더미가 수북이 쌓여 있었다. 올해 들어 모든 병원이 심각할 정도로 많은 환자를 수용하면서 병실마다 침대가 꽉꽉 들어찼다. 텔레비전 아래부터 화장실 입구, 병동 매니저실 앞, 심지어 복도까지도 예외가 없었다. 일부 동료들은 조기 퇴직을 하거나 이민을 갔고, 사립병원 정신과로 이직하기도 했다. 남은 사람들은 몸을 옆으로 틀어 병상과 병상 사이를 비집고 다녀야만 했다.

"이건 아니야."

식사 도중, 나는 동료에게 말했다.

"다들 쓰러지기 일보 직전이잖아."

"내 말이."

동료가 얼굴을 찌푸렸다.

"환자들도 원성이 자자해. 어제는 어떤 가족이 인턴한테 민원 넣는다고 난리를 쳐서 오후 내내 중재하느라 애먹었다니까."

"뭣 하러 중재를 해?"

내가 물었다.

"그냥 민원 넣게 놔둬. 경영진들이 보는 게 숫자밖에 더 있어? 민원이 얼마나 들어오는지 숫자로 딱 보게 해야지."

"그러면 인턴이 곤란해지잖아."

"지금 이 상황도 곤란한 건 마찬가지 아니야? 침대 시트가 있기를 해, 베개가 있기를 해. 재진 날짜는 하염없이 미뤄지고, 신규 환자는 엄두도 못 내는 판국에."

말이 단숨에 쏟아졌다.

"민원 넣는다면 넣게 둬. 왜 굳이 윗사람들 방패막이를 해?"

동료가 나를 바라보았다. 놀란 기색 가득한 그 눈빛은 식탁 너머로 하나의 포물선을 그리듯 나에게 닿는가 싶더니 이내 제자리로 되돌아갔다. 나는 더 이상 입을 열지 않고 밥을 먹었다. 조용하고 평온한 점심 식사였다.

그리하여 병원은 계속해서 환자를 받았다. 오늘 새로 온 환자는 한 소녀였다. 지난 2년 동안 자살 충동으로 병원을 드나들었으니 새로운 환자라고 하기엔 다소 적합하지 않을 수도 있었다. 순조롭게 자랐다면, 지금쯤 대학에 다니면서 한창 연애를 하고 있을 나이였다.

나는 병실 문 앞에 서서 소녀를 맞이했다. 그사이 약간 야윈 듯했고, 커트를 했는지 머리가 버섯 모양이었다.

"안녕."

나는 미소를 지었다.

"좋은 아침이야."

의례적인 인사말에 소녀는 당연하다는 듯 아무런 대꾸도 하지 않았다. 그저 병원에서 나눠준 개인 물품, 이를테면 화장지, 세안용 작은 수건, 잘 포장된 일회용 속옷 등을 침대 머리맡 서랍장에 넣는 데만 몰두했다. 나는 그 모습을 가만히 지켜보았다. 정확히 말하면, 감시였다. 자해 도구가 될 만한 물건은 없는지 확인해야 했다.

"이건 네 머리 스타일에 잘 안 어울리는 것 같은데."

나는 소녀가 머리에 꽂은 검은색 머리핀을 가리켰다.

소녀는 한숨을 내쉬었다.

"환자복 진짜 구리네."

소녀는 간호사에게서 환자복을 받아 들었다. 재단이라고 할 것도 없는, 누구나 입으면 똑같은 모습이 되고 마는 옷이다. 이건 일부러 환자들을 똑같은 집단으로 만들려는 의도가 아니었다. 비록 객관적으로는 그런 효과가 있긴 했지만, 본래 의도는 오로지 환자의 안전을 위해서였다. 환자복은 허리끈이나 줄이 없고, 혹시나 삼킬지 모를 단추도 없으며, 천장 어딘가에 묶을 수 있을 만큼 기다란 소매도 없다. 속옷도, 심지어 브래지어도 없다. 이러한 설계를 충족하면서도 대량 생산이 가능한 디자인은 애초에 선택지가 많지 않을 테니, 미적 감각과 개성은 희생시킬 수밖에 없었을 것이다.

나는 소녀의 말에 반박할 수 없었다. 논쟁은 애초에 나의 전문 분야도 아니었다. 하물며 병원이라는 공간에서 논쟁이란 가능은 하나 실익은 전혀 없는 활동에 불과했다. 소녀는 결국 그 끔찍한 환자복을 입어야 했다. 그래서인지 소녀는 누구하고도 말을 섞지 않고, 이불을 머리끝까지 올려 뒤집어쓴 채 바깥에서 들려오는 소동을 차단해 버렸다. 나는 머리핀을 주머니에 넣고, 소녀가 진정할 때까지 기다렸다가 소동이 일어난 곳으로 향했다.

"죽어버리라고! 왜 아직도 살아 있는데!"

연이어 무언가가 바닥으로 떨어지듯 '와르르' 하는 소리가 났다. 문을 밀고 들어가니, 마주 오던 아주머니가 나를 거의 밀치다시피 하며 지나갔다. 병동 보조원이 바닥을 치우고 있었다. 바닥이 온통 간장 천지였다.

나는 병동 보조원에게 어떻게 된 일인지 물었다.

"싸웠어요."

“뭐 때문에요?”

“고작 참쌀닭[1] 때문에요.”

“참쌀닭?”

“대충 보니까 어머니가 참쌀닭을 먹고 싶다고 해서 딸이 사 왔는데, 또 맛없다 타박하신 거죠, 뭐.”

“아.”

“매주 이래요.”

보조원이 고개를 저으며 말했다.

“두 모녀가 매주 저렇게 싸운다니까요.”

시선을 돌려보니, 털모자를 쓴 할머니가 여전히 그곳에 앉아 몇 입 먹다 만 참쌀닭을 바라보며 중얼거리고 있었다. 보조원이 뒤처리를 하러 다가갔다.

“할머니, 참쌀닭 더 드실 거예요?”

털모자 할머니는 아무런 반응이 없었다. 보조원이 음식을 봉지째 그대로 쓰레기통에 버렸다.

“참 안타깝네요.”

별안간 박펑이 내 뒤에 나타나 기지개를 길게 켰다.

“참쌀닭 먹고 싶으세요?”

“아뇨.”

박펑이 웃으며 말을 이었다.

“매번 둘이 싸우는 걸 볼 때마다 생각해요. 차라리 안 오면 그

1　닭과 참쌀 등을 연잎에 싸서 저낸 홍콩식 딤섬으로 노마이가이(糯米雞)라고 부른다.

만일 텐데. 아니면 나가서 만나주지 말든가. 그런데 둘 다 그러질 못해요. 증오가 너무 깊거든요.”

“그래도 아직은 서로를 생각하는 것 같아요.”

내가 말했다.

“표현을 잘 못해서 그렇지.”

“처음엔 그랬을지도 모르죠.”

박펑은 주머니에 손을 다시 찔러 넣으며 말했다.

“나중엔 증오만 남을 거예요.”

솔직히 말하자면, 나는 이따금 박펑의 이런 냉소적인 태도가 마음에 들지 않았다.

“누군가 먼저 변화하기 시작하면 상황은 좋아질 겁니다.”

내 말에 박펑이 나를 바라보며 웃었다.

“선생님 말씀대로 된다면야, 틀림없이 이 세상도 살기 좋아질 텐데 말입니다.”

말을 마친 박펑은 돌아서서 걸음을 옮겼다. 여느 때처럼 방랑을 계속하기 위해서.

환자 아저씨의 가족과 시간을 내서 만나기도 전에, 담배를 훔치던 아저씨는 간암 말기 판정을 받아 호스피스 병원으로 옮겨야 했다. 딸이 수속을 위해 병원에 왔다가 간호사에게 나를 만나고 싶다고 했다. 나는 하는 수 없이 손에 쥐고 있던 서류를 내려놓고 간호사 스테이션으로 향했다.

“무슨 일이죠?”

내 말에 환자분의 딸이 나를 바라보았다.

“아버지가 여기 계시는 동안, 돌봐주시느라 고생 많으셨습니다.”

딸이 계속 말을 이었다.

“이제는 아버지가 다시 여기로 못 돌아올 것 같아서요. 직접 뵙고 감사 인사드리고 싶었어요.”

간호사의 말대로라면, 나는 이전에 이 중년 여성을 만난 적이 있어야 했다. 하지만 어쩐 일인지 조금도 기억나지 않았다.

“의사 선생님이 참 젊으시네요.”

여자가 다정하게 웃으며 말했다.

나는 그저 미소만 짓고 있었다. 사실 여자가 생각하는 것만큼 나는 그리 젊지 않았다.

“아버지를 돌봐주셔서 감사했습니다.”

여자는 간호사가 건네는 서류를 받아 들더니 다시 말했다.

“아버지가 성질이 좀 고약하시잖아요.”

“저희가 당연히 해야 할 일인 걸요.

나는 정형화된 답을 던질 수밖에 없었다.

“감사합니다.”

여자는 눈인사를 한 뒤, 서류를 가방에 넣고 병원을 나섰다. 당직 간호사가 다시 고개 숙여 업무를 시작하는 사이, 나는 창밖을 바라보았다. 어느새 날이 흐려지고 부슬비가 내리고 있었다. 진료실에는 오래전에 가져다 놓은 접이식 우산이 있었다. 의사란 과학적이고 이성적인 직업이다. 바꿀 수 없는 사실을 헛되이 바꾸려 들거나 누구도 답할 수 없는 질문은 던지지 않는다. 비가 온다면 그저 오는 것일 뿐, 하늘도 그 이유를 우리에게 설명하지 않는다.

비는 바깥에 남겨둔 채, 진료실로 돌아와 에어컨을 켰다. 추웠지만 보송하고 상쾌한 공기가 필요했다. 의사의 흰 가운은 보온성이 없었다. 그건 단지 사람들에게 우리의 전문성과 권위를 보여주는 유니폼일 뿐, 그 외에는 어떠한 기능도 없다. 수많은 동료들이 퇴근 후 가운을 벗어 진료실에 걸어두었는데, 십 년을 하루같이 세탁은 물론이고 교체도 하지 않아 위생 상태는 말할 수조차 없었다. 그럼에도 흰 가운은 여전히 흰 가운이고, 의사는 여전히 의사이며, 환자는 여전히 환자였다. 환자의 가족들이 나를 신뢰해 주는 건 감사한 일이지만, 그렇다고 특정 환자에게 좀 더 잘해준 적은 없었다.

나는 서류를 정리하듯 마음을 가다듬은 뒤, 다음 업무 준비를 시작했다.

그날 점심시간, 박펑이 환자들을 위해 또 한차례 공연을 열었다. 나는 음악적 재능도, 하물며 음악에 큰 흥미도 없었지만, 그럼에도 박펑의 청중을 자처했다. 순전히 동료들과 함께 밥을 먹는 게 싫어서였다. 그런데 오늘은 세 번째 곡이 끝났을 때, 박펑이 기타를 내려놓더니 오늘의 연주를 마치겠다고 했다. 아마도 어떤 곡이 그의 과거를 건드린 걸지도 몰랐다.

환우들은 김이 샌 듯한 얼굴로 흩어졌다.

"커피 드실래요?"

박펑이 물었다.

"형님, 누님들이 새 원두를 나눠줬거든요."

그리하여 우리는 다시 또 정원 벤치에 자리를 잡았다. 꽤 추웠다. 김이 모락모락 피어오르는 커피를 바라보고 있으니, 또 다른 따스한 세상을 마주한 기분이었다.

"아내가 저를 떠난 날은 드물게 화창한 어느 봄날 아침이었어요. 잠에서 깨 눈을 떴는데, 불현듯 아내가 없다는 걸 감지했죠. 아내 방으로 가서 옷장을 열어보니 제 예감이 맞았습니다. 속옷 몇 벌이랑 트렌치코트, 신분증, 그리고 약간의 현금만 챙겨갔더라고요. 제가 선물했던 것들은 전부 다 남겨놓고, 운동화만 챙겨서 가버린 거예요. 책상 위에는 뜯어진 과자 봉지가 있었는데, 평소 봉지를 묶어두던 고무줄은 보이지 않았습니다. 거리로 나가니 햇살이 저를 평소처럼 따뜻하게 비춰주었어요. 아내가 떠났다고 해서 세상이 뒤집히지는 않더라고요. 전 아내가 그날 고무줄을 입에 물고서 머리를 가지런히 빗고 잘 땋아 묶은 뒤, 자리에서 일어나 떠나는 모습을 상상해 봤습니다."

"슬프던가요?"

예상대로 박핑은 고개를 저었다.

"꼭 그날이 오길 기다렸던 사람 같았어요."

박핑은 기억에 잠겼다.

"처음부터 그런 날이 올 줄 알고 있었거든요."

"어떻게요?"

"인생은 시계추 같은 거니까요."

박핑이 말을 이었다.

"추는 한쪽으로 기울고 나면, 자연스럽게 반대쪽으로 기울기 마련이에요. 불변의 진리죠."

나는 잠시 침묵했다.

"아내를 사랑하세요?"

내가 물었다.

"사랑하죠."

의외로 박핑은 시원스레 대답했다.

"하지만 제 사랑은 딱 그 정도까지예요. 상대가 누구든, 그 이상은 안 되더라고요."

"예를 들면요?"

"예를 들면."

박핑이 고개를 살짝 갸웃하며 잠시 생각에 잠겼다.

"전 소파에 누워서 천장을 보며 시간을 때울 수 있거든요. 햇살이 처음에는 창가를 비추다가 차차 가운데로 이동하고, 그러다 또 반대편으로 넘어가요. 그렇게 인생의 하루가 지나가는 거죠. 꽤 괜찮지 않아요?"

"아내랑 대화한다거나 같이 뭔가를 만든다거나 그런 건 없었어요? 간식 만들기나 영화 보기 같은 거요."

"거의 없었어요. 애초에 아내가 저를 좋아한 건, 제가 간식을 잘 만들거나 영화를 좋아해서가 아니니까요. 어쩌면 아내가 좋아했던 건, 제가 아니라 저의 책이었을지도 몰라요. 전에 말씀드렸던 것 같은데, 아내는 제 야간학교 학생이었잖아요. 그때 제가 《주역》을 가르쳤거든요……."

박핑은 내가 이야기를 계속 듣고 싶어 하는지 확신이 안 서는 듯 나를 바라보았다. 나는 목을 가다듬고서 기대감에 찬 미소를 지어 보였다.

"다양한 사람들이 수업을 들으러 왔어요. 연세 있는 분들부터 주부, 그리고 대학생도 두 명 있었고요."

“다들 내용을 알아들어요?”

“사실 대부분 점치는 법을 배우고 싶어 했지만, 이 세상에 길吉은 좋고 흉凶은 피하는 방법 같은 건 존재하지 않죠.”

“어째서요?”

“이 세상에는 진정한 길도, 진정한 흉도 존재하지 않으니까요. 좋고 나쁨은 상대적인 개념일 뿐이에요, 삶과 죽음처럼요.”

“오…….”

“삶과 죽음을 예로 들어보죠. 대자연 속에서 삶은 그리 경사스러운 일도 아니고, 죽음 또한 두려운 일이 아니에요. 삶과 죽음에 대한 감정은 인간이 덧붙인 것일 뿐, 그 본질은 아닌 거죠.”

“음…….”

“불운이 극에 달하면 행운이 온다고 하잖아요. 불운이 없으면, 행운도 없는 법이에요. 이게 주역의 이치입니다.”

박펑이 살짝 미소 지으며 말을 이었다.

“처음엔 점을 배우고 싶어서 왔던 사람들도 제 수업을 다 듣고 나면 대체로 이 이치를 이해하더군요.”

“정말 심오하네요.”

나는 진심으로 감탄했다. 사실 박펑의 사고는 점점 혼란스러워지고 있었다. 뭔가를 회피하려는 것처럼 이야기가 점점 곁가지로 빠지는 느낌이었다.

“그러니까, 그게 바로 두 분이 결혼한 이유인가요?”

나는 화제를 다시 되돌려 보았다. 솔직히 박펑이 아내와 알콩달콩 사랑을 속삭이는 모습은 상상조차 되지 않았다. 물론 현실적으로 모든 부부가 사랑을 속삭이며 살지는 않겠지만.

"연애할 때 아내는 저희 집에 올 때마다 항상 구석에 앉아 책만 읽었어요."

박펑이 손으로 제스처를 하며 말했다.

"한 권 한 권 읽어나갔죠, 이렇게나 두꺼운 책을."

"너무 좋은데요? 적어도 둘이 긴 시간을 함께 보낸 거잖아요."

"전 다른 사람이 책 읽는 걸 가장 반대하는 사람이에요."

박펑이 생각지도 못한 답을 했다.

"정확히 말하면, 어리숙한 사람이 책에서 답을 찾으려 드는 것에 절대 찬성하지 않습니다. 책에 담긴 건 전부 남의 말, 남의 생각뿐이거든요. 스스로 확고한 의지와 신념 없이 책만 읽으면 더 헤매게 될 뿐이에요."

"아내를 꽤 잘 알고 계신 것 같네요."

"그 정도는 아닙니다. 다른 사람을 잘 안다고 말할 수 있는 사람이 과연 있을까요? 나 자신도 잘 모르는데."

나는 약간 피곤해졌다. 화제를 커피 이야기로 돌리고 싶어서 원두 분류법에 관해 물어보았다. 하지만 박펑은 오늘따라 유독 흥이 올라서 내 질문은 아예 듣지도 못한 것 같았다.

"아내는 책과 지식을 지나치게 신봉했어요. 지식이 세상을 바꿀 수 있다고 믿었습니다."

박펑이 기타 줄을 가볍게 건드리며 말했다.

"그거 아세요? 아내 아버지가 은행 고위직이었어요. 어릴 때부터 아내는 풍족하게 살았죠. 집에 가정부를 둘이나 두고 살았을 정도로요. 그런 사람들은 자기 삶을 잘 유지하며 자기만의 세계에 얌전히 머물러 있어야 해요. 그게 그들의 사명이니까요."

박핑은 ‘하’ 하고 웃음을 터뜨렸다.

“도대체 뭐 때문에 세상에 분노한 건지 모르겠다니까요. 부모와도 사이가 그렇게 좋았으면서.”

‘부모와 사이가 좋았다면, 좋은 일 아닌가?’라고 말하려다가 속으로 삼켰다. 박핑의 사고방식이 남다르다는 생각만 들었다. 그런 그와 논쟁해 봐야 무의미한 일이다.

“그럼, 혹시 아내한테 박핑 씨의 생각을 말해본 적 있어요?”

나는 질문을 바꿨다.

“굳이 왜 말해야 합니까?”

나의 질문에 놀랐는지 박핑이 나를 쳐다보았다.

“제가 옳다는 걸 확신할 수 있다면 모를까. 하지만 그게 가능할까요? 세상에 자신이 옳다고 단언할 수 있는 사람은 없을걸요. 어쩌면 제 아내가 옳았을지도 모르죠. 아내는 아내 삶을 살고, 저는 제 삶을 살 뿐. 옳고 그름은 없어요.”

“그럼 박핑 씨는 아내의 어떤 점이 좋았어요?”

박핑은 고개를 내저었다.

“제 생각에는 제가 아내를 좋아하는 것보다 아내가 저를 더 많이 좋아했어요. 제가 미안하게 생각하는 부분이기도 합니다.”

나는 박핑의 아내가 집을 떠나던 날의 장면을 떠올렸다. 어쩌면 박핑의 말이 맞을지도 모른다. 아내는 남편이 자신을 좋아하는 것보다 더 많이 남편을 좋아했을 것이다.

“그렇다면, 아내는 박핑 씨의 어떤 점이 좋았을까요?”

나는 용기 내어 물어보았다.

“허무.”

박펑이 노래하는 듯한 말투로 말을 이었다.

"아내는 무언가를 믿고 싶어 했어요. 저는 아무것도 믿지 않죠."

나는 박펑이 우울증 증세를 보이는 건 아닌지 확인하려고 그를 응시했다. 그가 내게 준 답은 그저 나를 똑같이 바라보는 것이었다.

"전 괜찮습니다. 걱정하지 마세요."

박펑이 엷게 미소 지었다.

"선생님은 정말 마음씨 좋은 의사예요."

오늘의 대화는 이렇게 마무리되었다.

그날 밤, 병실 복도를 지나는 길이었다. 가는 길마다 사람들이 내게 끝없이 인사를 했다.

"선생님, 의사 선생님."

"의사 선생님, 안녕하세요."

마치 먼 곳에서 들려오는 듯한 목소리였다. 그러다 칠흑 같은 어둠 속에서 낯익은 천장 등과 가구가 눈에 들어왔다. 차차 정신이 돌아오면서 그것이 꿈이었다는 걸 알았다. 의과대학 시절에 자주 꾸던 꿈이었다. 꿈에서 환자들은 나를 무척이나 존경했고, 나 또한 그들을 매우 아꼈다. 그러나 훗날 깨달았다. 나는 그들을 도울 수 있는 사람이 아니라는 사실을. 그들을 도울 수 있는 건, 오직 약물과 환자 자신뿐이라는 것을.

이불 속에서 몸을 뒤척여 보았지만 팔과 허벅지가 몸통에서 분리된 것만 같았다. 무딘 칼이 양쪽 관자놀이를 뚫고 지나간 듯 머리도 아팠는데, 칼날의 차가운 감촉 대신 묵직한 무게감만 느

꺼졌다. 온몸의 모든 신경이 내 육체가 더 이상 부서져 떨어지지 않도록 시계태엽처럼 팽팽하게 조여들었다.

다음 날, 나는 그 꿈속의 병동으로 돌아가 꿈속의 그 복도를 걸었다. 예상대로 가는 내내 사람들이 끝없이 내게 인사를 했다.

"선생님, 의사 선생님."

"의사 선생님, 안녕하세요."

그들은 내가 충족시켜 줄 수 없는 저마다의 기대를 내게 던져 왔다. 나는 바람처럼 발걸음을 재촉하면서 그들에게 성수를 흩뿌리듯 허망한 미소를 던졌다.

그때 불현듯 누군가 내 옷자락을 잡았다. 멈춰서서 보니, 털모 자 할머니가 휠체어에 앉아 있었다.

"무슨 일이세요?"

할머니는 말없이 나를 빤히 쳐다보았다.

"무슨 일 있으세요?"

어쩔 수 없이 쪼그려 앉아 할머니와 눈을 맞췄다.

"찹쌀닭."

"네?"

"찹쌀닭."

할머니가 목청을 높였다.

"너 귀먹었냐?"

"찹쌀닭이 드시고 싶으세요?"

내가 물었다.

"찹쌀닭."

할머니가 같은 말을 반복했다.

“그거 먹고 죽게.”

“할머니, 병원에는 찹쌀닭이 없어요.”

나는 부드러운 말투로 대답했다.

“드시고 싶으시면, 가족들한테 부탁하셔야 해요.”

“할머니, 찹쌀닭 드시고 싶으세요?”

간호사가 다가와 내 가운을 붙잡고 있던 할머니의 손을 조심스럽게 떼어내며 말했다.

“제가 따님한테 전화해서 가져오라고 할게요, 알겠죠?”

그러자 할머니가 큰 소리로 악담을 퍼붓기 시작했다. 그 대상은 나일 수도, 다른 사람일 수도, 또 어쩌면 자기 자신일 수도 있었다. 나는 할머니에게 고개를 살짝 끄덕인 후 돌아섰지만, 애초에 어디로 가던 길이었는지 기억나지 않았다. 간호사가 창가 쪽으로 할머니의 휠체어를 밀고 가더니, 할머니가 햇볕을 쐴 수 있도록 커튼을 걷었다.

“따님이 보고 싶으신가 봐요.”

간호사가 곧장 간호사 스테이션으로 돌아오며 혼잣말하듯 이야기했다.

“따님 안 왔어요?”

내가 물었다.

“오셨죠.”

간호사가 머리를 숙인 채, 서류를 정리하며 대답했다.

“매번 할머니한테 쫓겨나서 그렇지.”

나는 할머니에게 시선을 옮겼다. 겨울 햇살 속에서 할머니는 인생에 대한 불만으로 가득해 보였다. 먹지 못한 찹쌀닭과 세상을 온몸으로 저주하고 있었다. 누구도 할머니에게 관심을 두지 않았다. 할머니의 뒤편에는 환자 한 명이 누워 있었는데, 침대에 묶인 채 미동도 하지 않았다. 무심하게도 바깥은 날씨가 화창했다. 진흙 속 지렁이들은 태양을 싫어한다. 다만, 지렁이는 우울증에 걸리지 않는다. 아마도 그럴 것이다.

간호사가 헛기침을 해서 그제야 내가 다음 병실로 향하고 있었다는 사실이 떠올랐다. 소녀가 나를 기다리고 있었다.

"부작용은 첫 일주일에서 이주일 사이면 없어질 거야."

나는 소녀에게 설명을 계속했다.

"금방 적응돼."

"선생님은 내가 아닌데 어떻게 알아요?"

소녀가 반박하듯 대꾸했다.

"몽롱하고 어질어질한 느낌 때문에 폐인이 된 기분이라고요."

"그냥 편안히 쉬면 안 되는 거야?"

나는 달래보려 했다.

"몸이 아플 때, 쉬는 건 죄가 아니야. 나도 감기에 걸리면 휴가 내고 푹 자는걸."

"고귀하신 의사 선생님이시니까."

소녀가 고개를 휙 돌려 나를 노려보며 말했다.

"하물며 선생님은 스스로 약도 지어서 먹을 수 있잖아요. 하지만 저는요? 거부할 권리가 있어요?"

"부작용 말고 혹시 또 걱정되는 게 있니?"

내가 물었다. 사실 나는 소녀가 적대감을 품고 있다는 느낌을 받았다. 약물이 아니라 나를 향한 적대감이었다. 어쩌면 소녀에게는 내가 유일하게 반항할 수 있는 사람 혹은 대상일지도 모른다.

소녀는 대답이 없었다. 소녀가 걱정하는 건 대체 무엇일까? 어쩌면 자기 자신도 명확히 알 수 없는 것일지도 몰랐다.

"아니면 이렇게 하자."

나는 말을 바꿔보기로 했다.

"이 약에 대한 정보를 같이 살펴보는 거야. 설명서에 있는 내용을 내가 설명해 줄게. 그런 다음, 계속 이 약을 먹을지 말지 네가 결정해. 어때?"

"내가 무슨 실험실 쥐예요?"

소녀가 내게 소리를 질렀다. 뒤돌아보지 않아도 등 뒤에서 다른 환자들의 따가운 시선이 느껴졌다.

"나는 네가 아니니까 너의 감정을 부정할 수는 없어."

나는 언제나 설명할 수 없는 질문에는 대꾸하지 않는다.

"하지만 내 관점에서 이 약은 효과가 있다고 믿거든. 아직 마음의 준비가 안 됐다면, 나중에 다시 이야기해 보자. 당분간은 기존에 했던 치료를 그대로 유지하고, 약의 종류와 용량도 바꾸지 않을게."

소녀는 내 말에 대답하지 않았다. 침대 발치에 서 있던 나는 피로를 덜어내려 발의 무게 중심을 바꿨다.

"조금 있으면 크리스마스네요."

소녀가 갑자기 한결 누그러진 목소리로 말했다.

"그래."

"선생님은 크리스마스 소원 같은 거 있어요?"

곰곰이 생각해 보았지만, 딱히 떠오르는 게 없었다.

“세계 평화랄까.”

거짓말이나 대충 둘러대는 말은 아니었다.

“예전에는 그런 건 너무 공허한 소원이라고 생각했는데, 지금은 진심이야.”

“저도 예전엔 세계 평화를 바란 적 있어요.”

소녀가 말을 이었다.

“지금은 우주 대폭발을 더 원하지만.”

나는 웃음이 나왔다. 소녀도 함께 웃었다. 나도 모르게 안도의 한숨이 나왔다.

“그것도 나쁘지 않네.”

나는 말을 건네는 동시에 고개 숙여 진료 기록을 써 내려갔다. 그런 다음, 주머니에서 과일 맛 사탕을 하나 꺼냈다.

“함께 우주 대폭발을 기원해 보자.”

나는 웃으며 소녀의 머리맡에 사탕을 내려놓았다.

“메리 크리스마스.”

나는 미소를 지으며 병실에서 나왔다. 실은 지쳐 있었다. 아직도 열 명 넘는 환자들이 나를 기다리고 있었다. 최소한의 에너지라도 아껴두어야 했다. 복도를 다시 지나는데, 털모자 할머니가 보이지 않았다. 창밖에는 환자 여럿이 햇빛 속을 거닐고 있었다. 살짝 몸을 옴지락거리기도 하고 오랫동안 굽어 있던 등을 천천히 펴기도 했다. 개중에는 화단 옆 돌계단이나 벤치에 눕는 이들도 있었고, 잔디밭 한가운데 돌바닥 위에 누워 자외선의 열기를 느껴보는 이들도 있었다. 멀리서 바라보니, 미색 환자복 차림의 환우들이 흡사 밀전병 같았다. 신이 갈 길을 서두르다 소맷자락

속에서 실수로 떨어뜨린 듯 병원 여기저기에 흩뿌려져 있었다. 밀전병들은 따스한 햇살을 받아 부드러워 보였다. 고소하게 구워진 냄새가 은근히 풍겨오는 느낌이었다. 이미 신에게 잊혔기에 그들은 한결 홀가분하게 살아가고 있었다.

"혹시 그런 생각 안 해보셨어요? 그 아이가 약을 거부하는 게 부작용 때문이 아닐 수도 있다는 생각이요."

박핑이 말했다. 우리는 방문객 로비에 앉아 한가운데에서 연설 중인 어떤 환자를 바라보고 있었다.

"그러면 뭐 때문인데요?"

"병원을 떠나고 싶지 않은 걸지도 모르죠."

박핑이 어깨를 으쓱해 보였다.

"제가 그 심정을 잘 알거든요."

"어째서요? 그게 어떤 마음인 건지 들려줄 수 있어요?"

박핑이 짐짓 진지한 얼굴로 잠시 생각에 잠겼다.

"기다려 주셔서 감사합니다."

그가 말을 이었다.

"전 주기적으로 퇴원이라는 문제를 두고 고민하곤 해요."

"솔직히 말하면, 박핑 씨는 증세가 그다지 심하지 않기 때문에 여기서 평생 계실 거라고 생각하지 않습니다."

"여기서 평생을 보내는 것도 딱히 나쁠 건 없죠."

"환자들은 다들 퇴원 날만 기다리지 않나요?"

"대부분은 그렇죠."

박핑이 고개를 끄덕였다.

"하지만 전 아닙니다."

“어째서요?”

“안 될 이유 없잖습니까?”

나는 소리 없이 한숨을 쉬었다. 박펑과 대화하다 보면 간혹 피곤해졌다.

“솔직히 말해서, 여기 너무 오래 계시면 의욕을 잃어버려요.”

나는 애써 말을 이어갔다.

“좀 더 나은 삶을 살아보고 싶다는 생각, 해본 적 없으세요?”

“그런 삶은 좋은 사람들의 몫이죠.”

박펑이 먼 곳으로 시선을 던지며 말했다.

“그 어린 아가씨도 제가 보기엔 좋은 사람이에요. 아직 준비가 덜 되었을 뿐이지.”

사실 정신의학적 관점에서 보면 ‘좋은 사람’이란 존재하지 않는다. 의사도 마찬가지다.

“그럼, 박펑 씨는 어때요?”

“전 여기가 참 좋아요. 맛은 없지만, 밥에 반찬까지 꼬박꼬박 나오고. 일찍 자고 일찍 일어나는 건 말할 것도 없이 좋고요.”

“박펑 씨 같은 환자는 정말 처음이에요.”

나는 말을 이었다.

“다들 나가고 싶어 안달인데, 혼자만 남고 싶어 하잖아요. 바깥세상이 훨씬 자유롭지 않아요?”

“바깥이 그렇게 좋다면 정신병원에는 환자가 없을 겁니다.”

나는 왠지 박펑의 말을 부정할 수가 없었다.

“하지만 제 생각에 진짜 미친 사람들은 병원에 있지 않아요.”

박펑은 여전히 연설 중인 젊은 환자를 바라보았다. 다정하고 연륜 있는 중학교 선생님 같은 눈빛이었다.

"진짜 미친 자들은 저 바깥에 있어요. 자기가 세상을 바꿀 수 있다고 믿는 사람들 말입니다. 그자들은 세상이 계속 무너지기만 바라죠. 그래야 그 세상이 자신들의 무대가 될 테니까."

"저 환자분은 자신이 세상을 구할 수 있다고 생각하진 않을 겁니다."

나는 박펑이 환우들에게 조금 더 공감해 주었으면 했다.

"단지 머릿속에 떠오르는 혼란스러운 생각들을 일시적으로 감당하지 못하고 있는 것뿐이에요."

"천재들은 흔히 정신병을 앓지만, 정신병을 앓는다고 해서 반드시 천재는 아닙니다."

박펑은 내 말을 무시했다. 사실 그는 자신이 하고 싶은 말만 하고 있었다.

"주제 파악을 하는 사람이 별로 없다는 게 그저 안타까울 뿐이죠. 제 아내가 딱 그렇게 독선적인 사람이었거든요. 툭하면 구세주라도 되는 양 굴었으니까."

나는 또다시 박펑의 덫에 걸려들었다.

"그래도 어디까지나 아내분은 자신이 의미 있다고 믿는 일을 하고 있었던 거잖아요."

내가 말했다.

"어쨌든 그런 사람들 때문에 이 세상이 망가지는 겁니다. 만약 모든 사람이 자기 앞가림 잘하고, 남의 일에 쓸데없는 신경만 안 쓴다면 이 세상 문제의 70퍼센트는 해결될 걸요. 전쟁도 피해 갈 겁니다."

“그건 단지 가설일 뿐이죠.”

“과학이란 것도 전부 가설에서 시작되는 거잖아요. 아닙니까? 중국 철학자 후스胡適가 그랬죠. 가설은 대담하게, 실증은 세심하게.”

나는 ‘후스가 과학자는 아니지 않느냐’고 대꾸하고 싶었지만, 박핑의 그럴싸한 헛소리에 정말이지 신물이 난 참이었다. 그래서 손목시계로 시선을 돌렸다.

“후스는 문학가였죠.”

박핑은 계속 혼잣말을 이어갔다.

“문인이나 과학자나 똑같아요. 자신들이 세상을 구할 수 있다고 착각하죠. 의사가 제일 낫습니다. 최소한 약물로 고통은 줄여 주니까요.”

“전 세상을 구해야겠다는 생각을 해본 적이 없습니다.”

나는 강변하지 않을 수가 없었다.

“의과대학 1학년 때 교수님이 그러셨어요. 모든 환자를 고칠 수 있다는 생각은 하지 말라고.”

박핑이 나를 바라보았다.

“고생이 많으시네요.”

박핑이 옅은 미소를 지었다.

“자기 능력의 한계를 알면서도 끝까지 버텨내시다니. 귀하의 그 정신에 깊은 경의를 표하는 바입니다.”

박핑은 일어서서 자리를 떴다. 정문을 지날 때는 주머니에서 손을 빼내 보안 요원을 향해 흔들었다. 이곳 사람들과는 확실히 사이가 좋은 편이었다.

사건이 벌어진 날은 크리스마스가 막 지난 어느 아침이었다. 그날따라 유난히 졸렸다. 전날 밤 수면의 질이 나빴던 탓이었다. 마치 뜨겁게 달아오른 사막의 땅 위에 잠시 누웠다가 일어난 것처럼. 나는 조바심을 내며 모래가 나를 깊숙이 묻어주기를 기다렸다. 시원하고 어두운 그곳이라면 작열하는 태양을 피할 수 있을 테니까. 하지만 그런 일은 일어나지 않았다. 모래는 나에게 관심이 없었다. 모래 속의 전갈도, 독충도 나에게 아무런 관심이 없었다.

간호사의 발소리가 나를 깨웠다.

"선생님."

간호사는 더 이상 입을 열지 못했다. 그러나 표정이 이미 모든 걸 말해주고 있었다.

병실에 도착했을 때는 사람들이 소녀를 벌써 침대에 눕혀 놓은 상태였다. 구급차를 불렀다고 간호사가 말했다. 그러나 이미 아무 소용없다는 것을 모두가 알고 있었다.

그 누구도 더 이상 손쓸 수 없었다.

어쩌면, 소녀는 실망했던 걸까. 산타클로스는 다녀갔지만 소녀의 목에 상흔을 선물로 남겼다. 우주 대폭발은 일어나지 않았다.

그날 오후, 박펑이 먼저 나를 찾아왔다. 허리를 굽히더니, 나뭇가지처럼 앙상한 두 손으로 무릎을 짚고서 누렇게 뜬 흰자위를 굴리며 나를 빤히 쳐다보았다. 마치 우리 안에 갇힌 상처 입은 오랑우탄을 연구하는 듯한 자세로.

"괜찮으십니까?"

박핑이 물었다.

"감사합니다."

나는 말을 이었다.

"전 괜찮습니다."

나는 굳이 숨기지 않고 대충 둘러댔다. 아침에 겪은 일로 그나마 남아 있던 아드레날린마저 다 써버린 상태였다. 지금은 그저 아무 침대에나 풀썩 쓰러져 깊이 잠들고 싶은 마음뿐이었다. 하지만 환자 일로 상심에 빠지는 의사란 프로답지 못하다. 그러니 나는 계속 일을 해야만 한다. 계속 예의를 갖춰 미소 띤 채로 환자들과 대화해야만 한다.

박핑이 나를 쳐다보았다.

"자책하고 계십니까?"

박핑이 내게 또 물었다.

"괜찮습니다."

나는 대답했다. 사실은 마음의 준비가 되어 있었다. 이런 일을 처음 겪는 것도 아니었다. 한창 공부하던 시절, 일찍이 교수님은 우리에게 말했었다. 의사는 신이 아니라고. 때론 예측할 수 없는 일들이 있고, 예측하더라도 막을 수 없는 일들은 더 많은 법이라고. 의사가 할 수 있는 건 그저 자신의 본분을 다하는 것일 뿐, 나머지는 환자 자신의 결정이라고 했다.

"그 소녀를 믿었어야죠."

박핑은 나를 놓아줄 생각이 전혀 없어 보였다.

"그 아이가 죽고 싶다고 했을 때, 그게 선생님을 겁주려고 한 말이 아니라는 걸 믿었어야 한다고요."

"겁주려는 거라고 생각한 적 없습니다."

나는 간신히 눈꺼풀을 들어 올리며 말을 이었다.

"반대로 저는 그 아이가 회복되길 기대했어요."

"정말 회복이 될 거라고 생각하세요?"

박핑이 침착한 말투로 반문했다.

"처음부터 가망이 없다는 걸 알고 계셨잖아요. 그 아이처럼 심각한 환자는 아무리 상태가 호전된다 해도 정상인은 아닐 테니까요. 선생님은 그 아이가 병원을 나가길 바라셨으니, 이제 소원대로 된 거 아닙니까?"

나는 박핑을 바라보고 또 바라보았다. 그 역시 나를 빤히 쳐다보았다. 마치 나의 다음 행동을 기다리기라도 하는 듯이. 그건 바로 박핑이 내게 쳐놓은 올가미였다. 세상을 떠난 그 소녀처럼 박핑이 공격하려는 대상은 내가 아니라 바로 그 자신이다. 순간 머릿속으로 장면 하나가 스쳤다. 박핑의 목을 조르는 내가 보였다. 목에 힘이 가해지자 거칠게 기침하는 박핑의 모습이 보였다. 그 속에는 세상을 향한 조롱이 담긴 웃음소리가 섞여 있었다.

어쩌면 그것이 박핑에게는 유일한 치료법일지도 모른다.

나는 돌아서서 자리를 떴다.

박핑을 등 뒤에 남겨둔 채로. 어쩌면 그는 다음 청중을 찾아낼 것이고, 또 어쩌면 그러지 못할 것이다. 나는 마침내 깨달았다. 박핑과 같은 사람은 평생 회복되지 못할 것이다. 왜냐하면, 그는 이미 오래전에 죽었으므로.

잠자리가 수면 위를 스쳐 지나가듯이

노과청정 路過蜻蜓

청은 거실에 앉아 보이차를 천천히 마셨다. 젊은 시절에는 아이스 블랙커피를 즐겼다. 맥주는 더 좋아했다. 냉장고에서 막 꺼내 이가 덜덜 시릴 만큼 차가운 병맥주가 좋았다. 예전에 동료들과 대학 캠퍼스 공사장에서 일할 때는 학생 식당에서 고기덮밥과 차가운 맥주 한 병으로 점심을 해결하곤 했는데 양도 푸짐하고 값도 저렴했다. 푸릇푸릇하고 젊은 청춘들이 떼 지어 옆을 스쳐 갈 때면, 청은 일순간 자기도 대학생이 된 듯한 착각에 빠졌다. 그러던 어느 날, 현장 감독관이 술을 금지했다. 산업 안전 보건 어쩌고 하면서 중대한 일이라고 했다. 산업 안전 보건이라고? 공사장 막일을 시작한 이래로 청의 목숨은 귀한 대접을 받은 적이 단 한 번도 없었다.

귀한 목숨은 삶을 누리지만, 천한 목숨은 언제나 돈으로만 환산될 뿐이다.

청은 조금도 개의치 않았다. 잘났든 못났든 팔자는 타고나는 법이다. 게다가 제힘으로 밥벌이를 하고 있으니 남한테 꿀릴 것도 없었다. 학생 식당에 가면 인부 여럿이서 커다란 원형 테이블에 자리를 잡았다. 땀 냄새와 악취, 그리고 흙먼지 가득한 얼굴로 대학생 틈바구니에서 막말을 섞어가며 웃고 떠들었다. 하지만 적어도 그들은 대학생들이 모르는 기술에 능한 사람들이었다. 이를테면 대나무 비계 설치나 철근 작업, 콘크리트 배합 등이었다. 청은 학생들도 인부들을 깔보지 않을 거라고 생각했다. 각자 자신에게 주어진 삶을 살아가면, 그걸로 충분했다.

하지만 그것도 어느새 옛일이 되어버렸다. 청은 그런 날들이 영원할 줄 알았다.

물론 평생 힘쓰는 일만 하면서 살 수 없다는 건 잘 알고 있었다. 그는 나름대로 계획이 있는 사람이었으니까.

이 바닥 일을 시작하고 얼마 안 되었을 때, 청은 저축 펀드에 가입했다. 건설 현장 일은 의료나 상해 보험을 들기가 어려웠다. 물론 청 역시 보험회사가 자신을 도와줄 거라는 기대를 하지 않았다. 가장 중요한 건, 역시나 공공 임대 아파트 신청이었다. 임대료가 저렴한 데다 관리비도 없고, 수도나 전기가 끊겨도 전화 한 통이면 주택을 관리하는 정부 기관 사람이 나와 수리해 주었다. 멋대로 임대료를 올리며 쫓아낼 일도 없었다. 청에게 공공 임대 아파트 입주는 복권 당첨보다 훨씬 가치 있는 일이었다. 입주 통지서를 받았던 날, 청이 동료들에게 거위구이를 쏘겠다고 하자 동료들도 마다하지 않았다. 다 함께 승합차에 올라타 곧장 삼젱深井의 노천 식당으로 향했다. 해 질 녘에 시작된 식사 자리는 밤까지 이어졌다. 태양은 서서히 빛을 거두었고, 하얀 초승달이 짙 푸른 하늘 위에 걸렸다. 그 옆으로 깜빡임 없는 별 하나가 보였다. 청은 초등학교 때 저 별을 보며 금성이라고 가르쳐주던 야우 선생님이 떠올랐다. 학창 시절 통틀어 유일하게 청과 웃으며 이야기를 나눠준 선생님이었다. 청은 지금도 야우 선생님의 통통한 얼굴과 검은 뿔테 안경을 떠올릴 수 있었다. 선생님은 청에게 사람답게 살아가려면 성실하고 정직해야 한다는 말도 해주었다. 당시 4학년이었던 청은 사실 '정직'이 무슨 뜻인지 이해가 잘 안 됐지만, 야우 선생님의 말씀이니 옳은 말이겠거니 했다. 정직하게 일하고, 정직하게 생활하고, 정직하게 공공 임대 아파트에 입주하는 것. 선생님의 말씀은 대략 이런 의미였으리라.

그 후, 선생님은 수업에 나오지 않았다. 친구들 말로는 편찮으시다고 했다. 얼마 후, 학교로 잠시 돌아오긴 했지만 선생님의 통통하던 얼굴은 반쪽이 되어 있었다. 그리고 또 얼마 후, 야우 선생님은 사라졌다. 청은 선생님이 영영 돌아오지 않을 거라는 사실을 알았다.

누구도 설명해 주지 않았다. 누구도 다시는 야우 선생님의 이야기를 꺼내지 않았다. 어쩌면 있었는데 내가 잊어버린 건 아닐까? 청은 확인할 길이 없었다.

그것도 이미 오래전의 일이 되었다. 청은 다시 차를 한 모금 마셨다. 싸구려 찻잎이라 맛이 씁쓸했다.

해가 거의 저물어 갈 때쯤, 청은 찻잔을 내려놓고 거리로 나가 장을 보았다. 혼자 먹는 밥이지만 매일 직접 장을 봐서 요리했다. 살면서 유일하게 고집하는 부분이었다. 이후 청은 청소 노동자가 되었다. 한 타임에 아홉 시간 반을 일하기 때문에 한 번 요리를 하면 한 끼는 먹고 나머지 두 끼는 도시락으로 싸서 출근했다. 여름이면 두 번째 도시락 반찬에서 약간 쉰내가 났다. 하지만 어쨌든 직접 만든 것이기에 밖에서 사 먹는 밥보다 위생적일 거라고 청은 믿었다. 매번 상하기 직전인 음식을 묵묵히 먹어 치웠지만 배탈이 난 적은 한 번도 없었다.

수감 생활은 너무나 길었다. 청은 점점 사라져가는 근육을 눈으로 확인해야 했다. 그들은 하얀 뱅어처럼 생긴 고무 밑창 실내화를 한 켤레씩 받았다. 바깥 운동 시간이 되면 청은 달리기를 하고, 팔굽혀펴기도 몇 번 했다. 이 정도의 운동은 공사장 일에 비하면 아무것도 아니었다. 대부분의 시간은 실내에서 보냈다. 작업이 있는 날에는 다림질이나 편지 봉투 접기, 표지판 페인트칠 작업을 했다. 그 외에는 취미반에 들어가 외국어를 배우거나 그림을 그렸다. 딱히 흥미는 없었지만 할 수 있는 건 모조리 참여하면서 남들 앞에서는 약간 즐기는 척했다. 그래야 조금이라도 수월하게 하루하루를 보낼 수 있었다. 처음부터 끝까지 자신은 잘못한 게 없다고 믿었으므로 구태여 자신을 괴롭힐 필요도 없었다.

처음 일 년간은 린이 면회를 왔다. 청에게 일어난 사건을 알게 된 후, 린은 오랫동안 울었다. 당신이 그런 짓을 했다니 믿기지 않아. 당신은 그런 사람이 아니잖아. 청은 오래오래 설명해 주었다. 맞아, 난 정말 아무것도 하지 않았어. 단지 그날 밤, 그 현장에 있었을 뿐이야. 청은 후회하지 않았다. 그곳을 찾아간 건 자신이었다. 순수하게 뭔가 도울 일이 없을까 싶어 그곳에 머물렀다. 물건을 옮기고 나르는 건 그가 잘하는 일이었으니까.

“왜 진작 나한테 말을 안 했어.”

린의 눈은 퉁퉁 부어 있었다.

“진작 말했으면 내가 절대 못 가게 했을 거야.”

못 가게 했을 걸 아니까 말 안 했지, 청은 속으로 대답했다.

“위험한 거 뻔히 알면서 거길 왜 갔어.”

린이 계속 말을 이었다.

“덜컥 교도소라도 가면 어쩌려고 그랬던 거야?”

린에게 최악의 결과란 감옥에 들어가는 일인 듯했다. 린은 한바탕 울고 나더니 친구에게 부탁해 변호사를 소개받았고, 그런 다음에는 청에게 통장을 건넸다.

“당신이 전에 넣어두라고 했던 돈이야, 그 안에 다 있어.”

린이 말했다.

“우리 좋은 변호사 구해서 소송하자, 응?”

청은 조금 성가셨다.

“법률구조공단에 가볼 거야. 그곳 변호사들은 돈을 안 받아. 그 돈은 내가 당신 준 거니까 잘 챙겨. 함부로 꺼내쓰지 말고.”

“하지만 당신이 교도소라도 가면 우린 어떡해?”

린은 청의 말이 귀에 전혀 들어오지 않았다.

“우리 변호사 찾아가서 사정이라도 하자. 당신이 뉴스를 너무 많이 봐서 선동당한 거라고 얘기하자니까.”

청이 담배를 한 모금 빨았다. 원래 그는 담배를 피우는 사람이 아니었다. 그러나 이제는 안다. 린이 던지는 질문에 답을 할 수 없을 때는, 담배를 입에 무는 것만이 최선이라는 걸.

청은 법정에 섰던 날도 여전히 기억하고 있었다. 매번 린은 방청석 맨 뒷줄에 앉았다. 어디서든 청이 자신을 알아볼 수 있도록 늘 복숭앗빛이 도는 붉은 셔츠를 입었다. 매번 올 필요 없어. 청이 말했다. 받아 적을 필요도 없고. 당신이 변호사도 아닌데 기록해 뒀다가 뭐 하게? 봐도 뭔지 모르잖아. 청은 이렇게 말했다. 문득 대학 캠퍼스에서 일하던 시절이 떠올랐다. 그곳엔 분명 법대생도 있었을 것이다. 어쩌면 그들과 같은 학생 식당에 앉아 똑같은 고기덮밥을 먹었을지도, 어쩌면 같은 법정 안에서 똑같이 피고인석에 서 있을지도 모른다. 어쩌면 운명이 그들에게 아주 미세한 연결고리를 놓아주었을지도 모른다. 마치 잠자리가 수면 위를 스쳐 지나가듯이.

린 역시 청의 삶을 흐르던 물과 같았다. 아니, 어쩌면 흐르는 건 운명이었을까. 다만 그 속도가 너무 빨랐다. 청과 린은 그 물살에 휩쓸려 서로 다른 방향으로 떠내려가야 했고, 결국 다시는 만날 수 없었다.

생선 가판대 위에 배 갈린 생선들이 허공을 향해 누워 있었다. 심장, 아가미, 폐, 그리고 살점들. 절반은 보이지 않고 나머지 절반은 청의 눈앞에서 펄떡거렸다. 저 상처들은 영원히 아물지 않을 거라고 생각하며, 청은 걸음을 재촉했다.

"청 오빠!"

아.

"오빠!"

징이 생선 가판대 밖으로 걸어 나왔다.

"오랜만이네."

청은 머뭇대며 걸음을 멈추었다.

"아, 좋은 아침."

청은 달리 할 말이 떠오르지 않았다.

"오빠 주려고 잉어 꼬리 남겨놨는데."

징이 손을 뻗다가 고무장갑에 잔뜩 묻은 생선 비린내와 피를 보고는 얼른 도마 위로 벗어 던졌다.

"따라와."

거절할 엄두가 안 날 정도로 퍽 단호한 말투였다. 청도 거절하지 않고 따라갔다. 징은 청보다 키가 조금 작았고, 야구 모자 뒤로 긴 포니테일 머리를 늘어뜨리고 있었다. 징은 야구 모자를 좋아해서 매일 다양한 디자인으로 바꿔 썼다. 오늘은 자주색이었다.

"좋은 아침!"

"좋은 아침이에요, 찬 여사님!"

"좋은 아침이야!"

징은 손님들과 인사를 나누느라 바빴다. 청도 덩달아 웃을 수밖에 없었다. 채소 가게와 잡화점 사이에 문이 하나 있었는데, 통라우[1]로 들어가는 입구였다. 두 사람은 계단을 따라 3층으로 올라갔다. 징의 집이었다.

"잠깐만 기다려, 금방이면 돼."

징이 주방으로 들어갔다.

"데우기만 하면 바로 먹을 수 있어."

청은 철창문을 닫고 현관문은 열어둔 뒤, 거실 한가운데 서 있

---

1 19세기 후반부터 1960년대까지 홍콩을 비롯해 중국 남부 지역에 주로 지어졌던 건축 양식이다. 일종의 주상 복합 형태로 1층은 상점, 2~4층은 주거 공간으로 사용하는 저층 건물이다.

었다.

"앉아."

징이 주방 안에서 말했다.

"금방 돼."

청은 고분고분히 자리에 앉으면서 손에 들고 있던 채소 봉지를 바닥에 내려놓았다. 징은 핀치 새 한 마리를 키우며 혼자 살고 있었다. 청은 채소를 한 잎 뜯어서 새장 앞으로 다가가 새에게 내밀었다. 새가 난간에 서서 고개를 갸웃거리며 궁금하다는 듯 청을 바라보았다.

"너 나 몰라?"

청이 웃으며 속삭였다.

"전에 준 옥수수가 맛이 없었어?"

"이제 다 됐어."

징이 주방에서 따끈한 탕을 들고나왔다.

"잉어 꼬리에 땅콩이랑 파파야 넣고 푹 고았어."

징의 말에 청은 순순히 식탁 앞에 앉았다. 국그릇 밖으로 삐죽 튀어나온 잉어 꼬리가 흡사 관광지 어딜 가나 널려 있는 조각상 같았다.

"새는 아침에 이미 먹었어."

징은 새가 햇볕을 쬘 수 있도록 커튼을 걷었다.

"뭘 먹는데?"

"새 모이."

"다음에 내가 신선한 옥수수라도 좀 갖다줄게."

"이 녀석 비위를 누가 맞춰."

징이 손가락으로 새를 장난스레 건드렸다.

“응? 안 그래? 입맛이 상전이라니까.”

청이 국물을 후후 불어가며 천천히 맛보았다.

“달지?”

징이 다시 다가와 자리에 앉았다.

“달다.”

“참 이상하네.”

징이 청을 빤히 바라보며 말을 이었다.

“분명 짭짤한 탕인데 말이야, 왜 맛이 달아졌을까?”

이따금 징이 이처럼 알 수 없는 질문을 던질 때마다 청은 말문이 막히곤 했다. 일순간 징이 순진해 보였다. 하지만 남편을 잃고 시장에서 밥벌이하는 여자가 마냥 순진할 리는 없다고 자신에게 되뇌었다. 청은 별생각을 다 한다 싶어 고개를 내저었다. 징의 과거가 자신과 무슨 상관이란 말인가? 징의 미래 또한 자신과는 아무런 상관이 없을 것이다. 둘은 그저 조금 더 가까운 친구 사이, 딱 그뿐이니까.

“넌 안 먹어?”

청이 생선 꼬리를 먹으면서 우물거리는 소리로 물었다.

“내 것도 있어. 오늘 밤에 일 끝나면 먹어야지.”

청은 그릇을 손에 들고 마지막 한 방울까지 비우고는 만족스러운 듯 입맛을 다셨다. 혼자서는 탕을 끓여 먹을 일이 거의 없었다. 일주일에 여섯 날은 근무를 하니 시간이 나지 않았다.

“다음 주에 또 끓일게.”

징이 신난 얼굴로 그릇과 젓가락을 정리하며 말했다.

"고깃집 웡 씨한테 돼지 어깨뼈 좀 남겨달라고 해야겠다."

"너무 번거롭게 그럴 거 없어."

"번거롭긴. 나도 먹을 건데 뭐."

언젠가 징은 몸이 약한 편이라고 말했었다. 징의 어머니는 탕을 끓여 꾸준히 먹으면 건강에 도움이 된다고 믿었다.

탕을 먹고 난 두 사람은 집에서 나왔다. 징의 포니테일 머리가 청의 눈앞에서 살랑살랑 흔들렸다. 청은 속으로 다짐했다. 다음에는 옥수수를 꼭 가져와야겠다고.

최근 맡은 청소 작업은 컨벤션 센터였다. 그곳에서는 박람회가 한창이었는데, 장난감부터 옷, 망고 찹쌀떡 같은 간식류까지 온갖 것을 다 팔았다. 그들은 행사장에서 대기하다가 쏟아진 주스 등을 청소했다. 밤이 되어 부스가 문을 닫으면 그제야 청소기를 돌리고, 엉망이 된 화장실을 청소하고, 찢어진 포스터와 바닥에 나뒹구는 전단지를 치웠다. 퇴근할 때가 되면 보통 밤 10시가 넘었다. 컨벤션 센터 아래의 공사장은 이미 작업이 끝난 뒤였다. 청은 어두컴컴한 공사장과 멈춰 있는 크레인을 바라보며 안도의 숨을 내쉬었다. 예전 동료들과는 더 이상 연락을 주고받지 않았다. 물론 누군가 여러 번 청을 보러 온 적은 있었다. 하지만 스탠리까지 가기엔 거리가 너무 멀었다. 형이 확정된 후, 면회는 한 달에 고작해야 두 번뿐이었고 동료들 대부분은 일하기 바빴다. 간혹 모르는 사람들에게서 편지를 몇 통 받을 때도 있었다. 인터넷 유머나 유행가 가사를 띄엄띄엄 베껴 쓴 것들이었다. 청은 원래 그런 부분에 아는 게 별로 없었으므로 답장도 하지 않았다. 공사장 노동자가 손에 드는 건 쇠 지렛대지, 볼펜이 아니다.

 린은 매달 반입이 허가된 간식류를 챙겨 면회를 왔다. 주어진 시간은 십오 분. 안에 있는 사람들과 바깥에서 온 사람들은 아크릴판을 사이에 두고 양쪽에 일렬로 앉아서 타이머가 카운트다운을 알릴 때까지 기다렸다가 동시에 수화기를 들었다. 춥지는 않아? 덥지는 않고? 잠은 잘 자? 서로 얼굴을 마주 바라보며, 소중한 십오 분을 절박하게 채웠다. 그러므로 매번 대화는 사전에 준비해 둔 연설처럼 각자 원고에 따라 보고하듯 이루어졌다. 사실 청의 교도소 생활은 크게 달라진 게 없었다. 기껏해야 방을 옮기거나 같은 방 동료가 바뀌는 것 정도에 불과했다. 수감 초기에는 사방을 기어다니는 바퀴벌레며 문도 없는 공동 변기에 적응해야 했다. 날이 무더울 때면, 물에서 막 건져진 사람처럼 온몸에서 땀이 주르륵 흘러내렸다……. 하지만 청은 말하지 않았다. 대신 이런 이야기만 했다. 같은 방에 목사님이 한 명 있는데, 말이 어찌나 많은지 좀 귀찮아. 매일 운동 시간이 있어서 운동장에 나가니 몸이 꽤 튼튼해. 담배는 너무 비싸서 끊었으니까 사 오지 말고 그 돈은 당신이 저축해. 그런 이야기를 할 때마다 청은 어렴풋하게 느꼈다. 그 돈은 자신이 린에게 주는 보상이라는 것을. 린이 자신을 기다리지 않기를 바랐다. 린이 기다리는 것을 원치 않았다.

 출소 후, 청은 린이 돈의 절반을 자신에게 돌려주었다는 사실을 알았다. 처음부터 끝까지 린에게 면목이 없었다. 원래 두 사람은 일 년만 더 돈을 모은 뒤 결혼하기로 약속했었다.

 청은 상상해 보았다. 만약 길에서 린을 마주친다면, 무슨 말을 해야 할까. 그러나 그날 밤, 그가 마주친 사람은 린이 아니었다.

길을 건너는데, 눈에 익은 실루엣이 곁을 스쳐 지나갔다. 미처 무언가를 떠올릴 새도 없이 등 뒤에서 청을 부르는 소리가 들려왔다.

"아청[1]?"

청이 돌아서자, 주황빛으로 타오르던 담뱃불 속에서 컹의 얼굴이 보였다. 피부는 더 까무잡잡해졌는데 두 눈은 여전히 컸다.

둘은 횡단보도 한가운데 서서 잠시 서로를 바라보았다.

"허!"

컹이 청에게로 다가오는 사이, 뒤로 택시 한 대가 빠르게 지나갔다.

"야, 너."

컹이 청을 위아래로 훑어보며 말했다.

"어떻게, 잘 지내고?"

청은 어쩔 수 없이 고개만 끄덕였다.

"퇴근?"

컹이 물었다. 청은 또다시 고개만 끄덕였다.

"어디서 일하는데?"

청이 컨벤션 센터를 가리켰다.

"지금도 크레인 차 몰아?"

"아니."

청이 대답했다.

---

1 중화권에서는 상대방을 친근하게 부를 때, 성이나 이름 중 한 글자 앞에 '아(啊)'를 붙여서 부른다.

"지금은 청소일 해."

컹이 청을 힐끗 한번 보더니 담배를 깊이 빨아들였다. 불빛이 화르륵 타오르다가 금세 사그라들었다.

컹은 담배꽁초를 바닥으로 휙 내던졌다.

"가자."

그러고는 청을 잡아끌며 말했다.

"야식이나 먹자고."

밤늦게 귀가하던 트램이 '딩딩' 소리를 냈다. 위층에 지붕이 없고, 차체에는 복고풍 무늬가 깔끔하게 그려진 관광객용 트램이 더 폰[1] 앞을 지나고 있었다. 청은 그 풍경이 마치 초현실적인 사진처럼 느껴졌다. 지금 그가 마주한 현실은, 컹에게 무슨 이야기를 건네야 할지 몰라 어색한 순간이다. 공사장에서 일하던 당시에는 그래도 가장 마음이 잘 맞는 동료였다. 둘 다 말수가 적다는 게 그 이유였을 것이다. 일 년에 한두 번은 함께 저수지로 낚시를 하러 갔다. 말이 낚시지, 사실 수확이랄 것도 없이 그저 사내 둘이 물가만 멍하니 바라보는 게 다였다. 물가의 햇살은 포근했고 공기 중에는 아무런 소리도 없었다. 공사장과는 완전히 다른 세상이었다. 청이 법정에 섰을 때, 컹이 한두 번 찾아와 방청석에 앉아 있었다. 나중에 청이 교도소에 들어갔을 때도 컹이 면회를 한 번 왔었다.

---

1 The Pawn. 홍콩 완차이의 상징으로 1888년에 완공된 건물이다. 과거에는 전당포가 들어서 있었으며, 2007년에 대대적인 리모델링을 거쳐 현재는 레스토랑과 카페 등이 입점해 있다.

"스탠리가 너무 멀어서 자주 오긴 힘들겠다."

컹이 말했다.

"필요한 거 있으면 린한테 얘기해. 내가 린한테 연락할 테니까."

컹이 실제로 린에게 연락을 했는지 안 했는지 청은 몰랐다. 굳이 묻지도 않았다. 누구도 그에게 빚진 사람은 없었다. 그 또한 누구에게도 빚을 지고 싶지 않았다.

컹은 이미 길을 건너가 있었다. 청은 맞은편 트램 정류장에 서서 정차해 있던 트램이 떠나길 기다렸다. 트램이 떠나자, 맞은편 치러우[1] 밑에 서 있는 컹이 보였다. 담배에 또 불을 붙이고는 고개 숙여 바닥을 내려다보고 있었다.

컹은 청을 데리고 뒷골목의 한 식당으로 들어가 자리를 잡았다. 그러고는 익숙한 듯 요리를 몇 개 주문했다.

"맥주?"

"음……."

청은 잠시 고민했다.

"그래."

맥주는 정말 오랜만이었다. 혼자 살다 보니 딱히 술 생각이 나지 않았다.

안주와 맥주가 모두 나오자 두 사람은 조용히 먹기만 했다. 청은 음식 맛을 제대로 느낄 수가 없었다. 음식이 맛없어서가 아니라는 건 잘 알고 있었다. 너무 감상에 젖지 않으려고 맥주를 벌컥

---

1 필로티와 비슷한 형태로 건축물의 1층을 사람이 통행할 수 있도록 복도식으로 만든 건축 양식

벌컥 들이켰다.

"일감은 좀 있어?"

컹이 먼저 입을 열었다.

청은 고개를 끄덕였다.

"너희는?"

"와, 지난번 팬데믹 때는 말도 마라."

컹이 고개를 내저었다.

"요즘은 그나마 좀 나아졌지."

"다른 사람들은 어때?"

"많이들 이직했지. 매일 집에만 처박혀 있을 순 없잖냐. 개중에 감염됐던 녀석들은 회복됐는데도 몸이 영 예전 같지 않다더라. 숨이 차서 일을 하고 싶어도 할 수가 없대."

청은 잠자코 이야기를 들었다.

"우리 일이 원래 늙어서까지 할 수 있는 일도 아니고 말이야."

컹이 소금과 후추가 뿌려진 두부튀김 한 조각을 청의 그릇에 덜어주었다. 청은 불현듯 깨달았다. 컹은 직업을 바꾼 게 뭐 그리 대수로운 일이겠냐는 말을 하고 싶었던 것이다. 갓 튀겨낸 두부가 입술에 닿자, 눈물이 핑 돌 만큼 뜨거웠다. 청은 서둘러 맥주를 두 모금 더 들이켰다.

"그럼…… 지금은…… 혼자 사는 거야?"

컹이 물었다. 청은 그 물음이 무엇을 의미하는지 알았다.

"그렇지."

컹은 아무 말이 없었다.

"제수씨랑 아이들은 다 잘 있고?"

청이 물었다. 컹에게는 아내와 초등학생 아들이 있었다.

"그렇지, 뭐."

컹이 맥주병을 들고 빈 잔을 채우며 말했다.

"녀석이 공부를 얼마나 안 하는지 몰라. 그렇다고 내가 혼 좀 내려고 하면, 아내가 쪼르르 달려와서 '그러는 당신은 공부를 잘했냐'고 한 소리 한다니까."

청은 자기도 모르게 웃음을 터뜨렸다. 이토록 크게 웃어본 건 오랜만이었다.

"우리 세대는 한물갔지."

컹이 입 안으로 안주를 잔뜩 집어넣으며 말했다.

"우리 아들 세대가 되면 몸뚱이로 먹고 사는 것도 끝일걸."

야식을 다 먹고 일어나는데, 컹이 계산서를 낚아챘다.

"전에 거위구이는 네가 샀으니까, 오늘은 내가 낼게."

컹이 말했다.

"다음엔 네가 사. 나 전화번호 그대로니까."

"그럼…… 그러자."

둘은 서로 다른 방향으로 향했다. 몇 걸음 걷다 말고 청은 뒤를 돌아보았다. 환한 지하철역으로 들어가는 컹의 뒷모습을 보니, 방금 먹었던 야식은 분명 꿈이 아니었다. 청은 갑자기 담배 생각이 났다. 편의점에 가보니 담배 한 갑이 100홍콩달러나 되었다. 청은 잠시 고민한 끝에 맥주 한 캔만 사서 나왔다. 가로등 불빛 아래에 서서 하나둘 지나가는 트램을 바라보며 천천히 캔을 비웠다.

징이 외할머니 구순을 맞아 중국 본토의 고향에 다녀와야 한다고 했다.

"오빠도 며칠 휴가 내고 같이 다녀올래?"

징이 불쑥 물었다. 숟가락을 쥐고 있던 청의 손이 허공에 멈췄다. 징의 말에 담긴 속뜻을 알 수가 없었다. 어쩌면 징이 습관처럼 늘 던지던 이상한 질문일 수도 있었다.

청은 어떻게 대답해야 할지 알 수 없었고, 딱히 대답하고 싶은 마음도 없었다. 앞날을 상상하는 능력을 이미 잃어버린 것 같았다. 감방 안에서의 날들은 인생의 단층처럼 이제껏 쌓아온 습관과 관계들을 가차 없이 끊어내 버렸다. 과거의 청은 이미 그와 무관한 존재가 되어버린 듯 이제 청은 전혀 다른 사람이었다. 그러니 과거에 그의 삶을 지탱해 주던 방식들은 더 이상 통하지 않을 터였다.

"탕 더 줄까?"

징은 방금 자신이 건넸던 제안을 잊은 모양이었다.

"노란 목이버섯 넣었으니까 많이 먹어."

징은 대답도 듣지 않고 곧장 주방으로 들어가 탕을 더 떴다. 주방에서 나오는데, 청이 식탁에 올려둔 야구모자가 보였다. 앞부분에 반짝이는 큐빅이 박힌 검정색 야구모자였다.

"너무 예쁘다!"

징이 두 눈을 반짝이며 말했다.

"이거 유명한 브랜드잖아! 광고에서 본 적 있어."

"난 그런 건 몰라."

청이 머쓱한 듯 대답했다.

"어제 박람회 끝났는데, 안 챙겨간 물건들이 많더라. 이건 네가 좋아할 것 같아서."

"당연히 좋지!"

징이 국그릇을 내려놓고는 모자를 냉큼 머리에 썼다. 포니테일로 묶은 머리를 모자 뒤쪽으로 빼내 정리했다.

"예뻐?"

징은 대답도 듣지 않고 화장실로 달려가 거울 앞에 섰다. 청은 거울에 비친 징의 얼굴을 바라보았다. 왠지 평소보다 약간 야위어 보였다.

"고마워, 고마워!"

징이 생글생글 웃었다.

"나 내일 이거 쓰고 고향에 가야겠다. 냉장고에 채소가 반 근 정도 남았는데, 나 대신 좀 먹어줘. 아, 그리고 며칠만 나 대신 새 먹이 좀 챙겨줄 수 있어?"

청은 새를 키워본 적이 없었다. 그가 핀치를 바라보자, 새도 고개를 갸웃하며 그를 쳐다보았다. 별로 어려운 건 없겠지. 어차피 새장 안에만 있으니까. 정해진 시간에 먹이를 주고, 물을 갈아주고, 배설물만 치우면 될 테니까. 수감 생활이 그랬던 것처럼.

"그럴게."

청이 다가가 새장을 들어 올리자, 징이 천을 가져와 새장 위에 덮었다.

"너 이제 옥수수 실컷 먹겠네!"

징이 새장을 톡톡 건드렸다.

"나 돌아올 때까지 잊으면 안 된다, 알았지?"

청은 징을 잊지 않았다.

두 주가 지났지만, 징은 연락이 없었다. 시장에 나가보아도 생선 가게는 문 닫힌 그대로였다. 물론 징이 자신에게 행방을 보고할 의무는 없었다. 하지만 징의 말대로라면 단 며칠뿐인 여정이었다. 새는 여전히 청의 집에서 주인을 기다리고 있었다. 혹시 외할머니가 며칠 더 있다가 가라고 붙잡은 걸까. 아니면 징이 며칠 더 머물러야겠다고 마음먹은 걸까. 그것도 아니면, 고향에서 괜찮은 상대를 만나 아예 돌아오지 않기로 마음먹은 것일지도 모른다. 일부 지역에서는 여전히 맞선이라는 게 이뤄진다는 걸 청은 알고 있었다.

청은 옥수수를 사러 맞은편 채소 가게로 갔다.

"아주머니, 말씀 좀 여쭐게요."

청이 옥수수 두 개를 집어 들며 말했다.

"맞은편에서 생선 가게 하는 징 씨 말이에요, 아직 안 왔어요?"

채소 가게 아주머니가 그를 빤히 바라보았다. 누군지 가늠해 보려는 눈치였다. 그러더니 아주머니는 이내 고개를 숙이며 청이 집어 든 옥수수를 받아 비닐봉지에 쑤셔 넣었다.

"아징, 떠났어."

청은 그 말이 무슨 뜻인지 이해할 수 없었다.

"처음엔 나도 몰랐는데, 이틀 전에 웬 사람들이 생선 가게에 와서 열쇠로 문을 따고 들어가더니 짐을 막 챙기더라고. 내가 누구냐고 물었더니 본토에서 온 아징 친척들이라는 거야. 아징이 고향에서 밥을 먹다가 갑자기 가슴이 아프다고 했나 봐. 병원에 도착했을 땐, 이미 가망이 없었대."

청은 제자리에 우두커니 서 있었다.

"처음엔 나도 믿기지 않더라고. 그래서 그 말을 어떻게 믿냐고 했더니 어떤 남자가 지갑을 열어서 가족사진을 보여줬어, 자기가 아징 오빠라면서."

아주머니가 청을 다시 힐끗 바라보더니 거스름돈을 손에 쥐여주었다.

"불쌍하기도 하지, 아징. 그렇게 가버리다니⋯⋯."

청은 여전히 못 박힌 듯 서 있었다.

"파는 필요 없어?"

아주머니가 물었다. 청이 대답이 없자, 한 번 더 크게 물었다. 청은 아무런 대답 없이 돌아섰다. 새가 배고플 시간이었다. 돌아가서 먹이를 줘야 했다.

평일의 저수지는 인적이 드물었다. 평탄한 길 위로 나무 그늘이 드리워지고, 매미 소리가 바람결 사이로 스며들었다. 햇살 아래 이곳저곳이 마치 카메라 렌즈에 필터를 끼운 듯 유난히 새하얗고 눈부셨다. 청은 자신의 숨소리를 들었다. 낚시 도구는 어느 구석에 처박아 둔 건지 찾을 수가 없어 포기했다. 그는 그저 혼자 걷고 싶었다.

청의 귓가에 문득 새 울음소리가 들려왔다. 고개를 들어보니, 기다란 꼬리를 가진 파랑새 한 마리가 나무 꼭대기에서 공중으로 날아올라 저만치 숲속으로 사라져갔다. 새를 따라가던 청의 시선이 이내 잠자리 두 마리에게 닿았다. 잠자리는 잔잔한 수면 위에 머문 채, 투명하고도 연약한 날개를 펼치고 있었다. 야우 선생님이 읊어주던 두보의 시 구절이 떠올랐다. '물 위를 스치는 잠자리, 사뿐히 날아오르네'. 아니다. 잠자리는 끝없이 빠른 속도로 날개를 파닥여야만 한다. 그래야 물에 빠지지 않고, 그래야만 잔물결을 일으킬 수 있으므로.

청은 이제야 깨달았다. 그게 얼마나 힘겨운 일인지를. 그건 마치 산다는 것 그 자체임을.

붉은 나비

이 도시는 많은 사람이 오간다. 그 속에서 우리는 누군가를 놓치기도, 누군가를 만나기도 하며 살아간다. 기억할 필요가 없는 것은 기억하고, 잊지 말아야 할 것은 잊기도 하면서. 그게 이 도시의 특징이었다. 집으로 가는 육교 위에서 개미 떼처럼 지하철역을 드나드는 사람들을 바라보다가 나는 이미 사라져 버린, 붉은 나비를 단 그 남자가 떠올랐다.

한동안 그는 아침이면 지하철역 입구에서 전단지를 돌렸다. 멀리서 보면 꼭 왜소한 중년 여성 같았지만, 사실 그는 남자였다. 생김새와 실루엣만 봐도 알 수 있었다. 툭 튀어나온 광대뼈, 갸름한 얼굴, 그리고 길가의 야생 나무줄기에 돋아난 옹이 같은 울대뼈까지. 그는 둥그런 밀짚모자 아래 긴 생머리를 늘어뜨리고 있었는데, 차이나 카라 흰 셔츠에 빨간 물방울무늬 하프 스커트를 입은 채 가늘고 건조한 다리 아래로 발목 양말에 샌들을 신고 있었다.

그리고 귀밑머리에는 붉은 나비 모양 머리핀도 꽂혀 있었다.

"한 번 읽어주세요."

나는 무심결에 전단지를 받아 들며 쓱 훑어보았다. 어느 공장형 건물에서 운동화 창고 정리 세일을 한다는 광고였다.

"누가 전단지 어디서 받았냐고 물으면, 지하철역에서 받았다고 얘기해 주세요."

남자가 미소를 띠며 당부했다. 모든 일이 단 몇 초 만에 일어났다가 사라졌다. 나는 걸음을 멈추지 않았다. 붉은 나비가 눈앞을 살짝 스쳐 갔다.

"저 사람 남자야?"

나는 남편에게 물었다.

"그럴걸."

남편이 덤덤하게 대답했다.

나는 고개 돌려 남자를 한 번 쳐다보았다. 우리가 사는 곳은 작은 동네였다. 노약자부터 장애인, 지저분한 사람, 그리고 정신적으로 문제 있는 사람까지 별별 사람이 다 있었으니 그다지 놀랄 만한 일도 아니었다.

"열차 왔다. 저녁에 봐."

열차 안은 사람들로 가득했다. 모두가 번듯한 옷차림을 하고서 꾸벅꾸벅 졸고 있었다. 붉은 나비는 인파 속으로 사라졌다.

그 후로 며칠에 한 번씩은 출근길에 붉은 나비를 마주쳤다. 전단을 돌리는 일은 어디서나 환영받지 못하는 데도 그는 늘 웃음

띤 얼굴로 그곳에 서 있었다.

"나 생각난 사람이 있어."

침대에 누워 있다가 나는 문득 말을 건넸다.

"응?"

남편은 이미 몽롱한 목소리였다.

"초등학교 동창이었는데."

나는 계속 말을 이었다.

"지금은 어떻게 됐나 모르겠네."

남편은 말이 없었지만, 나는 이야기를 계속하기로 했다.

"남자애였는데, 몸짓이 참 이상했어. 말할 때 자꾸만 새끼손가락을 치켜세워서 여자애들도 '계집애' 같다면서 비웃었지."

나는 그때 기억을 더듬었다.

"당신도 알겠지만, 임대 아파트 촌에 있는 초등학교에서는 아이들이 으레 놀림감을 찾잖아."

머릿속에서 낮은 웃음소리가 들려왔다. 어둠 속에서 수십 년 전의 얼굴 하나가 떠올랐다. 커다란 뿔테 안경에 작은 눈, 살짝 돌출된 턱, 창백한 낯빛. 유독 불거진 이마에는 살짝 긴 앞머리가 얇게 들러붙은 채, 기름기가 번들거렸다.

그 얼굴이 입을 벌리며 나를 향해 씩 웃었다.

수면제의 약 기운이 돌기 시작했다. 곧 남편보다 더 먼저 꿈나라로 빠져들지도 모른다. 세상에는 기댈 만한 무언가가 있기 마련이다. 이를테면, 수면제나 세로토닌처럼.

잠에서 깬 아침, 우리는 아래층 차찬텡에서 아침을 먹었다. 오늘따라 유독 소란스러웠다. 내 좌석 등받이 너머에서 삼십 대쯤 되어 보이는 키 큰 남자 한 명이 바닥을 쾅쾅 쳐가며 자지러지게 웃어댔다. 맞은편에서는 한 사람이 팔을 부자연스럽게 앞으로 꺾은 채, 포크를 쥐고 희한한 방식으로 면 요리를 먹고 있었다. 그들 중 누구도 악의는 없었다. 그저 자기 모습을 꾸밈없이 드러내고 있을 뿐. 또 다른 쪽에서는 어떤 여자가 동전을 바닥에 떨어뜨렸다. 얼마나 뚱뚱한지 허리를 굽히지도 못했다. 동전은 여자의 슬리퍼 옆에 놓여 있었다. 더럽고 비대해진 발가락과 무좀으로 변색된 기다란 발톱이 보였다. 그 모든 게 기이한 자기장이 되어 빙글빙글 원을 그리며 내게 전해져 왔다. 나는 계속해서 밀크티와 토스트를 먹으며 아무렇지 않은 척했다.

"당신 괜찮아?"

남편이 물었다.

"괜찮아."

나는 사실대로 말하지 않았다. 나오기 전에 진정제를 먹었어야 했는데 깜빡했다. 기름때가 낀 벽으로 고개를 돌리자, 개미 한 마리가 기어가고 있었다. 개미는 왠지 평소보다 커 보였다. 무언가를 탐지하듯 건장한 더듬이를 허공에서 좌우로 휘젓고 있었다.

"여기는 튀김 냄새, 사테 소스 소고기 냄새가 나네."

개미가 이렇게 말하는 것 같았다.

"사람 냄새, 피부랑 땀 냄새도 나고."

개미는 앞으로 몇 걸음 더 이동하다가 다시 멈춰 섰다.

"다른 개미들에게 알려줘야지."

그런 다음 개미는 총총히 걸음을 옮겼다. 이 벽을 넘어가는 것이 개미에게는 대장정이나 다름없을 터였다. 나는 녀석의 표정을 볼 수 없다는 게 안타까웠다. 비장했을까. 어쩌면 희망으로 가득 차 있을지도.

"전에 책에서 읽었는데 말이야. 이만 오천 리의 대장정이 공산당에게는 엄청난 타격이었지만, 나중에 중국 공산당이 급속도로 성장할 수 있는 심리적 원동력이 되기도 했대."

불쑥 꺼낸 이야기였다.

"응?"

남편이 나를 바라보았다. 말을 계속 이어가도 상관없다는 눈치였다.

"왜냐하면 살아남은 자들이 죽은 자들에게 빚을 졌다고 느끼기 때문이래."

나는 저자의 견해를 그대로 인용했다.

"그런 심리가 있지, 자기가 살아남은 것 자체를 죄라고 느끼는 심리."

남편이 대답했다. 남편은 내가 뜬금없는 화젯거리를 꺼내는 데 이미 익숙해져 있었다. 테이블 위의 빵 부스러기가 대장정 시절에 지나쳐 간 평원의 메마른 풀 같았다.

"가자."

남편이 계산서를 집어 들었다. 여기 계속 머물러봤자 별로 도움될 게 없다는 걸 안 모양이었다. 우리는 비좁은 테이블 사이를 비스듬히 서서 빠져나갔다. 종업원 이모가 쪼그리고 앉아서 뚱뚱한 여자 대신 동전을 주우며 물건을 아무 데나 둔다고 투덜댔다. 이모는 무서울 게 없어 보였다. 지금껏 내가 봤던 사람 중 가장 범접할 수 없는 내공을 지닌 사람이었다.

"흡연자들이 담배를 어떻게 끊는지 아세요?"

나는 고개를 저었다.

"감정이나 생각을 바꾸는 것보다 행동을 바꾸는 게 더 쉽습니다. 가령, 흡연 습관이 있는 사람이 담배를 피우고 싶은 욕구를 한 번에 줄이는 건 어려울 수 있어요. 대신 담배를 사는 행동은 억제할 수 있죠."

나는 고개를 주억거렸다.

"그렇게 담배를 사는 행동이 줄어들수록 흡연에 대한 충동도 점차 약해집니다."

나는 또 고개를 끄덕였다.

"정서적 반응도 때로는 일종의 습관이에요. 흡연처럼. 그러니 불안한 마음을 막을 수는 없지만, 다른 일을 하면서 주의를 분산시키는 건 가능하죠."

나는 고개를 젓지도, 끄덕이지도 않았다.

"이렇게 해보죠."

의사가 자세를 고쳐 앉으며 말을 이었다.

"지금 이 순간, 어떤 생각을 하고 있는지 말해주실래요?"

"아무도 없는 몽돌 해변에 혼자 앉아 있는 상상이요."

나는 머릿속에 떠오르는 장면을 정리해 보았다.

"바다와 하늘을 바라보고 있어요."

"날씨는 좋은가요?"

"푸른 하늘에 하얀 구름이 떠 있어요."

"다른 사람은 없어요?"

"없어요. 새 한 마리도 보이지 않아요."

나는 의사를 바라보았다.

"만일 이 여정에 기한을 정해야 한다면, 만 년 동안 그곳에 앉아 있고 싶네요."[1]

의사가 웃었다. 나는 의사를 웃게 했다는 생각에 기분이 좋았다.

"만 년은 좀 지루하겠는데요."

나는 의사들이 듣기 좋아하는 말이 무엇인지 알고 있으므로 착한 환자가 되려고 애썼다.

의사는 그저 미소만 지었다.

"굳이 스스로 한계를 둘 필요가 있을까요?"

그러고는 내가 알아볼 수 없는 기호를 진료 기록지에 써내려 가며 물었다.

"오늘 병가 진단서 필요하세요?"

"아니요. 오후에 회의가 있는데 동료가 웬만하면 들어오라고 하더라고요."

의사가 고개를 들더니 나를 바라보았다.

"혹시 서쪽 지역에 있는 작은 정신병원에 대해 들어본 적 있어요?"

의사가 불쑥 내게 물었다.

"네, 있어요."

---

1 영화 『중경삼림』의 금성무(경찰 223 역) 대사를 패러디한 것이다.

나는 대답을 이어갔다.

"범죄를 저지른 정신 질환자들만 가두었다는 곳, 맞죠?"

"제가 한동안 거기서 일을 했거든요…… 한 일 년 정도."

의사는 손에 쥐고 있던 펜을 내려놓더니 몸을 등받이에 기댔다.

"거기서 환자가 완치되었는지 혹은 호전이 되고 있는지 판단하는 기준이 뭔지 아세요?"

나는 언젠가 의사에게 들었던 용어와 개념들을 머릿속에서 꺼내보려 애썼다.

"재발의 강도? 빈도수? 정서적 반응? 약물 반응?"

"전부 아니에요. 바로 순응도."

"그렇다면……."

"말을 잘 들어야 한다는 겁니다. 의사가 약을 주면 먹고, 자라고 하면 자고, 헛소리나 자기 의견은 내지 않는 거죠. 억지로 연기하고 있다는 느낌도 주면 안 돼요. 알아서 적당히 해야죠."

"하지만 그건 치료가 아니잖아요……."

"당연히 아니죠. 거기서는 환자가 무슨 병인지, 진짜 병이 있는게 맞는지 아무도 관심이 없습니다. 그저 환자가 정상인처럼 굴고 문제만 안 일으키면 그만인 거예요."

"그래도 증상에 맞는 치료가 먼저죠."

나는 말을 이었다.

"환자들이 일부러 문제를 일으키는 것도 아니고, 아파서 그런걸요."

"환자들의 마음을 이해해 주시니 감사하네요."

의사가 고개를 끄덕이며 말을 이어갔다.

“그런데 치료 외에 환자들을 조용히 만드는 방법이 또 있어요. 바로 공포죠.”

“그건…….”

“사람에겐 학습 능력이 있잖아요. 정신 질환자도 예외는 아닙니다. 독방 감금, 정체불명의 주사, 부작용이 큰 약물, 심지어 의사가 회진을 돌 때 보이는 위압적인 분위기와 태도까지. 그 모든 것이 환자들에게 ‘당신은 공포를 느껴야 한다’는 메시지를 전달하는 겁니다.”

“그래서 환자들이 조용해졌나요?”

“적어도 외관상으로는 그렇습니다.”

의사는 오늘따라 말이 많았다.

“그렇게 환자들은 온갖 메시지와 경험 속에서 자신을 보호하는 법을 학습해요. 남들 눈에 띄지 않도록 얌전히 있는 게 가장 쉬운 방법이라는 것을요. 그래야 눈 밖에 날 일이 줄어들고, 운이 좋으면 그곳에서 빨리 나갈 수도 있으니까요.”

“선생님은 그런 방식에 동의할 수 없어서 그만두신 건가요?”

나의 물음에 의사는 어깨를 으쓱하더니 미소를 지었다.

“저는 환자들이 자기 자신을 그렇게 대하지 않았으면 했습니다.”

의사는 다시 펜을 집어 들었다.

“2주 후에 뵙죠.”

만일 기한을 정할 수 있다면, 나는 진료실에 만 년이고 앉아 있고 싶었다. 하지만 바깥으로 나서야 할 시간이었다. 문밖은 한계 없는 우주였다. 중력을 잃어버린 그 공간 속에서 나는 지하철역을 향해 간신히 걸음을 옮겼다.

"어른이 말씀하실 때, 애들은 끼어드는 거 아니야."

고개를 돌려보니, 한 아주머니가 교복 차림을 한 남자아이를 데리고 있었다.

"학교에서는 선생님 말씀 무조건 잘 듣고, 교칙도 잘 지켜야 하는 거야. 반장이 됐으면 모범을 보여야지."

아이는 대답이 없었다. 아이의 작은 머릿속은 지금쯤 열심히 돌아가고 있을 터였다. 아주머니가 하는 말들이 항해의 닻이 되도록, 뇌세포에 애써 새겨가면서.

신호등 불빛이 바뀌자, 사람들이 물결처럼 맞은편으로 흘러갔다. 나는 그 모자의 얼굴을 제대로 볼 틈이 없었다. 어쩌면 애초에 얼굴 같은 건 없는 게 아닐까. 기름때가 낀 벽을 기어오르는 건장한 더듬이만 있는지도 모른다.

나도 그들을 따라 기어오를 수밖에 없었다. 하늘은 여전히 맑았고, 정말 새 한 마리 보이지 않았다.

"내가 그 남학생을 기억하는 이유는 개가 물건을 훔쳤기 때문이야. 이웃집 치마를 훔쳤거든."

"응?"

칠흑 같은 어둠 속에서 눈앞에 장면 하나가 펼쳐졌다.

"공공 임대 아파트 사람들은 날씨가 좋으면 옷을 복도에 막 널어놓잖아."

나는 말을 이었다.

"그날, 맞은편에 살던 언니가 밖에 널어둔 치마가 없어졌다고 소리를 지르는 거야. 내 기억에 아주 예쁜 빨간색 치마였어."

“응.”

“그런데 이틀 뒤에 옷이 또 없어졌어. 결국 어떤 사람이 ‘도둑! 도둑이 옷을 훔쳐 간다!’ 하고 소리를 지르더라. 그랬더니 철창문 소리가 연달아 나는데 꼭 교향곡 연주 같았다니까.”

“오…….”

“나도 쫓아갔어.”

나는 어둠 속에서 미소를 지으며, 나의 기억을 가만히 지켜보았다.

“어차피 숙제도 다 했겠다, 만화도 끝났겠다, 얼른 나가봤지. 몇몇 어른들 뒤를 따라서 복도 끝에 있는 계단 입구까지 쫓아갔는데 출구가 막힌 거야. 그 틈을 비집고 들어갔더니 개가 계단 밑에서 웅크리고 있었어. 손에 치마를 꼭 쥐고서…… 안경이 빛에 반사됐어.”

옆에 있던 남편이 이불 속에서 자세를 바꾸는지 몸을 뒤척였다.

“나중에 들은 얘긴데, 아버지한테 흠씬 두들겨 맞았대.”

“그때는 애들을 때리던 시절이었지.”

남편이 말했다.

“그 애는 그게 익숙해 보였어.”

그 아이가 교실 구석에 앉아 두 팔로 몸을 감싸 안고 있는 모습이 머릿속을 스쳤다. 팔뚝 위로 상처가 가득했다.

“그다음엔 어떻게 됐어?”

남편이 물었다.

“사람들이 걔를 어떻게 내쫓았어?”

“그 애는 두려움에 떨었어. 턱이 덜덜 떨리는 게 보였거든. 안경이 너무 커서 얼굴을 반이나 가렸는데, 빛이 반사돼서 눈을 볼 수가 없었어."

"그땐 당신도 어렸으니까 도와줄 수가 없었을 거야."

남편이 내 어깨에 손을 얹으며 말했다.

"그건 당신 잘못이 아니야."

"하지만 나도 어른들과 같은 생각을 했는걸. 이상한 아이구나, 하고. 개가 그 치마를 입은 것도 본 적 있었으니까."

문득 생각이 났다. 그 아이는 틀림없이 치마를 입고 있었다. 다른 사람들이 보기 전에 내가 먼저 그 모습을 봤을 뿐. 고요한 오후였다. 햇살이 창틀 사이로 새어 들어와 바닥에 자그마한 감옥 같은 그림자를 드리웠던 날. 우리는 각자의 감옥 안에 서 있었다. 바람이 붉은 치맛자락을 스치고 지나가자, 마치 날아오르지 못하는 나비 같았다.

그 아이가 고개를 들어 나를 바라보았다. 수십 미터의 거리를 사이에 두고 내게 씩 웃어주었다.

그것은 기억일까, 아니면 꿈일까? 분간할 수 없었다.

지하철역의 이동식 가판대 앞에서 나는 또다시 그 붉은 나비를 보았다. 내가 서서 물건을 구경하고 있는데, 옆에 그 남자가 있었다.

"이거, 얼마예요?"

그가 가판대 위에 놓인 호두 분말과 참깨 분말을 가리켰다.

"호두는 한 근에 70홍콩달러, 참깨는 60홍콩달러."

주인아주머니의 시선이 남자에게 잠시 머물렀다가 이내 다른 곳으로 옮겨갔다.

"어떻게 먹어요?"

"물에 타 먹어도 되고, 죽에 넣어도 아주 고소하지."

아주머니는 다른 손님들을 대할 때처럼 그를 대했다. 성능 좋은 녹음기처럼 멘트가 술술 흘러나왔다.

"음기 보충에다 신장까지 보강해 준다니까."

남자는 망설이고 있었다.

"150홍콩달러에 세 봉지 줄게. 남녀노소 가릴 거 없이 딱이야."

아주머니가 서둘러 물건을 담았다. 재빠른 손놀림이 무척이나 자연스러웠다.

"저 혼자 다 못 먹어요."

남자가 웃으며 말했다.

"그러면 반 근씩 가져가!"

견과류 분말 두 봉지가 순식간에 포장되었다. 남자는 여전히 그곳에 서서 아주머니와 수다를 떨었다. 시간이 다 되었는지 남편이 나를 툭툭 쳤다.

"정말 병가 안 내도 되겠어?"

남편이 물었다.

"당신 어젯밤에 잠도 설쳤잖아."

나는 고개를 저었다. 병가를 내봤자 다들 어차피 내게 전화해서 이것저것 물어낼 게 뻔했다.

남편은 웬일인지 한숨을 내쉬었다.

열차는 마치 고속으로 기어가는 벌레 같았다. 정차할 때마다 승객들이 차 문밖으로 폭발하듯 쏟아져 나오는 광경을 상상했다. 마치 포자처럼 사방으로 흩날려 이 도시를 점거해 버리는 모습을.

"요즘은 어떠세요?"

의사의 첫 멘트는 누구에게나 한결같았다. 그 또한 프로 정신일 것이다.

"그럭저럭 괜찮아요."

"조금 더 자세히 말해주실래요?"

의사는 나의 대답이 만족스럽지 않은 눈치였지만, 나는 마음을 꺼내 보일 기력이 없었다.

나는 침묵을 택했다. 의사는 진료 기록을 책상 한쪽으로 미뤄두고 조용히 앉아 있었다.

"처음 의사가 됐을 때, 환자가 제 앞에서 울면 저는 무서웠어요."

의사가 불현듯 입을 열었다.

"그건 마치 구급대원이 돼서 처음 사고 현장에 갔는데, 부상자가 피투성이인 걸 보고 어쩔 줄 몰라 하는 그런 기분이랄까요."

나는 고개를 끄덕였다.

"그래도 어떻게 수습해야 할지, 점차 익숙해지더라고요. 환자를 진정시킬 방법은 어떻게든 있다는 걸 알게 된 거죠."

나는 다시 또 고개를 끄덕였다.

"그러다 나중엔 생각이 또 바뀌었어요. 환자가 울고 화내고 웃을 수 있다는 건 좋은 일이라고요. 그게 자기 의지에서 나온 거라면 말이에요. 아무렴 어떻습니까? 환자가 이곳에 와서 감정을 쏟아낼 때마다 저도 다시 한번 떠올리게 되는걸요."

“뭘요?”

내가 물었다.

“소중함이요.”

의사가 말을 이었다.

“환자가 우는 모습을 볼 때마다 소중함을 느낍니다.”

잠시 고민하던 나는 말을 꺼내기로 마음먹었다.

“환자에게도 환자의 책임이 있어요.”

나는 계속 말을 이었다.

“병은 하나의 이름일 뿐. 환자의 책임은 이 이름을 짊어졌다가 다시 내려놓는 거예요.”

“질병이라는 이름을 짊어졌다가 다시 내려놓는다.”

의사가 고개를 끄덕이며 미소를 띠기 시작했다.

“그건 약사가 해야 할 일인 줄 알았는데요.”

이번에는 나도 진심으로 웃음이 나왔다.

“병의 원인이 무엇이든 환자에게 필요한 건 이해와 도움뿐입니다.”

의사가 잠시 생각하다 다시 입을 열었다.

“환자의 책임이라는 게 정말 있다면, 그건 자신의 병과 연약함을 받아들이는 일이죠.”

나는 고개를 끄덕였다.

“자신의 진짜 모습을 보여주는 건, 절대 부끄러운 일이 아니니까요.”

“선생님.”

나는 궁금했다.

“선생님도 도와줄 수 없는 환자가 있나요?”

"하."

의사는 재미난 농담이라도 들은 듯 반응했다.

"당연하죠. 저는 신이 아닌걸요."

나는 아무 말도 하지 않았다.

"의대 첫 학기 첫 수업에서 교수님이 말씀하셨어요. 자신을 구세주라고 착각하지 말라고."

학창 시절이 떠올라서였을까. 그 순간 의사는 기분이 좋아 보였다.

"그런가요?"

"그러다 처음으로 제가 어떻게 해도 도와줄 수 없는 환자를 만났죠."

의사의 얼굴에 여전히 미소가 걸려 있었다.

"그때 전 인턴이었어요. 환자는 겉보기에 꽤 안정적이었는데, 이틀만 집에 다녀오겠다고 하더라고요. 그래서 담당 교수님께 외박 신청을 대신해 주고 허락을 받았죠. 그런데 다음 날, 신문에서 그 환자가 투신자살했다는 기사를 읽었습니다."

"슬프셨나요?"

"저는 절차를 그대로 다 따랐어요."

의사는 나의 질문에 대답하지 않았다.

"그럴 수밖에 없었어요."

"그것도 초연함인가요?"

"직업 정신일 뿐이죠."

"제 동창 한 명이 생각나네요. 그때 제가 그 애를 도와줬더라면."

나는 말을 이었다.

"적어도 그 애에게 상처입힌 사람 중 한 명은 되지 않았을 텐데."

의사가 책상에 놓여 있던 펜을 집어 들더니 의미 없이 빙글빙글 돌렸다.

"이미 일어난 일을 바꿀 수 있는 사람은 없습니다. 하지만 그 일로 인해 느껴지는 감정까지 억누를 필요는 없어요."

의사는 손에 쥔 볼펜에 시선을 두었다.

"그 일 때문에 슬퍼질 때는 충분히 슬퍼하세요."

의사 등 뒤로 언제나 내려져 있는 블라인드가 보였다. 마치 꽉 감겨버린 수많은 눈꺼풀 같았다. 나도 그것들을 따라 두 눈을 감았다. 눈꺼풀 안쪽에서 붉고 검은 색채들이 뭉게뭉게 번져갔다.

불현듯 눈을 떴을 땐, 어느새 한밤중이었다. 흙더미 속에서 되살아난 기분이었다.

바깥에서 무언가 '탁' 하고 닫는 소리가 났다. 거실 벽이 일순간 맥주보다 더 짙은 누런빛으로 변하면서 그 위로 언뜻 잡동사니와 외로움의 그림자가 드리워졌다.

커튼 한쪽을 살짝 들춰 보았다. 바람이 거세게 불고, 나무 꼭대기는 화가 머리끝까지 난 듯 요동치고 있었다. 이런 밤에는 구름이 없었다. 구름은 바람에 모두 흩어져 버렸고, 몇 개의 별들만이 희미한 빛을 내고 있었다.

날개 한 쌍이 파닥이며 지나쳐 갔다. 누군가 나무에 박쥐가 있다고 했다.

하지만 어쩌면 붉은 나비일지도 모른다고, 나는 생각했다.

뜨겁고 매콤하게

열 랄 랄 熱辣辣

　무더운 밤이자 드물게 고요한 주말 저녁이었다. 처이 선생은 동료 결혼식 피로연에 가고, 중학교 3학년인 아이는 학교에서 캠프를 떠났다. 그래서인지 처이 부인은 문득 거실이 널찍하게 느껴졌다. 빨래를 개고 바닥을 닦고 나서 고개를 들었다. 등불 아래 우두커니 서 있던 처이 부인은 일순간 무엇을 해야 할지 알 수 없었다. 마치 적당한 액수의 공돈이 하늘에서 뚝 떨어진 것처럼 얼마간 어리둥절한 기분이었다.

　문득 무언가 먹고 싶었다. 뜨겁고 매콤한 것, 사천식 고추기름 완탕, 쌀국수볶음, 마파두부, 사천식 가지찜 등…… 처이 선생과 아이가 매운 음식을 좋아하지 않아서 한동안 해 먹지 못한 음식들이었다. 요리의 달인인 처이 부인는 특히 매운 음식을 좋아했다. 가족들과 식사할 때는 시판 매운 소스를 먹을 수밖에 없었는데, 짜고 기름진 데다 맛도 없었다. 오늘 저녁, 처이 부인은 가장 자신 있는 사천식 고추기름완탕을 만들기로 했다. 직접 만두피를 밀고, 직접 고추기름을 배합해서 혼자 먹을 생각이었다.

주방에는 에어컨이 없고 창문만 열려 있었다. 바람이 불어 들어와 처이 부인의 목덜미를 스치며 간지럽혔다. 어슴푸레한 조명 아래에서 처이 부인은 커다란 그릇에 밀가루를 넣은 뒤 따듯한 물을 부었다. 물은 너무 많지도, 적지도 않게 조금씩 넣어야 한다. 수많은 실패 끝에 얻은 경험이었다. 손을 그릇 안에 넣었다. 손끝으로 리듬감 있게 반죽을 치대기 시작했다. 앞으로, 뒤로, 앞으로, 뒤로. 반쯤 메마른 밀가루가 손바닥을 벗어나지 못했다. 처이 부인은 손가락으로 그것들을 떼어내 축축한 반죽에 넣고서 한 덩어리로 뭉쳤다. 점차 촉촉하고, 매끄러운 둥근 반죽 덩어리가 완성되었다. 이제 발효가 되도록 한쪽에 따로 두어야 한다. 그런 다음, 유부를 잘게 다졌다. 언젠가 고등학교 때, 갈비 한 조각을 먹다가 구역질이 왈칵 치밀어 전부 다 토해버린 이후로 고기는 입에도 대지 않았다. 그 모습에 친구들이 부처님이 환생했다거나 관음보살이라며 놀렸는데, 가톨릭 여학교를 다니던 때라 그런 말들은 여자 화장실에 몰래 숨어서 해야 했다. 들키면 혼쭐이 날 테니까.

옛 생각에 미소가 절로 나왔다. 가족들 역시 가톨릭이라서 처이 부인이 진짜 관음상을 본 건 친구 집에 갔을 때였다. 하얗고 동그란 얼굴에 지그시 내리뜬 홑꺼풀 눈, 그리고 손에는 버들가지를 들고 하얀 연꽃 위에 서 있는 모습이었다. 가까이 다가가 살펴보니 왠지 친근하게 느껴져서 집으로 모셔 가고 싶다는 생각이 들었다. 하지만 처이 선생 역시 가톨릭 신자였다. 두 사람이 처음 만난 것도 가톨릭 학교 연합 무도회 자리였으니까.

처이 부인이 집에 가져갈 수 없는 물건은 그것 말고도 많았다. 이를테면, 길모퉁이에서 만났던 고양이는 처이 선생이 고양이 털 알레르기가 있어서 관두었다. 마음에 쏙 들었던 롱스커트는 나이에 맞지 않아 포기했다. 그리고 그녀의 이름. 처이 부인에게는 '박 링'이라는 아름다운 이름이 있었다. 박링은 초원에 사는 새 이름과 같았다. 워낙 높이 날아다녀서 대부분은 지저귀는 소리만 들릴 뿐, 모습은 쉽게 볼 수 없는 새였다. 학창 시절에는 처이 선생역시 박링이라고 불렀다. 학교 친구나 다른 친구들 역시 마찬가지였다. 결혼 후 처이 선생을 따라 성당에 다니면서 박링은 처이부인이 되었다.

반죽은 점차 모양이 잡혀갔다. 처이 부인은 너무 힘주지 말자고 다짐했다. 자칫하면 너무 질겨져서 맛이 없다.

대학 시절, 교양 필수 과목 중에 이과 수업이 있었다. 종종 처이선생이 과제를 대신해 주었는데, 그러면 박링도 영어 작문 과제를 대신해 주곤 했다. 아, 그리고 잉킷이 있었다. 잉킷은 툭하면 웃으며 말했다.

"나는 도움을 못 줘서 안타깝네."

잉킷은 체대생이었으니 누군가를 대신해 출전할 수도, 또 누군가가 그를 대신할 수도 없었다. 그래서 박링은 언제나 수영장에서 레인을 오가며 연습에 매진하는 잉킷을 자주 볼 수 있었다. 그 모습은 물고기보다 새에 가깝다고 박링은 생각했다. 아주 고요하게 수면을 가벼이 훑고 지나갈 뿐, 물보라조차 거의 일지 않아서였다.

그 기억에는 소리가 없다.

처이 부인은 다시 따뜻한 물을 천천히 부었다. 물이 손가락 사이를 타고 흘러내리자 간질간질했다. 마치 경극 배우의 손짓처럼 무심결에 새끼손가락이 치켜 올라갔다.

카이퐁—지금의 처이 선생—과 잉킷은 중학교 때부터 친한 친구 사이였다. 박링이 카이퐁과 사귀면서 자연스레 잉킷과도 자주 어울렸다. 박링과 카이퐁은 둘 다 조용한 편이었다. 둘만 있을 때는 말없이 마주 보고만 있어도 딱히 문제될 게 없었다. 다만 잉킷이 끼어들면 카이퐁도 한결 재미있어졌다. 박링은 서로를 놀려대는 두 사람의 모습을 옆에서 지켜보곤 했다. 남자들끼리 주고받는 실없는 농담에 거친 말까지 듣고 있다 보면 덩달아 기분이 좋아졌다. 어느 낯설고도 흥미진진한 세계에 초대받은 귀한 손님이 된 듯한 기분이었다. 박링은 남자아이들이 나누는 소통 방식이나 은어에 대해 아는 게 없었다. 그러니 대화에 끼어들기보다는 옆에서 살짝 미소만 짓다가 적당한 타이밍에 입을 가리고 까르르 웃는 게 전부였다. 카이퐁과 잉킷은 든든한 관객의 등장에 더욱 열을 올리며 농담을 주고받았다.

습기를 머금은 수영장의 바람이 풋풋한 팔을 타고 스쳐 갔다. 박링은 자신의 팔에 난 주근깨가 문득 보여서 무심결에 손가락으로 하나씩 짚어보았다. 고개를 드니, 잉킷이 서둘러 시선을 돌리는 게 보였다.

밀가루 반죽의 결이 아까와는 약간 달라져 있었다. 처이 부인은 손을 빼고서 반죽을 들어 올린 뒤 둥글게 매만졌다. 바람이 또 한 번 목덜미를 스쳤다.

대학 기숙사는 상상력이 가장 풍부해지는 곳이다. 세 사람은 겨울이면 전기밥솥으로 훠궈를 끓였다. 대대로 전해 내려오는 기숙사 생활 백서에 따르면, 밥솥 밑바닥의 열 감지 센서에 나무젓가락을 꽂으면 일시적으로 작동이 멈춰서 불을 따로 피우지 않아도 국을 끓일 수 있었다. 대학에 들어가기 전까지만 해도 박링은 규칙을 어겨본 적 없는 아이였다. 그러니 기숙사, 특히 남학생 기숙사에서 벌어지는 온갖 기이한 일들 앞에서 박링은 그저 호기심과 배우려는 자세를 취할 수밖에 없었다. 처음에는 섹시한 모델 포스터나 성인 잡지, 산더미처럼 쌓인 더러운 그릇 등이 가득할 줄 알았는데, 막상 그렇지는 않았다. 카이퐁을 따라 들어선 잉킷의 방은 막 정리를 마친 티가 났고, 창가에는 흰 셔츠 하나만 걸려 있었다.

"말랐네."

박링이 셔츠 소매를 살짝 쥐며 말했다.

"걷어야겠다. 국물 냄새 다 배겠어."

"아, 고마워."

잉킷은 박링을 등진 채, 빌려온 접이식 테이블을 폈다.

"침대 위에 놔주면 돼."

박링은 옷걸이에서 셔츠를 걷은 뒤 침대 가장자리에 앉아 셔츠를 갰다. 옷깃을 뒤집는데, 자신의 기다란 손가락 끝이 눈에 들어왔다. 바람에 바짝 마른 하얀 셔츠 위로 손을 대자, 상쾌한 감촉이 느껴졌다.

"채소 다 씻었어!"

문밖에서 들려오는 카이퐁의 목소리에 박링은 재빨리 자리에서 일어섰다.

"좋아!"

잉킷이 웃으며 손뼉을 쳤다.

"역시 훠궈는 사람이 많아야 더 즐겁다니까."

"고작 세 명인데, 많기는."

박링이 말했다.

카이퐁은 채반을 들고 턱짓으로 잉킷을 가리켰다.

"평소에 혼자서 저녁을 먹잖아. 룸메이트가 통 들어오질 않거든."

"게다가 훠궈는 아무나 불러서 같이 먹을 수 있는 게 아니거든."

잉킷이 젓가락 짝을 맞추며 말했다.

"먹다 보면 이 젓가락이 공용인지 개인용인지, 수놈인지 암놈인지 헷갈리고 다 뒤섞여 버린다니까."

"수놈, 암놈은 또 뭐야."

박링이 빙긋 웃으며 잉킷을 바라보았다.

"어쩐지 젓가락 짝 맞추는 데 엄청 비장하더라."

카이퐁은 잉킷을 바라보고, 잉킷은 박링을 바라보았다. 세 사람은 함께 웃었다.

가난한 학생이라 특별한 재료는 없었지만, 그래도 박링은 그날 저녁이 무척 즐거웠던 기억으로 남았다. 네모난 접이식 테이블을 가운데 두고, 카이퐁은 박링의 맞은 편에 앉았다. 둘 사이에 앉은 잉킷은 마치 회의를 주재하는 의장 같았다. 두 남자가 맥주를 한 캔씩 연거푸 마시는 동안 박링은 맥주를 유리컵에 따라 천천히 홀짝일 뿐이었다. 자신은 술을 잘 마시지 못한다는 걸 알고 있었다. 박링은 호박색 액체 속에서 세상이 금테를 두른 듯 반짝이다가 이내 거품으로 사그라드는 모습을 바라보았다.

그날 밤, 박링은 자정이 되기 전에 일어섰다. 카이퐁이 데려다주겠다고 했지만 박링이 그를 다시 앉혔다.

"음식 아직 남았잖아. 네가 같이 다 먹어줘야지."

사실 카이퐁도 한창 흥이 올라서 자리를 뜨고 싶지 않은 눈치였다.

"걱정할 것 없어. 사감이 어젯밤에 한바탕 불시 점검 끝냈거든."

카이퐁이 말했다.

"아니면, 차라리 내일 아침에 가는 게 어때?"

"말도 안 돼."

박링은 깜짝 놀랐지만, 다시 마음을 가다듬었다.

"너희끼리 더 먹어. 내일 수업에 늦지 말고."

카이퐁은 대답이 없었다. 잉킷은 고개를 숙인 채, 화분에 물을 주듯 그릇에 고추기름을 쪼르르 부었다.

"걱정하지 마, 바로 앞이 여자 기숙사잖아."

박링이 문가에 서서 말했다.

"창문에서 보고 있어. 내가 방에 들어가자마자 불 켤게."

"알겠어."

그렇게 박링은 조용히 그곳을 나왔다. 구불구불 이어지는 뒤편 계단은 어찌나 긴지 현기증이 날 지경이었다. 아래를 내려다보니 온통 새하얀 소용돌이뿐이었다. 이걸 어디서 봤더라? 아무리 생각해 봐도 기억나지 않았다. 박링은 마치 호랑이 소굴에 발을 잘못 들였다가 간신히 탈출한 어린 사슴이 된 기분이었다. 어떻게 빠져나올 수 있었는지 스스로도 믿기지 않았다.

　박링은 자신의 방으로 돌아와 불을 켰다. 건너편에서 누군가 손을 흔들었다. 박링은 커튼을 친 뒤 불을 끄고 나서 옷을 갈아입고 다시 창가 앞으로 갔다. 커튼 뒤에서 맞은편 기숙사를 바라보니, 불 켜진 창이 손에 꼽을 정도였다. 그도 그럴 것이 어느덧 깊은 밤이었다. 밤바람이 커튼을 통과해 박링의 팔과 어깨로 불어왔다. 일순간 모공이 활짝 열렸다. 마치 뚜껑을 갓 따서 기포가 보글보글 올라오는 탄산음료 같았다. 맥주 반 잔 남짓에 박링은 두 뺨이 벌겋게 달아올랐다. 아니면, 아까 너무 들떴던 탓일까. 피곤이 극에 달했지만 잠은 전혀 오지 않고, 머릿속이 온갖 소리와 빛으로 가득 찼다.

　이튿날 다시 만났을 때, 두 청년은 여전히 쌩쌩했지만 박링은 거뭇한 다크써클이 내려온 탓에 웃을 때마다 눈가를 가렸다. 잉킷은 혼자 밥을 먹자니 심심했고, 카이퐁 역시 박링을 떼어놓고 갈 수가 없어서 그렇게 점차 세 사람은 저녁 식사를 함께하기 시작했다. 간혹 박링이 여자 기숙사에서 반찬 두어 가지와 국을 만들어 챙겨오기도 했다. 두세 학기가 지나면서 기숙사에는 박링을 알아보는 학생들이 생겨났고, 박링을 보면 고개를 까딱하며 인사를 건네기도 했다. 더러는 사각팬티만 입고 욕실을 나오다 박링을 마주치기도 했는데, 남학생이 기겁하며 뒷걸음질 치면 박링은 못 본 척 지나갔다.

　그날, 학기가 끝났다. 기숙사 학생들 대부분이 집으로 돌아갔지만, 잉킷은 학교에 남아 연습을 계속했다. 학교 대표로 시합을 앞두고 있어서였다. 잉킷이 매운 걸 좋아해서 박링은 만두를 빚기로 했다. 소는 채소와 고기 두 가지에다가 고추기름은 따로 곁들이고 파도 듬뿍 넣을 생각이었다. 교내 슈퍼마켓은 수영장 바로 옆이었다. 박링이 장을 보고 수영장 쪽을 지나가는데, 마침 레인을 한 차례 돌고 난 잉킷이 물안경을 들어 올리며 박링에게 손을 흔들었다. 그러고는 다시 돌아서서 반대편을 향해 헤엄쳐 갔다. 12월 중순이라 그런지 5시만 넘어도 하늘이 어둑했다. 수영장의 하얀 조명에 물은 마치 얼음처럼 새파랗게 빛났다. 잉킷은 조금도 춥지 않다는 듯 그 얼음물 속에서 팔을 휘저었다. 바람이 산을 넘고 나무를 지나 잎사귀를 스쳤다. 잎사귀의 수분을 머금은 바람이 수영장의 수면을 훑은 뒤 허공의 물보라를 비껴가며 마침내 바닥으로 불어왔다. 박링은 여자 기숙사로 돌아가 만두피를 빚어야 했으므로 서둘러 걸음을 옮겼다.

공용 주방에 아무도 없어서 박링 혼자 조리대를 독차지한 채 만두 빚기에 열중했다. 도마 위에 밀가루를 작은 산처럼 뿌려놓고, 꼭대기에 작은 구멍을 냈다. 물을 천천히 부으니 산이 금세 무너지면서 홍수를 만난 듯 비스듬히 흘러내렸다. 박링은 손가락 끝을 그 속에 넣었다. 따뜻하고 미끄러우면서 끈적하고 축축했다. 잠시 그 안에 손을 두고 있다가 물과 밀가루를 뒤섞으며 따뜻하고 미끈한 반죽을 만들기 시작했다. 손에 점차 힘을 가하면서 손바닥과 손목으로 눌렀다가 뒤집고, 다시 눌렀다가 다시 또 뒤집는 사이, 반죽이 손안에서 리듬을 맞춰 지그시 튀어나왔다. 마치 밀어내는 듯하다가 다시 또 다가오는 것처럼. 박링은 웃음이 절로 났다. 모든 게 만족스러웠다.

그날 밤의 만두 파티에 모두가 즐거웠다. 식탁 앞에서 잉킷이 두 사람에게 방학 계획을 물었다.

“금요일에 우린 무이워[1] 가서 하룻밤 자고 올 거야.”

카이퐁이 대답했다.

“박링이 소를 본 적이 없대.”

잉킷이 고추기름에 사레가 들렸는지 쿨럭, 하고 두어 번 기침했다.

“너는?”

카이퐁이 물었다.

“훈련해야지.”

잉킷이 말했다.

“운동선수의 삶이란 훈련, 훈련, 그저 훈련 아니겠냐. 토요일에 시합이니까 그전까지는 한눈팔지 말고 여기 콕 박혀 있어야 해.”

“안 됐다.”

박링이 무심결에 대답했다.

“잉킷 이 자식 말하는 것 좀 봐라.”

카이퐁이 웃으며 말을 이었다.

“수영장에 여자애들이 모여서 대놓고 너만 보고 있던데, 뭐.”

박링은 그 여자아이들을 기억하고 있었다. 그중 한 명이 유독 빨간 옷을 즐겨 입었는데, 얼굴은 전부 떠오르지 않았다.

“잉킷.”

박링이 불현듯 입을 열었다.

잉킷은 약간 놀란 얼굴로 박링을 쳐다보았다.

---

1 梅窩. 홍콩 란타우섬 동쪽 해안에 있는 아름다운 시골 마을. 란터우섬은 야생 소들이 거리를 활보하는 것으로 유명하다.

“문 뒤에 붙어 있는 포스터, 저거 뭐야?”

카이퐁이 문 쪽을 바라보더니 혼자 ‘하하’ 웃음을 터뜨렸다.

“허, 수영복 입은 여자 배우 아니었어? 난 네가 수영을 워낙 좋아해서 그런 줄 알았지.”

잉킷은 대꾸 없이 일어나더니 책장에서 시디 한 장을 꺼내 박링에게 내밀었다.

『Sgt. Pepper’s Lonely Hearts Club Band』, 박링은 앨범 타이틀을 소리 내어 읽어 보았다.

“재밌는 이름이네.”

“너 비틀스 몰라?”

잉킷이 앨범 재킷에 있는 얼굴을 손으로 가리키며 약간 날카로운 말투로 쏘아붙였다.

“소는 본 적 없어도 비틀스는 들어봤을 거 아냐.”

박링은 제자리에 앉아 고개를 들었다. 잉킷이 바로 옆에 서 있었다. 조명 빛이 그의 얼굴 옆선을 타고 흐르자 마치 태양 아래 놓인 그리스 조각상 같았다. 박링은 그 조각상 그림자에 자기 얼굴이 완전히 뒤덮여 버리는 상상을 했다. 그건 일식과도 같았다.

“나도 비틀스 알아.”

박링은 차분하게 고개를 들며 대답했다.

“난 네가 찬송가밖에 모르는 줄 알았지.”

잉킷은 박링을 등진 채, 시디플레이어를 켰다.

“저 포스터에 있는 노래가 이거야.”

Picture yourself in a boat on a river

With tangerine trees and marmalade skies

Somebody calls you, you answer quite slowly

A girl with kaleidoscope eyes

Cellophane flowers of yellow and green

Towering over your head

Look for the girl with the sun in her eyes

And she's gone

Lucy in the sky with diamonds

Lucy in the sky with diamonds

Lucy in the sky with diamonds

Follow her down to a bridge by a fountain

Where rocking horse people eat marshmallow pies

Everyone smiles as you drift past the flowers

That grow so incredibly high

Newspaper taxis appear on the shore

Waiting to take you away

Climb in the back with your head in the clouds

And you're gone

Lucy in the sky with diamonds

Lucy in the sky with diamonds

Lucy in the sky with diamonds

Picture yourself on a train in a station

With plasticine porters with looking glass ties

Suddenly someone is there at the turnstile

The girl with the kaleidoscope eyes[1]

"이게 뭔 가사야?"

카이퐁이 만두 하나를 집어 들며 말했다. 카이퐁을 힐끗 쳐다본 박링은 애초에 그가 답을 바라고 한 말이 아님을 알고 미소만 지었다.

"환각제 이야기야."

잉킷은 굳이 대꾸를 했다.

"너 비틀스 팬이야?"

박링이 물었다.

"허풍떨지 마."

카이퐁이 잉킷을 가리키며 말했다.

"저 자식 영어 노래 듣는 걸 본 적이 없는데."

"최근에 듣기 시작한 거야."

잉킷의 얼굴이 그제야 조금 누그러졌다.

"영어 좀 제대로 배워보려고 해. 미국 대학 장학금 신청해 보고 싶어서."

박링과 카이퐁의 젓가락이 약속이라도 한 듯 동시에 허공에서 멈췄다. 잉킷 혼자만 만두를 묵묵히 씹고 있었다.

"홍콩에서 운동선수로 사는 건 앞길이 막막하잖아."

잉킷은 또 한 번 고추기름을 듬뿍 찍으며 말을 이었다.

---

1 비틀스 노래 「Lucy In The Sky With Diamonds」의 가사. 앨범 「Sgt. Pepper's Lonely Hearts Club Band」의 수록곡이다.

“토요일 시합에서 상이라도 받으면, 조금이라도 더 유리해지
겠지.”

“응.”

카이퐁이 먼저 입을 열었다.

“하긴, 그것도 그렇네.”

잉킷은 별 대꾸 없이 만두만 열심히 씹었다.

“박링 책장에 영어 소설이 잔뜩이야.”

카이퐁이 말을 덧붙였다.

“빌려달라고 해.”

잉킷이 박링을 힐끔 쳐다보았다. 박링이 자리에서 일어섰다.

“물 끓여서 차 좀 내올게. 천천히 얘기하고 있어.”

두 남자는 굳이 말리지 않았다. 박링은 기숙사 아래 잔디밭으
로 내려가 돌의자에 앉았다. 지금은 두 사람이 터놓고 이야기를
나눠야 할 시간이라는 것을 잘 알고 있었다. 관목 숲 사이로 서
늘한 밤공기가 조금씩 새어 나왔다. 외투를 잉킷 방에 두고 왔지
만 만두 즙과 파, 그리고 고추기름이 입안에서 화끈거려 조금도
춥지 않았다.

박링의 등 뒤로 풀숲에서 귀뚜라미 우는 소리가 났다. 어디에
숨은 거지? 어둑한 와중에 박링은 녀석을 단번에 찾아냈다. 귀뚜
라미 한 마리가 기다란 풀잎 끝에 납작 엎드린 채, 더듬이를 살그
머니 떨고 있었다. 마치 혀끝을 놀리듯 아주 미세한 움직임으로
소리를 살며시 건드리듯이. 박링의 마음이 덩달아 휑하니 뚫려버
렸다. 펄펄 끓는 음식들이 가을밤을 태워 커다란 구멍을 내다가
이내 둥근 달이 되었다.

무이워에 가기로 한 금요일 아침, 박링은 고열이 나서 기숙사 침대에 누워 꼼짝도 하지 못했다. 카이퐁이 박링을 데리고 교내 병원을 다녀왔지만, 출발 시간이 되자 카이퐁은 떠날 수밖에 없었다.

"미안해."

박링이 카이퐁의 외투 소매를 붙잡으며 말했다.

"네가 방까지 예약해 놨는데, 김빠져서 어떡해."

"사과할 거 없어."

카이퐁이 이불을 덮어주며 말했다.

"기회는 또 있을 거야."

박링이 카이퐁의 눈을 가만히 바라보자, 카이퐁이 고개를 돌렸다.

"차라리 집에 데려다줄까? 여기선 널 챙겨줄 사람이 없잖아."

카이퐁이 말했다.

"괜찮아."

박링이 기침을 두어 번 하더니 말을 이었다.

"엄마가 알면 당장 응급실행이야. 우리 엄마 사서 걱정하는 사람인 거 알잖아."

"하긴."

카이퐁은 무심결에 한숨이 나왔다.

"그래도 혼자 여기 두고 가려니까 마음이 안 놓여."

"한숨 자고 나면 괜찮을 거야."

박링은 두 눈을 감았다.

"얼른 가. 이따가 깨면 전화할게."

카이퐁은 물병과 컵을 침대 머리맡에 놓아두었다.

"내일 아침에 다시 올게."

"응."

박링이 모로 누웠다. 약을 먹어서인지 누군가의 손이 자신을 깊은 수면의 늪으로 확 잡아끄는 것만 같았다.

"나갈 때 불 꺼줘."

잠시 후, '탁' 하는 소리와 함께 방문이 닫혔다. 별안간 세상이 고요와 어둠 속으로 빠져들었다. 박링은 지구의 핵에 담긴 마그마가 된 것만 같았다. 육신을 연료 삼아 불은 숯으로, 숯은 다시 재로, 재는 다시 불꽃으로 타오르듯이…… 박링은 그곳에 누워 뜨거운 꿈속으로 하염없이 빠져들었다. 이불 밑으로 손을 뻗어 침대의 금속 프레임을 잡았다. 차갑고도 둥글고 매끄러운 감촉이 마치 관음상 같았다.

다시 눈을 떴을 때, 박링은 마치 한 차례의 윤회를 겪고 불의 세례를 받아 새로운 사람으로 태어난 기분이었다. 몸을 일으키고 앉아 머리카락 속으로 손을 넣어보니 온통 땀투성이였다. 면 티셔츠가 등에 축축하게 달라붙어 있었다.

차가운 물을 큰 컵에 가득 따라 들이키고 나니 정신이 들면서 문득 생기가 돌았다. 커튼이 열려 있었다. 창밖에는 달이 이미 기울어진 채, 귀뚜라미가 울고 있었다. 박링은 몹시 허기가 졌다. 고열이 몸속의 모든 연료를 모조리 태워버린 탓일 터였다. 매운 게 먹고 싶었다. 아주 매콤한 것. 사천식 고추기름완탕, 마파두부, 사천식 가지찜 등…… 기숙사 맞은편 방에 불이 켜져 있었다.

박링은 칠흑 같은 어둠 속에서 발끝으로 슬리퍼를 더듬어 찾아 신었다. 그리고 손 닿는 대로 엄마가 사준 하얀 숄을 휙 걸쳤다. 매운 게 먹고 싶었다.

박링은 방의 불을 켰다가, 껐다가, 다시 켰다. 그렇게 몇 번을 반복했다.

마침내, 맞은편 방의 불이 꺼졌다.

박링은 서둘러 밖으로 나갔다. 복도의 불빛이 눈을 자극했지만 이제 그 무엇도 박링을 막을 수 없었다. 이 순간, 누구를 마주친다 해도 아랑곳하지 않을 것이며, 설명도 하지 않을 작정이었다. 사실 마주친 사람도 없었지만.

예상대로 문은 잠겨 있지 않았다. 박링이 손으로 살짝 밀자, 이내 문이 열렸다. 밝은 곳에서 어둠 속으로 들어섰더니 일순간 눈앞이 캄캄해졌다. 다만 아까는 열려 있던 커튼이 그사이 쳐졌다는 건 알 수 있었다. 문이 닫히자마자 누군가의 손이 박링을 휘감았다. 뜨겁고도 낯설었다. 다만 상상 속에서 수천 번도 더 겪어서인지 얼마간 익숙하기도 했다. 숄이 바닥에 툭 떨어지고, 박링도 그와 함께 바닥으로 떨어졌다. 차가운 바닥이 흐르고 흘러 두 사람의 젊은 육체를 씻어 내리는 듯했다. 두 손은 살짝 주저하고 있었다. 박링은 그 손을 자신이 원하는 곳으로 이끌었다. 마치 따뜻한 반죽을 움켜쥐듯이. 그러나 박링의 손은 뜨겁고도 탄탄한 살결 위에서 따뜻한 물처럼 거침없이 흘러내렸다. 박링이 손끝을 밀어 넣자 따뜻하고 미끄러우면서 끈적하고 축축했다. 잠시 그 안에 손이 머물자, 땀이 뜨겁게 달궈졌다. 따뜻하고 미끈했다. 손에 점차 힘이 가해지고, 손끝과 손바닥으로 움켜쥐었다가 다시 밀어내면서…… 모든 게 손안에서 리듬에 맞춰 튀어 올랐다. 마치 밀어내는 듯하다가 다시 또 다가오는 것처럼.

귀뚜라미가 밖에서 울고 있었다. 거친 숨소리 속에서도 박링은 그 소리를 또렷하게 들었다.

다시 눈을 떴을 때, 박링은 어느새 자기 방으로 돌아와 있었다. 덤덤히 샤워를 하고, 깨끗한 옷으로 갈아입은 뒤, 아침을 간단하게 먹었다. 열도 완전히 내렸고, 기운도 되찾았다. 박링은 이제 완전히 치유되었다고 생각했다.

박링은 카이퐁에게 전화를 걸었다.

"내가 가서 집에 데려다줄까?"

카이퐁이 물었다.

"아니."

박링이 차분하게 말했다.

"나 많이 좋아졌어. 오늘 잉킷 시합 날이잖아. 얼른 돌아와, 응원하러 가야지."

바람이 초겨울의 햇살을 몰고 왔다. 건조하면서도 따스했다. 이른 아침의 캠퍼스는 인적이 드물었고, 바닥에 흩뿌려진 노란 낙엽은 영화 포스터 같았다. 박링은 고개를 들었다. 회녹색의 기숙사는 햇살 아래서 나지막한 감옥의 모습으로 돌아와 있었다. 박링은 작은 돌멩이 하나를 주웠다. 두 손을 외투 주머니에 넣고 손가락 사이로 돌멩이를 이리저리 굴렸다. 매끄럽고 차가웠다.

수영장 옆 돌계단은 이미 사람들로 가득 차서 카이퐁과 박링은 뒷줄에 서야 했다. 그 먼 거리에서도 박링은 잉킷의 표정을 또렷하게 볼 수 있었다. 집중한 듯하면서도 담담한 얼굴로 잉킷이 물에 뛰어드는 순간, 물보라조차 일지 않았다. 30초 후, 잉킷의 손가락이 레인 끄트머리 벽에 가장 먼저 닿았다. 그의 승리였다. 우레와 같은 박수가 쏟아지는 와중에 박링은 수면의 차디찬 냉기와 뭍의 햇살이 맞닿는 순간을 상상했다. 그건 수영 선수들이 간절히 닿고자 했던 피안彼岸이었으리라.

카이퐁이 박링을 끌고서 인파를 비집고 앞으로 걸어갔다. 고작 몇십 미터 안 되는 거리인데도 박링은 다른 사람들과 계속해서 어깨를 부딪치며 걸어야 했고, 외투 속으로 목덜미와 겨드랑이가 땀으로 축축해졌다. 마침내 앞줄에 다다르자, 카이퐁은 마치 자기가 상이라도 탄 것처럼 잔뜩 흥분한 채 잉킷을 향해 마구 손을 흔들었다. 잉킷이 다가와 카이퐁과 손을 꽉 맞잡았다. 잉킷의 몸에서는 아직도 물이 뚝뚝 떨어지고 있었고, 벌거벗은 가슴이 연신 가쁘게 오르내렸다. 격렬한 운동 후의 열기가 그를 에워싸고 돌다가 박링의 얼굴로 훅 끼쳐왔다.

잉킷은 그제야 카이퐁의 손을 놓고 박링에게 시선을 돌렸다.

"와줘서 고마워."

잉킷이 말했다. 얼굴에 별다른 표정은 없었다. 박링은 미소만 지을 뿐, 아무 말도 하지 않았다.

"오늘은 맛있는 거 먹으면서 축하해야지!"

카이퐁이 소란을 떨었다.

"뭐 먹을래? 챔피언이 정해!"

얼굴의 물기를 닦으며 호흡이 조금씩 진정되자 잉킷이 입을 열었다.

"만두 먹자. 고추기름완탕 만들어서. 박링이 제일 잘하는 거잖아."

"그게 뭐냐? 바깥에서 제대로 먹어야지."

카이퐁은 물기에 젖거나 말거나 친구의 어깨에 두 손을 턱 하니 얹었다.

"내가 쏠게!"

"고추기름완탕이면 돼."

잉킷이 웃으며 말을 이었다.

"그게 먹고 싶었거든. 알짜배기 음식. 뜨겁고 매콤한 거. 나 세 그릇 먹을 거야."

"그래, 챔피언의 의견이 그렇다면야."

카이퐁은 어쩔 수 없이 받아들였다.

"난 맥주 사 올게! 박링은 다른 것들 준비해 줘. 저녁에 기숙사에서 보자!"

박링은 잉킷의 말을 기억하며 소스에 산초 가루와 하늘고추, 저장성 적식초를 아낌없이 부었다. 마침 기숙사에 아무도 없어서 박링은 센 불에 웍을 마음껏 돌리며 온 복도를 고추기름 지옥으로 만들어버렸다. 얼얼하고, 매콤하며, 짭짤하고, 시큼한 데다 톡 쏘기까지 하는 그 향은 눈물이 절로 나올 만큼 고통스러운 기쁨을 가져왔다. 고수와 파를 고명으로 얹었다. 그 밖에 달걀 비린내를 잡고자 후추를 약간 뿌린 목이버섯달걀볶음, 사천식 가지찜, 그리고 자차이와 유부, 당면을 넣은 국물도 준비했다.

빨갛고, 노랗고, 푸른색을 띤 뜨겁고 매콤한 것들이었다.

반년 후, 박링은 미국에서 보내온 선물을 받았다. 수영 대회의 메달이었다.

처이 부인은 고추기름완탕을 다 먹고서 설거지를 한 뒤, 주방에 방향제를 약간 뿌렸다. 흔적을 남기지 않기 위해서였다. 손을 씻고 나서 코에 손가락 끝을 갖다대니 여전히 산초 가루와 마늘 냄새가 남아 있었다. 거실로 나와 벽시계를 확인하니 10시 반이었다. 대략 삼십 분 뒤면 처이 선생이 귀가할 것이다. 내일은 미사도 보러 가야 할 테니까. 처이 부인은 잠시 고민하다 현관문의 체인을 걸어 잠그기로 했다. 열쇠가 있어도 들어올 수 없도록. 카이퐁은 그녀를 탓하지 않을 것이다. 그날 밤, 모든 음식이 그렇게 매웠음에도 박링을 탓하지 않았던 것처럼. 아파트 커뮤니티센터 로비에 안마의자가 있으니 거기서 하룻밤쯤은 잘 수 있을 것이다. 어차피 그는 베개에 머리만 대면 아무 생각 않고 곯아떨어지는 사람이니까.

처이 부인은 문을 잠근 뒤, 불을 껐다. 에어컨도 켜지 않은 채 침대에 몸을 눕혔다. 등 뒤로 땀이 맺혔다. 한여름 밤, 어찌나 더운지 달마저 쪼그라든 것 같았다. 다행히 마음을 간질거리듯 바람이 살랑 불어왔다. 처이 부인은 이내 어두컴컴한 세상 속으로 빠져들었다. 꿈 하나 없이 지극히도 평온한 세상 속으로.

해피 투게더

춘광사설 春光乍洩

퇴근 무렵이었다. 빌딩 문을 나서는데, 자홍색 진달래가 마주 보듯 피어 있었다. 다이마싱은 마스크 너머로 새벽의 꽃떨기를 향해 하품을 토했다. 눈물이 그렁한 와중에 정류장으로 들어서는 버스가 보였다. 종종걸음으로 버스에 오르고 나서야 휴대폰에 뜬 뉴스를 확인했다. 그가 사는 공공 임대 아파트에 확진자가 발생해 아파트가 한밤중에 기습 봉쇄되었다는 소식이었다.

젠장! 그러니까 근무 중에 눈은 왜 붙여서! 이제야 이 소식을 접하다니, 너무 늦어버렸다.

다이마싱은 야간 경비원이다. '네가 안 해도 일할 사람은 널렸다'고들 하는 그런 일자리. 봉쇄로 며칠이나 출근하지 못하면 바로 해고당할 게 뻔했다. 다이마싱은 고개를 들고 맞은편에 죽은 듯이 잠들어 있는 승객을 바라보았다. 안 되지, 이렇게 일자리를 잃을 수는 없다. 어디 머물 곳이라도 찾아 며칠만 딱 버티고 나서 다시 생각하자.

그런 생각을 하며 버스에서 내렸다.

어디로 가야 하지? 다이마싱은 피붙이는커녕 친구도 몇 명 없었다. 그마저도 처자식이 딸린 집들인데, 감염 의심까지 받는 칙칙한 늙다리 아저씨를 며칠이나 받아줄 곳이 과연 있을까? 길목의 쓰레기통 앞에 서서 마스크를 내리고 담배에 불을 붙였다. 등 뒤로 먹거리 노점상이 막 장사를 시작하고 있었다. 그 옆으로 ‘주차 금지’ 표지판 앞에 도요타 한 대가 멈춰 서더니 차창을 내리고는 주인에게 “여기 창펀[1] 세 줄, 슈마이[2] 열 개!”하고 소리쳤다. 주인이 김이 모락모락 나는 음식을 봉지에 담아 차 안으로 내밀었다. 운전자가 다이마싱을 힐끗 쳐다보더니 주인에게 말했다.

“저 사람한테 마스크 좀 잘 쓰라고 해요.”

주인이 다이마싱을 한번 쳐다보더니 대답했다.

“담배 피잖수.”

다이마싱은 어딜 가도 민폐라는 생각이 들었다. 담배를 비벼 끄는데 문득 떠오르는 곳이 있었다. 제니의 집이었다.

제니는 성매매 여성이었다. 팬데믹 이전, 다이마싱은 종종 제니를 찾아가곤 했는데 말수가 적고 얌전한 여자였다. 팬데믹이 시작된 지 어느새 2년이 되었으니, 제니를 못 본 것도 그쯤 되었다. 그곳에 있을까? 나를 잊지는 않았을까? 생각이 거기에 미치자,

---

1 쌀가루 반죽을 얇게 펴서 새우, 소고기, 돼지고기 등 속재료를 넣고 돌돌 말아 찐 음식으로 홍콩의 대표적인 아침 메뉴다.
2 밀가루 피에 돼지고기, 새우 등을 싸서 찌는 딤섬 요리의 일종. 꽃모양으로 빚는 것이 특징이다.

다이마싱은 스스로 양심도 없는 놈이라는 생각이 들었다. 고작 코로나바이러스 하나 때문에 제니를 까맣게 잊고 지내다니. 남자들은 믿을 게 못 된다던 여자들의 말이 틀린 것도 아니었다. 다이마싱은 창펀 몇 줄과 위단[1] 20홍콩달러어치, 슈마이 20홍콩달러어치, 그리고 두유 두 병을 사서 템플 스트리트로 향하는 버스에 올랐다.

똑똑똑.

이른 아침부터 노크라니? 혹시 단지에 확진자가 나와서 강제 검사라도 해야 하는 건가? 제니는 의심과 함께 현관문 구멍을 들여다보았다. 낯익은 남자 한 명이 서 있었다.

"어, 싱 오빠?"

제니는 강제 검사를 통보받을 때보다 더 많이 놀랐다.

"이 아침에 어쩐 일이에요?"

"아, 그게."

다이마싱은 헤헤 웃으며 말을 이었다.

"마침 근처를 지나는데, 못 본 지 꽤 된 것 같길래 아침 좀 사서 들렀어요."

제니는 다이마싱의 손을 쳐다보았다. 정말 음식이 들려 있었다. 하지만 영업 전이라 화장도 안 한 데다가 티셔츠에 수면 바지 차림이었고 양치질도 안 한 상태였다.

---

1 생선살과 전분, 양념 등을 섞어 동그랗게 빚은 생선 어묵으로 홍콩의 대중적인 간식

"아…… 뭘 이렇게까지. 일단 들어오세요."

다이마싱이 집 안으로 들어섰다. 앱으로 QR코드를 찍지 않아도 들어올 수 있어서 좋았다. 제니가 서둘러 씻고는 차를 한 잔 내왔다.

"아, 창펀이랑 슈마이 같은 것 좀 샀는데, 좋아하려나 모르겠네요."

제니는 약간 감동적이면서도 왠지 묘한 기분이었다. 팁을 더 얹어주는 손님은 있었어도 음식을 사다주는 사람은 한 명도 없었다. 그래도 이 세상에 이유 없는 호의는 없는 법이니 일단은 먹으면서 상황을 살펴보기로 했다. 살짝 따뜻한 창펀에는 달콤한 소스가 넉넉히 묻어 있었고, 슈마이도 밀가루나 비계가 너무 많지 않아 좋았다. 두 사람은 신선한 아침을 묵묵히 먹으며 한동안 말이 없었다.

다이마싱은 어떻게 입을 떼야 할지 막막했다. 2년 만에 나타나 아쉬운 소리를 하려니 면목이 없는 데다가 딱히 보답할 방도가 있는 것도 아니었다. 기껏해야 며칠 치 방세를 내는 게 고작일 것이다. 하물며 제니에게 손님이라도 찾아온다면 자신은 어디로 몸을 숨겨야 한단 말인가? 일단은 전부 제니와 상의해야 할 문제들이었다.

"그게 있잖아요."

다이마싱은 차를 한 모금 마셨다.

"부탁할 일이 하나 있는데."

돈 빌려달라는 소리인가? 제니가 가장 먼저 떠올린 생각이었다. 딱 두 개뿐인 금붙이와 소액의 현금이 침대 머리맡 상자 안에 있었다. 한때 단골이었던 사람이라지만, 상자 속의 내막까지는 아직 모를 터였다.

"아……."

다이마싱은 입을 떼고 싶은데 차마 말이 나오지 않았다. 그가 머뭇거리던 몇 초의 찰나, 제니는 이미 속으로 계산을 마쳤다. 1,000홍콩달러 이하라면 그냥 주고, 1,000~3,000홍콩달러라면 차용증을 쓰고, 3,000홍콩달러 이상이라면 어림도 없다고. 그 이상은 가진 게 없었다. 다이마싱은 언제나 제니에게 점잖은 사람이었고 이따금 팁을 후하게 줄 때도 있었으니, 이 정도는 제니가 도와줄 수 있는 수준이었다.

"그러니까……."

다이마싱은 마침내 허두를 뗐다.

"오늘 아침에 뉴스 봤어요?"

그 말에 제니가 텔레비전을 켰다. 방호복을 입은 사람들이 어느 건물을 우르르 드나들고, 행인 서너 명이 바깥에서 손가락질하며 수군댔다.

"저는 안 걸렸어요."

다이마싱은 해명부터 했다.

"열도 없고, 목도 안 아프고요. 들어오기 전에 엘리베이터 앞에서 체온도 쟀다니까요."

제니가 다이마싱을 바라보며 다음 말을 기다렸다.

"근데…… 제가 사는 아파트에 확진자가 나왔대요."

목소리가 점점 기어들어 가고 있었다.

"뉴스에 나온 저 건물이에요."

제니가 화면으로 고개를 돌려보니, 건물 외곽에 오렌지색 테이프가 칭칭 감겨 있었다. 바람에 펄럭이는 테이프는 확 잡아채면 끊어질 터였지만, 그보다 더 견고한 건 바로 주변 분위기였다. 철문 너머로 바깥을 내다보고 있는 사람들의 눈빛이 텅 비어 있었다. 마치 오렌지색 테이프 너머에 끝없는 광야라도 펼쳐져 있는 것처럼.

"그러니까 집에 못 들어간다는 거네요, 그렇죠?"

제니가 물었다.

"네…… 그렇죠."

다이마싱은 '제니 씨 집이 마치 내 집처럼 느껴져서 온 거예요'라고 말하려다가 너무 가식적이어서 속으로 꾹 삼켰다.

제니는 아무런 대꾸 없이 자리에서 일어나 방으로 들어갔다. 비좁은 거실에 홀로 남은 다이마싱은 난처하기 짝이 없었다. 혹시 방 안에 아직 손님이 남아 있는 건 아닐까?(자고 가는 손님은 대체로 없긴 하지만) 아니면 혹시 몽둥이라도 들고 나온다면…….

제니가 방에서 나왔다. 담배를 들고서. 두 사람은 각자 한 개비씩 불을 붙였다. 아침 8시 반, 무심한 아침 햇살이 창 너머로 들어와 창가에 핀 시클라멘의 담청색 꽃봉오리를 비추었다. 그 순간, 다이마싱은 화장기 없는 제니가 담배를 빨아들일 때면 입가에 희미한 주름이 번진다는 것을 알았다.

텔레비전에서는 경쾌한 음악과 함께 아침 뉴스가 끝났다. 다이마싱이 물고 있는 담배 끝에서 담뱃재가 점점 길어져 갔다. 이 담배만 다 태우고 나면 나가자. 멀쩡한 사내놈이 이게 뭐람. 그것은 팬데믹 시대를 사는 다이마싱의 마지막 자존심이었다.

그때, 갑자기 제니가 담배를 비벼 끄더니, 식탁 너머로 맞은편에 앉은 다이마싱을 쳐다보았다. 마치 하늘 끝에서 내려와 꽂히는 시선 같았다.

"5일에 1,000홍콩달러. 식사 포함이고, 잠자리는 포함 안 돼요."

제니가 말했다.

"혹시라도 손님이 올 때는, 나가 있다 들어와요."

"그럼요, 그럼요."

다이마싱은 냉큼 대답했다.

"그래도 아는 사이인데, 시세대로 다 받긴 그렇고."

제니가 계속 말을 이었다.

"이불 빨래랑 국 끓일 값 정도만 받는 거예요."

"그건 당연히 제가 내야죠."

다이마싱도 성의를 보이듯 얼른 담배를 비벼 껐다.

"혹시 돈 들어갈 일 있으면 저한테 말만 해요."

"새삼스럽게, 아는 사람끼리."

제니는 고개를 끄덕였다. 지난 2년간, 이 바닥 경기도 암담 그 자체였다. 얼마가 되었든 다이마싱이 내는 돈은 생활에 보탬이 될 것이고, 또 이것으로 크게 인정을 한 번 베푸는 셈이니 훗날 써먹을 데가 있을 것이다. 거기까지 생각하자 제니는 행운이 제 발로 굴러들어 왔다는 생각에 자축하듯 찻잔을 들어 한 모금 마셨다.

"오빠도 피곤하겠어요. 따뜻한 물에 목욕부터 해요."

미키 마우스 티셔츠를 입은 제니가 느릿느릿 몸을 일으키며 머리를 쓸어 넘겼다.

"서랍에 일회용 팬티 있으니까 일단 그거 입어요. 내가 내려가서 잠옷 한 벌 사 올게요. 큰 치수로 사면 되죠?”

“네, 네.”

다이마싱도 덩달아 얼른 일어섰다.

“아, 참. 샤워실에 물이 잘 안 빠지는데 처리할 새가 없었거든요. 씻는 김에 한 번 뚫어봐요.”

“그래요, 알았어요.”

“그럼 천천히 씻고 있어요.”

제니가 겉옷을 걸쳤다.

“올라올 때 신문 사다줄게요.”

현관문을 닫고 나서야 제니는 입을 틀어막고 몰래 웃었다.

그렇게 다이마싱과 제니의 (동침은 아닌) 동거 생활이 시작되었다.

노모가 세상을 떠난 뒤, 다이마싱은 여자와 살아본 적이 없었다. 제니로서도 남자는 언제나 흐르는 물 같은 존재라 하룻밤 머물다가는 일은 없었으므로, 이는 신선한 경험이었다. 평소 낮 시간이면 대체로 잠을 자던 제니는 햇살이 낡은 집안을 비추자 누렇게 뜬 벽의 모서리며 천장 물 얼룩이 눈에 들어왔다. 침대 협탁은 귀퉁이의 마감재가 들떠 있었다. 제니는 조금 민망했지만 애써 태연한 척하며 스펀지가 터져 나온 소파 위에 새로 사 온 침대 시트를 깔고서 베개를 놓았다. 그 위에 화로수까지 약간 뿌리고 나서야 제니는 아차 싶었다. 다이마싱은 손님이 아닌데, 몸에 밴 습관대로 움직이고 말았다.

“오빠는 눈 좀 붙여요. 밥 다 되면 깨울 테니까.”

제니는 공기가 통할 수 있게 창문을 한 뼘 정도 열어두었다. 그런 다음, 다이마싱이 출근 전에 한숨 자고 일어날 수 있도록 커튼을 쳐서 빛을 가렸다. 다이마싱은 자리에 누워 제니의 뒷모습을 바라보았다. 웬지 낯설었다. 전에는 쫓기듯이 왔다가 일만 치르고 후다닥 가버리기 바빴다. 게다가 조명마저 어두침침해서 제니의 몸매와 생김새를 제대로 본 적이 없었다. 이제야 제니가 선명하게 눈에 들어왔다. 편안한 실내복 차림의 제니는 레이스 잠옷을 입었을 때보다 오히려 젊어 보였다. 한 마흔쯤 됐으려나. 키는 160센티미터 남짓 되어 보였고, 엉덩이가 다소 커서 상대적으로 허리가 잘록해 보였다. 레이스 잠옷 차림일 때는 보통 브래지어를 착용하지 않았는데, 지금은 창가로 고개를 들어보니 브래지어 하나와 팬티 두 장이 걸려 있었다. 아주 평범한 디자인이었다.

화로수 향기가 벽 모퉁이의 곰팡내를 덮어주었다. 다이마싱은 몽롱한 기분으로 잠에 빠져들었다.

출근을 앞두고 다이마싱은 제니의 집에서 저녁을 먹었다. 평소라면 차찬텡에서 해결하거나 집에서 혼자 라면을 끓여 먹었을 터였다. 주방에서 분주하게 움직이는 제니가 보이자, 다이마싱도 자연스럽게 일어나 접이식 테이블 위에 있는 신문과 잡동사니를 정리했다. 재떨이를 비우고 테이블을 닦은 뒤에는 비닐로 된 식탁보를 새로 깔았다. 전부 노모가 도맡아 하던 일들, 노모가 세상을 떠난 후 혼자 살면서도 손 하나 까딱하지 않았던 일들이었다. 막상 해보니 별것 아니네, 다이마싱은 생각했다. 이어서 식사 준비를 거들며 이것저것을 날랐다.

제니는 굳이 사양하지 않았다. 다이마싱이 다소 면목 없어 한다는 것을 알고 있어서였다. 어쨌든 다이마싱처럼 나이도 먹을 만큼 먹은 사내가 여자에게 깍듯하게 구는 건, 심성이 고와서라 기보다 자신의 체면 때문인 법이다. 제니는 그를 약간은 난처하게 만들 생각이었다. 그래야 자신이 도움받고 있는 처지임을 시시각각 떠올릴 것이고, 그래야 닷새 뒤 다이마싱의 집에 봉쇄가 풀렸을 때 그의 지갑 또한 제니를 향해 봉쇄를 풀 것이다. 제니는 사실 요리를 자주 하는 편이 아니었다. 게다가 홀로 살았으니 하루 세 끼를 대충 때우며 살았다. 마지막으로 남자에게 밥을 해준 게 언제였더라? 기억도 나지 않았다. 여자의 청춘이란 주방에서든, 침대에서든 어차피 사라지는 것이었다.

제니가 토마토를 넣어 지져낸 실꼬리돔과 달걀찜, 그리고 갓과 돼지고기를 넣고 끓인 오리알국을 하나씩 내오자 다이마싱은 저도 모르게 약간 뭉클해졌다. 처음에는 잠잘 곳만 빌릴 생각이 었는데 집밥까지 덤으로 먹게 된다니, 예상치 못한 기쁨이었다. 그건 마치 슈퍼마켓 계산대에서 200홍콩달러를 꽉 채워 산 덕에 쿠폰을 받았을 때와 비슷한 기분이었다.

"잘 먹을게요."

다이마싱이 밥을 한 술 크게 뜨며 말했다.

제니는 살짝 미소 지으며 다이마싱에게 달걀찜을 조금 떠주었다. 다소 조용한 저녁 식사 자리였다. 둘은 마치 오래된 사이 같기도, 또 그리 깊지 않은 사이 같기도 했다. 게다가 누군가와 함께 앉아 밥을 먹는 일 자체가 오랜만이기도 했다. 이 식사는 어색한 합석에 가까울까, 아니면 수줍은 첫사랑에 가까울까? 두 사람 모두 딱 잘라 말하기가 어려웠다.

그날 밤, 경비실의 커다란 가죽 의자에 앉은 다이마싱은 허리를 꼿꼿이 세우고 마스크를 제대로 쓰자고 스스로에게 몇 번이고 되뇌었다. 빌딩에 들어서는 모든 사람에게 인사를 건네고, 체온 측정과 손 소독을 할 수 있도록 깍듯하게 안내했다. 사람들 대부분은 그를 본체만체 했지만, 개중에는 고개를 끄덕이며 인사하는 사모님도 한두 명 있었다. 그럴 때면 다이마싱은 얼른 자리에서 일어나 엘리베이터 버튼을 대신 눌러주면서 "장 보셨어요?", "저녁 준비하세요?" 같은 말들을 한두 마디 붙여보기도 했다.

"코로나 확진자 수가 오늘 2,512명을 기록하며 또다시 역대 최고치를 경신했습니다. 그중 콰이충 가공 아파트의 가헤이 동은 봉쇄 이틀째를 맞았습니다. 이곳에 사는 주민 찬 모 씨는 기자와의 통화에서 '회사에 사정을 설명했으나, 사측은 계속 출근하지 못할 경우 다른 사람으로 대체할 수밖에 없다'는 통보를 받았다고 전했습니다. 찬 모 씨는 수차례 검사에서 모두 음성 판정을 받았는데, 왜 확진자와 함께 격리되어야 하는지 모르겠다면서 당장 생계가 걱정이라고 한탄했습니다. 덧붙여 홍콩인들이 겪고 있는 밥벌이의 고충을 정부가 헤아리고, 밖으로 나가 일할 수 있게 해달라고 호소했습니다. 다음 뉴스입니다……."

다이마싱은 라디오를 꺼버렸다. 지난 2년간, '다음 뉴스'랄 게 있었던가. 오로지 코로나, 코로나, 코로나로 도배가 되어 이제는 무감각해질 지경이었다. 찬 모 씨라는 사람은 아마도 이웃이겠지? 몇 호에 사는 사람일까? 우리 집이랑 가까울까? 다이마싱은 생각에 잠겼다. 공공 임대 아파트에 당첨되었을 때만 해도 모두가 축하해 주었다. 하지만 이제 사람들은 공공 임대 아파트에서, 그리고 이 도시에서 탈출해 정상적으로 출근해서 일할 수 있는 곳으로 가고 싶어 한다. 전염병이 돌든 안 돌든 어쨌든 사람은 밥을 먹어야 하고, 밥을 먹으려면 일을 해야 하는 것이다. '천둥의 신도 밥을 먹는 자에게는 벼락을 내리지 않는다'고 했다. 밥벌이를 한다는 건, 죽고 싶지 않다는 뜻이다. 그런 사람에게는 천둥의 신마저도 경외심을 느낀다. 생각이 거기까지 미치자, 다이마싱은 자진해서 빗자루를 들고 엘리베이터 로비에 떨어진 휴지 조각들을 쓸었다. 그러고는 알코올이 든 분무기를 가져다 엘리베이터 버튼과 공중에 힘껏 뿌려댔다.

제니는 일을 시작했을까? 손님들에게 손부터 씻어야 한다고 말했으려나? 지금 이 시각, 제니가 벽지를 새로 바르고 있다는 것을 다이마싱은 전혀 알지 못했다. 제니는 문득 벽 모퉁이에 핀 곰팡이가 거슬렸다. 상하이 스트리트에 있는 인테리어 가게로 달려가 자투리 벽지를 사다가 직접 팔을 걷어붙였다. 집주인이 이런 사소한 일까지 신경 써줄 리 없을뿐더러 제니도 굳이 집주인과 입씨름하고 싶지 않았다. 어차피 손님도 없으니, 시간이나 때우자는 심산이었다.

학창 시절, 제니는 미술 시간을 좋아했다. 그림 그리기든 만들기든 어려울 게 없었다. 미술 선생님은 유일하게 제니를 칭찬해준 선생님이었고, 유일하게 제니에게 진실을 말해준 어른이기도 했다.

"손재주 하나 좋은 걸로는 부족하단다. 이 사회에서는 국·영·수 성적이 미술보다 훨씬 중요하거든."

그러므로 제니는 손으로 무언가를 만드는 일로 자신과 가족을 부양할 생각은 애초부터 하지 않았다. 중학교 3학년, 제니의 한계는 거기까지였다. 마트 계산대 업무도 해보고 택배 일도 해봤지만, 결국 가장 오래 한 일은 성 노동자 노릇이었다. 남의 밑에서 하는 일은 아무리 잘해봤자 결국 남이 시키는 대로 따르는 게 전부지만, 내 집에서 독자적으로 하는 지금의 일은 개인영업이므로 누구에게도 간섭받지 않았다. 이 도시에는 별의별 사람이 다 있었다. 일만 치르고 도망가 버리는 놈부터 하다 말고 주식 시세 확인하는 놈, 제대로 안 선다고 제니에게 욕을 퍼붓는 놈, 뜻대로 안 되자 제니에게 신세 한탄을 늘어놓는 놈까지…… 그렇게 수년간 손님을 상대하며 경험을 쌓는 동안, 제니 스스로 감당할 수 있는 일들 또한 많아져 갔다. 지난 2년, 경기는 참담했다. 꽤 많은 동료들이 일찌감치 단기 아르바이트를 시작하거나 아무 남자를 만나 시집을 가기도 했다. 오로지 제니만 버티고 있었는데, 그 비결은 바로 '경영'에 있었다. 도박과 마약은 끝없는 수렁으로 빠지는 길이며, 저축과 투자가 무엇보다 중요하다는 사실을 제니는 일찍부터 알고 있었다. 지금처럼 한가한 날을 틈타 수리할 곳은 수리하고 외관과 위생을 가꾸는 것 또한 일에 대한 존중이었다. 팬데믹이 끝나고 나면, 좋은 시절을 맞이할 준비가 온전히 되어 있도록.

사실 거창하게 생각하고 시작한 건 아니었다. 손으로 무언가를 만들 때면, 마음이 평온해지곤 했다. 아이보리색 바탕에 연분홍빛 장미가 그려진 벽지를 다 바르고 나니, 싸구려 임대 아파트에 제법 고풍스러운 분위기가 더해진 느낌이었다. 제니는 이마의 땀을 꾹꾹 눌러 닦으며 흡족한 표정을 지었다.

팬데믹이 오기 전에는 밤에 일할 체력을 아껴두기 위해 평일 오후면 보통 낮잠을 잤다. 그러나 이제는 밤이 한가해졌으니 낮에는 그저 눈만 멀뚱히 뜨고 앉아 있어야 했다. 거실 소파에서 다이마싱이 천둥같이 코를 골며 자고 있었으므로 제니는 할 수 없이 이어폰을 끼고 더빙판 한국 드라마를 봤다.

휴대폰에서 알림음이 들렸다. 산산이 보낸 문자 메시지였다.

— 백신 맞았어?

대뜸 첫 마디가 이렇게 왔다.

— 밥 먹었어?

제니가 답장을 보냈다.

— ???

— 옛날엔 밥 먹었냐는 게 인사였는데, 이젠 백신 이야기로 바뀌었네.

— 누가 한가하게 안부 묻고 있니? 진짜 백신 맞았냐고 묻는 거야.

상사에게 희롱당하던 드라마 속 여자 주인공이 혼자 방에서 흐느끼고 있는 그때, 남자 주인공이 바깥에서 달려오고 있었다.

— 손님도 없는데 뭐 하러 맞아?

— 맞아야 손님이 오지.

— 쳇! 그럼 손님이 맞았는지 안 맞았는지 나는 어떻게 알아?

남자 주인공이 세상이 떠나가라 시끄럽게 문을 두드려댔다. 초인종은 뒀다 뭐한데?

— 장사 안 돼서 죽겠어. 문 앞에다 붙여놓게 네가 글씨 좀 써주라.

제니는 이 바닥에서 글씨를 꽤 정갈하게 쓰는 사람으로 통했다. 템플 스트리트 곳곳에 붙은 '18세 미녀', '300홍콩달러 풀코스', '요염한 유부녀' 같은 문구 중 제니의 필체가 꽤 있었다.

— '3차까지 접종 완료, 원하는 건 다 해드림' 어때?

— 너 정말 이럴래? 상도덕은 지켜야지.

여자 주인공이 문을 열었다.

— 3개월째 손님 구경도 못 했어, 월세 낼 돈도 없게 생겼단 말이야.

"내…… 내가 너무 더러운 여자가 된 것 같아……."

여자 주인공이 울며 이야기한다.

— ???

— 알았다, 알았어.

제니가 대충 답장을 보냈다. 남자 주인공이 여자 주인공을 끌어안고는 달래주고 있었다.

— 그럼 지금 갈게.

이제야 드라마에 집중 좀 하나 싶었는데, 그 순간 제니는 돌연 정신이 들었다. 다이마싱이 있잖아! 산산한테 들켜선 안 돼! 이 귀한 돈줄을 함부로 공개할 순 없었다. 산산과 그 정도로 막역한 사이도 아니었다.

제니가 다이마싱에게 고개를 돌리니, 그는 세상모르고 잠에 빠져 있었다. 이어폰을 빼고 달려가 다이마싱을 흔들어 깨웠다.

"싱 오빠! 싱 오빠!"

"어?"

코 골던 소리가 뚝 그치자, 방이 돌연 고요해졌다.

"내 방 들어가서 자요."

제니가 다이마싱의 이불을 챙겨 들었다.

"내 침대에서 자라고요."

뭐지, 특별 보너스인가? 잠자리는 안 된다고 했던 것 같은데? 다이마싱은 정신이 번쩍 들었다.

과거에도 누워본 적 있는 커다란 침대에서 다이마싱은 불현듯 생경한 기분에 빠졌다. 지난날, 약간의 취기와 함께 이곳을 찾았을 때는 한없이 커다랗게만 느껴지던 침대였다. 한 남자로서 마치 교룡처럼 뒹굴며 헤엄치던 바다였다. 그러나 분홍색의 무드 등과 부드러운 육체가 사라진 이곳은 그저 평범한 침대일 뿐이었다. 싱글 침대보다 약간 클 뿐, 두 사람이 나란히 눕기에는 비좁아 보였다. 침대 시트는 약간 낡았지만, 그래서 오히려 더 편안했고 은은한 세제 향도 끼쳐왔다. 베개에서는 제니의 냄새가 났다. 향수도, 화장품 냄새도 아닌 오로지 피부에서만 맡을 수 있는 따듯하고도 약간은 혼탁한 냄새였다. 그 향기 속에서 지난날들이 하나둘 떠오르자, 마치 수수께끼가 한 꺼풀씩 벗겨지는 기분이었다. 당시 일을 치르고 나면, 제니는 언제나 곧장 일어나 샤워를 했다. 한 번도 그와 함께 잠든 적이 없었다. 그러고 보니 그때는 제니가 차를 내준 적이 없었다. 그때 다이마싱은 돈만 내려놓고 밖으로 나섰을 뿐, 제니에게 안부를 묻거나 간식거리 등을 사다 준 적이 없었다…… 두 사람의 관계는 그저 물건과 돈을 맞바꾸면 그만인 단순한 거래 관계였다.

그러나 전염병이 창궐한 이 오후, 제니는 다이마싱에게 자신의 침대를 내준 것이다. 바깥에서 또 다른 여자의 목소리가 들려왔다. 얼핏 '백신'이라든가 '휴대폰 스캔' 같은 단어들이 들렸다. 혹시 내가 여기 숨은 걸 알고 누가 신고라도 한 걸까? 다이마싱은 귀를 쫑긋 세웠다. 하지만 "걱정하지 마", "긴장 좀 풀어", "괜찮아" 하면서 상대를 달래는 동시에 무언가를 숨겨주려는 듯한 제니의 목소리만 들려왔다. 순간 다이마싱의 마음에 감동이 밀려왔다. 제니, 확진자가 2만 명을 넘어서면 내 진심을 너에게 조금이라도 보여줄 수 있을까. 어쩌면 너도 내게 조금은 마음을 열어줄지도 몰라…….

제니가 산산을 보내고 돌아왔을 때, 다이마싱은 어느새 침대에서 다시 잠들어 있었다. 제니는 다이마싱을 물끄러미 바라보았다. 남자가 자는 모습이라면 그간 지겹도록 봐왔다. 키가 크든 작든, 뚱뚱하든 말랐든, 음흉하든 점잖든 상관없이 잠든 그들의 얼굴에는 피로가 가득했다. 이 도시에서 산다는 건, 녹록지 않은 일일 테니까. 오후 3시, 햇살 아래서 다이마싱의 얼굴은 더더욱 고단해 보였다. 수면 부족 탓인지 양 볼에는 기미가 올라와 있고, 흡연자라 그런지 모공이 유독 커 보였다. 그럼에도 제니는 어디서든 잠을 잘 자는 다이마싱이 대단하기만 했다.

휴대폰으로 메시지가 왔다. 오늘로써 확진자는 3,200명. 정부와 대기업은 백신을 맞아야만 출근할 수 있으며, 쇼핑몰 출입 시에는 접종 증명서를 확인한다고 했다. 제니는 창밖을 바라보았다. 건물 아래 채소 노점상이 장사를 시작했다. 마트 손님들까지 몰려와 싹쓸이해 가기 전에 얼른 내려가 장을 보기로 했다. 아니나 다를까, 채솟값은 어제보다 또 올랐고, 사람들 또한 몰려들었다. 장을 다 본 제니는 바로 옆에서 꽃을 팔다 말고 꾸벅꾸벅 졸고 있는 할머니가 눈에 들어왔다. 10홍콩달러짜리 지폐 한 장을 살며시 내려놓고, 백란이 든 작은 봉지 두 개를 챙겼다. 비록 다이마싱과 아는 사이이긴 해도, 이 집에 들어온 이상 손님 대접은 해 줘야겠다는 생각이 들었다. 마침 백란 향기는 제니도 좋아하는 향이었다.

"콰이충 가공 아파트 가헤이 동은 봉쇄 사흘째에 접어들었습니다. 주민의 3분의 2가 강제 검사를 시행한 결과, 총 150명이 양성 판정을 받았고 그중 다섯 명은 재확진자로 밝혀졌습니다. 봉쇄 기간, 정부 요원이 마흔다섯 가구를 방문했으나 그중 다섯 가구는 응답이 없었습니다. 이에 당국은 부재중인 주민들을 상대로 문 앞에 부착된 안내문을 확인하는 즉시 신속하게 연락을 취하고 검사받을 것을 당부했습니다. 한편, 한 주민이 직접 촬영해 제보한 사진에 따르면 엘리베이터 로비의 쓰레기 수거함이 쓰레기로 가득 차 있고, 청소부가 수거해 가지 못한 쓰레기들로 인해 위생 상태가 미흡한 것으로 전해지고 있습니다……."

다이마싱은 라디오를 끄고서 데스크를 한 번 쓸었다. 교대하러 나온 동료에게 눈인사를 하고 빌딩을 나서는데, 그제야 긴 한숨이 나왔다. 평소 남들 앞에서는 좀처럼 한숨 쉬는 일이 없었다. 지금껏 한숨을 쉬면 복이 달아나는 줄 알았는데, 이제는 그저 맥이 탁 풀릴 뿐이었다. 이따가 고모를 만나면, 그 앞에서는 땅이 꺼져라 한숨을 내쉬어서는 안 될 것이다.

고모는 홍콩에 있는 유일한 혈육이었다. 그렇다고 둘 사이가 친밀하지는 않았다. 작년에 사촌 형이 이민을 가면서 다이마싱에게 전화해 고모를 자주 찾아봐 달라고 당부했었다. 다이마싱은 그 말을 한 귀로 듣고 흘려버렸다. 친아들도 떠나는 마당에 조카가 뭘 할 수 있단 말인가? 기껏해야 예전처럼 설날이 되면 양로원에 한 번 들르는 게 다였다. 그러던 와중에 어젯밤 문득 다이마싱은 고모 생각이 났다. 백신을 맞아야 한다는 걸 알고는 계실까? 옆에서 챙겨준 사람이 있을까?

어젯밤 제니에게 들은 말로는 산산이 양로원에 있는 어머니에게 백신 접종을 설득하다 실패해 골머리를 앓고 있다고 했다.

"어떻게 하면 좋을까요?"

다이마싱은 제니가 율무와 연밥 등 약재를 넣고 끓인 건강식을 홀짝이며 물었다.

"여든도 넘으셨잖아요. 하고 싶은 대로 하시게 둬야죠."

제니가 말을 이었다.

"만약 나라면 차라리 코로나에 걸려서 빨리 죽고 말겠어요. 허구한 날 양로원에 갇혀서 햇빛 한 번 못 보고 사느니."

다이마싱은 길목의 과일 노점상에서 오렌지 몇 개를 산 뒤, 양로원으로 가는 미니버스에 서둘러 올라탔다.

"사정 한 번만 봐주시면 안 됩니까?"

다이마싱이 직원에게 사정하듯 말했다.

"딱 두 마디만 하고 과일만 놓고 온다니까요."

"안 됩니다. 정부 규정이라서요."

직원은 문을 겨우 조금만 열어둔 채 대꾸했다. 문틈 사이로 페이스 쉴드 마스크가 반쯤 보였다.

"이 시국에 감히 어떻게 규정을 어깁니까? 지금은 방역이 최우

선이라고요!"

"무슨 소리하시는 거예요? 제가 지금 방역을 못 하게 한답니까?"

직원의 말투에 다이마싱은 울컥 화가 치밀었다.

"전 그냥 고모가 백신을 맞을지 안 맞을지 확인하러 온 건데, 내가 지금 방역을 방해한다는 거예요, 뭐예요?"

"어쨌든 안 됩니다!"

직원의 목소리가 마스크와 페이스 쉴드 마스크 너머로 날아왔다. 마치 저공비행 중인 폭격기처럼.

"정부에서 양로원은 면회 금지라는데, 어떻게 규정을 어깁니까? 우리는 그 책임 못 집니다!"

페이스 쉴드 마스크에서 번쩍하고 빛이 반사되자, 다이마싱은 저도 모르게 움찔하며 물러섰다. 그러자 '쾅' 소리와 함께 문이 닫혔다. 다이마싱은 '퉤' 하고 헛침을 뱉었지만, 그 입김은 고스란히 마스크 안을 맴돌았다. 잠시 고민하던 그는 하는 수 없이 양로원 문밖에서 고모에게 전화를 걸었다.

"고모!"

다이마싱은 전화기에 대고 크게 소리를 쳤다. 고모는 이미 아흔을 넘긴지라 귀가 잘 들리지 않았다.

"아싱이냐!"

고모는 다이마싱의 말에 "그래, 그래." 하고 대답했지만, 그의 말을 제대로 알아듣고 있는 건지 확신할 수 없었다.

"고모, 주사 맞으셨어요?"

다이마싱이 재차 물었다.

"누가 주사 놔줬냐고요."

"주스? 귤 주스? 좋지, 좋아."

"아니, 귤 주스가 아니라."

다이마싱은 곧 숨이 넘어갈 것만 같았다.

"주사 맞으셨냐고요!"

"주식? 돈 한 푼 없는데, 뭔 주식?"

고모가 수화기 너머에서 어린아이처럼 킬킬거리며 웃었다.

고모에게 치매가 온 건 아닐까? 다이마싱은 고모를 자주 찾아 뵙지 못한 게 얼마간 후회스러웠다.

아무런 수확 없는 불통이 한바탕 오간 뒤, 다이마싱은 어쩔 수 없이 전화를 끊었다. 유일한 수확이라면, 고모가 여전히 살아 계신다는 사실과 목소리에서 아직은 활기가 느껴진다는 걸 확인한 것뿐이었다. 다이마싱은 왠지 심란한 마음에 주머니에서 담배를 꺼냈다. 그러다 거리 끝에서 이쪽으로 걸어오는 경찰 두 명을 보고는 도로 집어넣었다.

봉쇄는 어느새 사흘째를 지났고 다이마싱은 마침 휴무였다. 한숨 자고 일어나니 어느덧 날이 저물어 있었다. 그때, 제니가 집으로 들어왔다.

"싱 오빠, 일어났네요?"

제니는 손에 채소가 든 봉지를 몇 개 들고 있었다. 신문과 작은 비닐봉지 하나를 식탁에 올려놓더니 돌아서서 주방으로 들어갔다. 다이마싱은 봉지 안을 슬쩍 들여다보았다. 파인애플 번 하나와 칵테일 번 하나가 들어 있었다.

"일어나면 배고플 것 같아서 빵 좀 샀어요. 커피는 금방 타줄
게요."

냉장고 앞에 쪼그리고 앉은 제니를 다이마싱은 물끄러미 바라
보았다. 발 옆에는 식재료 봉지들이 주르륵 놓여 있고, 하나로 묶
어 올린 긴 곱슬머리가 외투 위로 늘어져 있었다. 화장기 없는 얼
굴에는 문신한 눈썹 두 줄만이 연하게 푸른 빛을 띠고 있었다. 솔
직히 밤에 손님을 받기는 했을까? 내가 자는 이 소파에 앉았다
간 남자가 있었을까? 그러다 다이마싱은 불현듯 그런 생각을 하
는 자신에게 깜짝 놀랐다. 제니가 하는 일이 자신과 무슨 상관이
란 말인가?

"나 오늘 밤은 휴무예요."

다이마싱이 입을 열었다.

"우리…… 우리 밖에 나가서 좀 걸을래요? 어때요?"

제니가 고개를 돌려 그를 가만히 쳐다봤다. 러닝셔츠와 헐렁한
사각팬티 차림에 발에는 쪼리를 신고 있었다. 제니는 스스로에게
되뇌었다. 이 남자도 다른 남자들과 다를 바 없을 거라고. 남자
들은 대개 심성이 나빠서라기보다 그저 예고 없이 불쑥 선의를
베푸는 자들이었다. 단지 그 선의가 대부분 오래 지속되지 못할
뿐이었다.

"지금은 나가봤자 불편할 텐데."

제니가 냉장고 문을 닫으며 대답했다.

"저녁에는 식당도 홀 영업 안 하고, 다른 데 가려고 해도 문 연
곳은 전부 백신 확인에 앱도 찍어야 하고, 체온도 재잖아요."

다이마싱은 순간 헷갈렸다. 그래서 제니는 지금 자신의 데이트

신청을 받아들이는 걸까, 거절하는 걸까.

"그래도 오빠가 모처럼 기분 좀 내자고 하니 나가죠, 뭐."

제니가 벌떡 일어나 옷을 갈아입으러 방으로 들어갔다. 다이마싱의 곁을 지나쳐 갈 때는 그에게 살짝 미소를 보였다. 어쩌면 직업적인 습관일지도 모르지만.

그날 밤의 휴가는 두 사람의 생각과 달리 거대한 시험과도 같았다.

다이마싱은 여자와의 야외 데이트가 몹시 오랜만이었다. 수십 년 전 그의 기억 속에 기록된 이성 간의 데이트란, 으레 남자가 리드해야 하는 것이었다. 그래서 그는 제니를 데리고 호기롭게 영화관으로 향했지만, 방역 수칙으로 영화관도 영업 정지라는 사실을 그곳에 도착하고서야 알았다.

"아이고."

제니가 한숨을 내쉬었다.

"영화 못 본 지 진짜 오래됐는데, 너무 아쉽네."

제니의 실망스러운 마음은 진심이었다. 직업 특성상 다이마싱도, 제니도 별의별 다양한 사람들을 만나왔지만, 언제나 딱 거기까지였다. 평소 사적인 활동이라곤 거의 없는 탓에 코로나로 영화관이 영업을 중단했다는 사실도 까맣게 모르고 있었다.

"그러면…… 노래방도 안 되겠네요."

"웬 노래방이에요? 요즘 유행하는 노래가 뭔지 하나도 모르는데."

제니가 웃었다.

다이마싱은 머리를 긁적였다. 그래도 데이트 코스를 책임지는 건 자기 몫이라는 생각이 컸다.

"일단 밥 먼저 먹을까요?"

"저녁때는 홀 영업이 금지라니까요."

"그럼…… 우리 뭐 하죠?"

"서두를 필요 뭐 있어요?"

제니가 다이마싱의 팔짱을 끼며 말했다.

"남는 게 시간인데. 차라리 걸으면서 생각해 봐요, 어때요?"

다이마싱은 약간 쑥스러웠다. 제니는 여자친구도 아니고 아내
는 더더욱 아닌데, 지인이라도 마주치면 뭐라고 설명해야 할까?
그럼에도 역시나 제니를 밀어내고 싶지는 않았다. 어찌 되었든 제
니는 그와 외출하기 위해 원피스도 입고 머리도 예쁘게 틀어 올
린 데다가 화장까지 약간 하지 않았던가. 다이마싱은 그 정성을
저버릴 수 없었다.

과거에 제니를 찾아올 때면 늘 템플 스트리트의 야시장을 가
로질렀다. 그때는 양쪽으로 노천 식당이 들어차 있고, 불맛과 사
람들 소리가 뒤섞여 거리가 온통 시끌벅적했다. 이제 노천 식당들
은 모두 문을 닫았다. 냄비 밥과 스파이시 크랩은 28홍콩달러짜
리 길거리 도시락으로 변해 있었다. 불은 여전히 환하게 켜져 있
고 문밖에는 줄을 서서 기다리는 사람들도 있었지만, 다들 마스
크를 쓴 채 물건만 사서 가버리니 예전에 비하면 꽤 조용했다.

"솔직히 저 많은 메뉴를 어떻게 생각해 내는 걸까요?"

다이마싱이 화제를 던졌다.

"열 개를 더 늘린다 한들 뭐가 어렵겠어요. 어차피 다 똑같은
국자에 똑같은 소스 갖고 만드는데."

제니가 대답했다.

말은 그렇게 해도 기름진 냄새가 훅 끼쳐오자 다이마싱은 어쩔 수 없이 배가 고파졌다. 하지만 길거리 도시락은 먹고 싶지 않았다. 평소 질리도록 먹어온 터였다. 오늘 밤만큼은 조금 근사하게 먹고 싶었다.

"그러고 보니 포장 주문하면 20% 할인해 준다던 양식집이 있었는데."

제니는 마치 다이마싱의 머릿속을 꿰뚫고 있는 듯했다.

"저 앞쪽 뒷골목이에요."

제니가 말한 양식집은 알고 보니 카페였다. 가게 이름은 영어로 되어 있었고, 아이보리색 출입문에는 나무로 만든 풍경이 걸려 있었다. 바로 옆에는 작은 화단이 있었는데 드라이플라워가 몇 개 꽂혀 있었다. 유리문 너머로 새어 나오는 연노란 불빛은 조금만 말소리를 높이면 쨍그랑 깨져버릴 듯했다. 다이마싱과 제니는 문 앞에 서서 이런 가게는 템플 스트리트에 정말 안 어울린다고, 게다가 자신들은 더더욱 안 어울린다고 생각했다.

다이마싱이 조심스레 문을 밀고 들어갔다. 손님 하나 없는 가게 안에는 젊은 청년 둘뿐이었는데, 한 명은 바 안에서 일하고 다른 하나는 바닥을 쓸고 있었다. 카페에 있던 두 사람과 카페로 들어온 두 사람이 잠시 서로를 말없이 쳐다보았다.

"포장하시려고요?"

바닥을 쓸던 청년이 물었다.

"음…… 네."

다이마싱이 대답했다.

"어떤 걸로 드릴까요?"

청년이 빗자루를 잘 세워두었다.

"음…… 뭐가 있나요?"

"저희 가게 수제 파스타랑 수제 커피, 그리고 수제 맥주, 이렇게 드셔 보시는 건 어떠세요?"

응? 다이마싱은 또 멍해졌다.

"추천 좀 해주세요. 우리가 처음이라."

제니가 나서자 청년은 몇 가지 메뉴 이름을 불러주었다.

"나는 다 괜찮은 것 같은데, 그냥 알아서 달라고 하죠."

제니가 다이마싱을 돌아보며 말했다. 사실 제니도 그 이탈리아 음식 이름들을 알아들을 수가 없었다.

다소 값이 나가는 파스타 두 개와 맥주 두 병을 들고, 다이마싱과 제니는 틴하우 사원 반얀트리 광장으로 가서 자리를 잡고 앉았다. 음식 맛은 괜찮았다. 인적이 드물어서인지 나무 그늘 아래로 불어오는 바람 또한 제법 시원했다. 두 사람의 머리 위에는 자형화가 흐드러지게 피어 있었는데, 어두운 와중에도 분홍빛을 마음껏 뽐냈다. 다이마싱은 고개를 들어 '꺽' 트림을 했다. 꽃향기가 훅 끼쳐오는 걸 보니, 어느새 봄이 왔다.

"원래 여기에 광둥 오페라 부르는 사람이 있었는데."

"지난달에 고향으로 내려갔대요."

"아."

"배는 불러요? 소 내장 같은 거라도 더 사 올까요?"

"괜찮아요, 배불러요."

띄엄띄엄 이어지던 두 사람의 대화는 이야깃거리가 점점 줄어

들었다. 육체적 관계도 없고 돈 쓸 만한 곳도 없었다. 그렇다고 살림 걱정을 함께하는 사이도 아니다 보니, 두 사람에게 이 밤은 아주 길고도 긴 시간이었다. 하지만 제니의 말처럼 둘에게 남는 거라곤 시간뿐이었다. 자동차들이 빨간색과 하얀색 헤드라이트를 반짝이며 한 대씩 교차로를 지나갔다. 길목의 노점들이 장사를 하고 있었지만 관광객은커녕 행인은 손에 꼽을 정도였다. 그럼에도 삶은 멈추지 않고 흘러가고 있었다. 정체를 알 수 없는 온갖 잡화들과 장난감, 옷가지들이 백색 전등 아래서 유독 촌스럽게 번쩍거렸다. 마치 자신들이 이곳에 있다는 것을 악착같이 세상에 알리려는 것처럼. 한 노인이 비닐봉지를 손에 들고 지나갔다. 홍콩의 할아버지들은 유독 저 붉은색 비닐봉지를 좋아한다. 그 안에는 언제나 지갑과 노인용 휴대폰, 그리고 구겨진 근심덩어리가 들어 있다. 다이마싱은 빛을 등지고 있어 노인의 얼굴을 제대로 볼 수 없었지만, 불현듯 자신의 미래를 보는 듯한 기분에 휩싸였다.

"점 보고 싶어요."

갑자기 제니가 입을 열었다.

다이마싱은 맥주를 마시며 제니를 바라보았다.

"좀 미련 맞나? 이 나이에."

밤공기 속에서 제니가 미소를 지었다.

다이마싱은 잠시 생각하다 입을 열었다.

"이 나이니까 미련도 한 번 떨어보는 거죠, 지금 아니면 또 언제 해보겠어요."

내 입에서 이렇게 현명한 대답이 나오다니, 다이마싱 자신도 깜짝 놀랐다. 그 비싼 파스타가 효과를 발휘한 모양이었다.

반얀트리 광장의 노상 점집은 팬데믹으로 줄어들기는커녕 오히려 몇 군데가 더 생긴 듯했다. 하긴, 운수가 좋을 때는 누가 점 볼 생각을 하겠는가. 지금 제니 눈앞에 보이는 곳만 해도 손금부터 관상, 사주팔자, 자미두수, 별자리 점성술, 타로 그리고 수정 구슬까지 다양했다. 제니는 '남자가 일자손금이면 재물을 손에 쥐고 여자가 일자손금이면 남의 집에 보내 키운다'라느니, '눈매가 수려하고 눈동자에 붉은 기가 돌며, 눈이 둥글고 복숭아꽃 같아 이성을 홀릴 상이다'라는 식의 뻔한 이야기들은 이제 지겨웠다. 마침 바로 앞에 타로 점집이 보였다. 안에는 머리에 두건을 쓰고 커다란 프릴 장식이 달린 옷깃과 찰랑거리는 귀걸이가 꽤 세련돼 보이는 여자가 앉아 있었다. 제니는 그 여자 앞에 자리를 잡고 앉았다.

"뭐가 궁금하세요?"

여자가 물었다. 가까이서 보니 나이가 꽤 있어 보였다. 길쭉한 눈에 눈두덩이는 약간 부었는데, 입은 마스크에 가려져 보이지 않았다.

"음……."

제니는 막상 뭘 물어봐야 할지 떠오르지 않았다.

"그냥 저에 대해서?"

여자는 타로 카드를 섞은 뒤 부채꼴 모양으로 촤르르 펼치고서 제니에게 한 장을 뽑으라고 했다.

"생각하지 말고 직감으로 한 장 뽑아요. 타로가 마음의 소리를 들려줄 거예요.”

제니는 웃음이 나오려고 하는 걸 꾹 참고서 아무 카드나 한 장 뽑았다. 여자가 카드를 뒤집었다.

“Lovers, 연인 카드네요.”

제니는 자신도 모르게 고개를 돌려 다이마싱을 힐끗 쳐다보았다. 다이마싱은 마스크를 턱 밑으로 내린 채, 저만치 쓰레기통 앞에서 담배를 피우고 있었다. 이쪽 대화는 안 들리는 눈치였다.

“무슨 뜻인데요?”

“연인 카드라고 하면 대부분 연애랑 관련 있을 거라고 생각하시는데, 사실 꼭 그렇지만은 않아요.”

여자가 손가락 끝으로 카드를 쓱 훑으며 말을 이었다.

“연인 카드는 동맹이나 협력 관계를 뜻하기도 하거든요.”

제니는 연인 카드를 손에 들고 자세히 들여다보았다.

“여기 벌거벗은 남녀가 각각 떨어져서 서 있죠.”

여자가 카드 속 그림을 설명해 주었다.

“그만큼 서로에게 솔직하지만, 그렇다고 아주 친밀하거나 다정한 사이는 아니에요. 그리고 하늘에서 천사가 두 사람을 내려다보고 있죠.”

“아…….”

“조만간 중요한 선택을 하게 되실 거예요.”

여자가 제니의 눈을 빤히 쳐다보았다.

“이성과 감정 사이에서 균형을 잘 잡으셔야 해요.”

봄바람이 불어왔다. 약간의 쓰레기 냄새가 함께 실려 온 탓에 제니는 현실을 자각했다. 자리에서 일어나 “감사합니다”라고 인사한 뒤, 돈을 지불하고 그곳에서 나왔다.

"가요, 내가 디저트 살게요."

제니가 다이마싱에게 다가가 말했다.

"포장해서 집으로 가져가서 먹어요."

두 사람은 디저트 가게인 응오게이[1]에 도착했다. 제니는 자자와 렁판[2], 그리고 지마퉁윈[3]까지 단숨에 주문했다. 다이마싱은 어쩐지 제니가 점을 보고 난 뒤 기분이 좋아진 것 같다는 느낌이 들었다.

집으로 돌아온 다이마싱과 제니는 디저트를 먹고 샤워한 뒤, '잘 자요'라는 인사를 나누고서 각자 잠자리에 들었다. 상상했던 것처럼 애틋하고 진한 로맨스는 없었다. 제니에게는 남자와 간식을 함께 먹는 것이 잠자리를 갖는 것보다 훨씬 로맨틱한 일이었다. 한편 다이마싱은 오늘 밤 자신의 모습에 적잖이 놀란 상태였다. 세련되고 품위 넘치는 것까지는 아니어도, 이만하면 꽤 점잖고 매너 있는 모습이었다. 그런 자각 때문인지 그는 디저트를 먹자마자 자발적으로 설거지까지 했다. 욕실에서 하품하며 나오는 제니를 보고는 먼저 잘 자라고 인사도 건넸다. 자신이 이토록 세심할 수 있음을, 남의 기분을 헤아릴 줄 아는 사람임을 난생처음

---

1 풀네임은 '응오게이자자(鵝記渣咋)'. 템플 스트리트에 위치한 유서 깊은 디저트 가게로 팥, 강낭콩, 녹두 등 다양한 재료를 푹 삶고 그 위에 코코넛 밀크를 부어 먹는 단팥죽 '자자(渣咋)'가 대표 메뉴다.
2 선초 잎과 녹말로 만든 젤리로 '그라스 젤리'라고도 부른다. 몸의 열기를 식혀주는 홍콩의 여름철 대표 간식이다.
3 검은깨 소를 넣은 찹쌀 경단을 따뜻한 국물에 띄워 먹는 디저트

깨달은 기분이었다. 소파에 누웠지만 다이마싱은 잠이 오지 않았다. 몸을 뒤척이는데, 문득 창가에 널어둔 자신의 팬티와 제니의 팬티가 살랑살랑 흔들리는 게 보였다. 그 움직임 사이로 둥그렇게 뜬 달빛이 나타났다가 사라지기를 반복하고 있었다. 마치 이 속세를 뚫고 들어와 미소 지으며 미약한 인간들을 내려다보려는 듯이. 아까 봄바람을 따라 제니와 타로 점쟁이의 대화가 어렴풋이 그의 귓가로 날아왔었다. 타로점이 용한지는 모르겠으나, '어디서나 천지신명이 지켜보고 있다'고 하지 않던가. 천사가 됐든 관음보살이 됐든 뭔가 있긴 할 것이다. 이제껏 다이마싱은 그 말이 양심에 거리끼는 일을 하지 말라는 뜻인 줄만 알았는데, 이제 보니 '운명은 정해져 있다'는 뜻도 담겨 있는 것 같았다. 팬데믹이 아니었다면, 봉쇄가 아니었다면, 그가 제니의 집에 올 수 있었을까? 자신도 누군가를 돌볼 줄 알고, 또 누군가에게 돌봄을 받는 존재일 수도 있다는 걸 깨달을 기회가 있었을까?

팬데믹 전까지 다이마싱은 그저 이기적인 남자였고, 제니 역시 이기적인 여자였다. 그러나 이 혼란한 시대에 개인주의자가 설 곳은 없었다. 이 시대가 품을 수 있는 건 그저 평범한 남녀 한 쌍이었을 뿐.

"가공 아파트 가헤이 동이 닷새간의 봉쇄 끝에 오늘 오후 봉쇄가 해제됩니다. 주민들은 매우 기뻐하면서, 봉쇄 즉시 출근할 계획이라며 고용주들이 양해해 주었으면 좋겠다는 반응을 보였습니다. 한편 봉쇄 생활에 이미 적응했다는 일부 주민들도 있었습니다. 주민들은 봉쇄 기간 동안 정부가 지급한 통조림과 도시락이 대체로 만족스러웠지만, 신선한 채소도 함께 제공되면 좋겠다는 의견을 내놓기도 했습니다……."

다이마싱이 '풉' 하고 웃음을 터뜨리는 바람에 파인애플 번을 제니 얼굴에 뿜을 뻔했다.

"미안해요."

다이마싱은 얼른 차를 들이켜 빵을 목구멍으로 넘겨버렸다. 제니도 따라 웃었다.

"배불러요? 달걀이라도 부쳐줄까요?

제니가 매니큐어도 칠하지 않은 손가락으로 입가에 묻은 버터를 훔쳐 쓱 핥았다. 저건 유혹의 의미일까, 아니면 그저 알뜰함에서 나온 행동일까? 다이마싱은 깊이 생각하지 않기로 했다.

두 사람 사이에 잠시 침묵이 흘렀다. 다이마싱은 식탁 위에 흩어진 빵 부스러기를 빤히 쳐다보고 있었다. 다음에는 앞접시라도 받치고 먹어야겠네, 그는 생각했다. 그는 알고 있었다. 봉쇄의 날들이 이제 끝났다는 것을. 이 식탁에 앉아 아침을 먹는 날이 언제 또 올까? 그런 생각이 들자 다이마싱은 속에서 신물이 올라오는 기분이었다. 다시 차를 한 모금 마셨다. 티백을 너무 오래 담가둔 탓인지 맛이 씁쓸했다.

"여기는 월세가 한 달에 얼마예요?"

다이마싱이 용기 내어 물었다.

"7,500홍콩달러요. 원래는 8,500이었는데, 반년 동안 일이 너무 안 돼서 집주인한테 월세 안 깎아주면 야반도주할 거라고 했더니 깎아주더라고요."

대답하는 내내 제니의 시선은 텔레비전 뉴스에 고정되어 있었다. 처음에 다이마싱이 당분간 여기서 묵겠다고 했을 때, 제니는 다이마싱 때문에 자신이 영업에 방해받은 것처럼 생각하게 만들려고 애썼다. 하지만 며칠을 함께 지내고 나서는 굳이 숨길 필요가 없다는 걸 알았다. 다이마싱도 바보는 아닐 테니까. 게다가 이처럼 건물이 봉쇄되는 일을 살면서 몇 번이나 겪게 될까? 다음은 또 언제일까? 어쩌면 다음 주일 수도, 또 어쩌면 다시는 오지 않을 수도 있다. 다이마싱이 또 이곳에서 머물게 될 날이 있을까? 그 또한 다음 주일 수도, 또 어쩌면 다시는 오지 않을 수도 있는 일이다.

"월세가 만만치 않네요."

다이마싱이 다시 말을 건넸다.

"이 정도면 뭐."

텔레비전에서는 계속해서 팬데믹 관련 뉴스가 흘러나왔다. 앵커는 봉쇄가 해제되면 정부에서 전복 통조림, 표고버섯, 소시지 등을 담은 복주머니를 아파트 주민들에게 배포할 예정이라고 전했다.

"오빠도 복주머니 받는 거예요?"

제니가 고개를 돌리자, 다이마싱과 눈이 마주쳤다. 순간 공기가 얼어붙었다. 앵커의 목소리가 아득히 멀어지고 있었다. 마치 광활한 초원을 향해 자신과는 무관한 삶의 조각을 늘어놓는 것처럼. 두 사람 사이에 건조한 기운이 스며들었다. 그 건조한 기운을 태워버리기라도 할 것처럼 아침 햇살이 비쳐 들어왔다. 창가에 놓인 시클라멘이 그 초원 한가운데 활짝 피어 있었다.

"아니면 우리 집으로 와서 같이 사는 건 어때요?"

다이마싱은 침을 꿀꺽 삼켰다.

"공공 임대 아파트라 월세가 저렴해요."

제니가 그를 바라보았다.

"월세를 나눠서 내자는 뜻은 아니에요."

다이마싱은 자신이 말실수를 했나 싶어 다급해졌다.

"월세는 내가 낼 건데. 나는…… 그러니까…… 제니 씨 이름을 우리 세대원 명부에 올려서……."

제니가 다이마싱을, 코끝에 맺힌 땀방울을 바라보았다. 감동이었다! 이유야 어떻든 이 나이에 감동을 경험하는 건 흔치 않은 일이다. 그 이유 하나만으로도 제니는 이 고마운 손님을 잊지 못할 것이다. 영원히, 영원히.

"싱 오빠."

제니가 허리를 꼿꼿이 세우고 앉았다.

"지난 며칠 동안 정말 즐거웠어요."

다이마싱은 고개를 떨궜다. 눈앞에 떨어진 파인애플 번의 부스러기가 햇살을 받아 반짝거렸다.

"잘 알겠지만, 저는 혼자 사는 게 익숙해서요."

제니가 신중하게 단어를 골랐다.

"그러니까, 자유롭게 드나드는 삶을 살고 싶거든요. 누군가에게 봉쇄당하지 않고 또 내가 누군가를 봉쇄하지도 않는 그런 삶."

다이마싱은 잠시 생각하다가 고개를 끄덕였다. 그러고는 고개 들어 제니를 바라보며 미소를 지었다.

"이해해요."

다이마싱이 계속 말을 이었다.

"아무리 복주머니를 준다고 해도 봉쇄당하고 싶은 사람은 없 겠죠."

다이마싱은 문득 지난 며칠 사이에 자신이 꽤 똑똑해진 느낌이었다. 이토록 어색한 상황에서 제니의 말을 자연스럽게 받아치다니! 이렇게 대범하고 유머러스한 태도는 자신도 여태껏 상상하지 못한 모습이었다.

"며칠 동안 잘 챙겨줘서 고마워요."

다이마싱이 자리에서 일어나며 진심을 담아 말했다.

"제니 씨가 언제나 즐겁게 살았으면 좋겠어요. 아니, 모든 바이러스로부터 안전하길 바란다고 해야겠네."

"오빠도요."

제니도 자리에서 일어나 손을 내밀었다. 두 사람은 손을 맞잡았다. 마치 거래가 잘 성사되어 만족스러운 사람들처럼.

홍콩의 함락은 두 사람의 우정을 완성시켰다. 이 불가해한 세상 속에서 팬데믹은 원인이었을까, 결과였을까? 그 누구도 알 수 없으리라…… [1] 제니는 이 거창한 방역의 역사 속에서 자신이 어떤 특별한 지점에 놓여 있다고 생각하지 않았다. 그저 방긋 웃으며 다이마싱을 엘리베이터 앞까지 배웅해 주었을 뿐.

문득 스며드는 봄 햇살 속에 전설 같은 이야기는 어디에나 있지만, 이토록 온전한 결말은 드물 것이다. 텔레비전에서는 여전히 소란스러운 뉴스가 와르르 쏟아져 나왔다. 아직 개지 않은 소파

---

[1] 장애령의 소설 《경성지련》의 오마주

의 이불 위로 흘러들었다가 이내 사라져 버리는, 말로 다 할 수 없는 구슬픈 사연들, 굳이 묻지 않는 편이 좋을 그 이야기들이.

작가의 말

'장국영의 작품을 테마로 소설집을 내자'고 오래전부터 생각해 왔다. 처음에는 단순히 어린 시절의 우상을 기리고 싶은 마음이었다. 그러나 세월이 흐르면서 '장국영'이라는 이름은 단지 한 명의 가수, 배우, 연예인, 혹은 스타를 지칭하는 데 그치지 않았고 오히려 수많은 이의 마음속에서 각기 다른 의미로 '홍콩'을 상징하는 존재가 된 듯했다. 한때 누렸던 찬란한 번영과 자유롭고 낭만적이던 분위기, 그리고 주변 지역을 아우르던 발언권과 영향력까지. 이런 연상을 하나로 이어주는 고리가 바로 장국영의 죽음이었다. 그의 죽음은 붕괴나 타락이 아니라 꽃이 지듯 홀연히 찾아왔다. 그런 면에서 이것은 대중이 상상해 온 홍콩의 운명과도 더 잘 맞아떨어졌는지 모른다.

그러나 현실을 보면 홍콩과 홍콩 사람들은 죽지 않았다. 여전히 살아가고 있다. 그런 관점에서 볼 때, 어쩌면 지금의 상황은 장국영의 우울(그리고 우울증)에 더 가까울지도 모른다. 용기를 낼 수 있다면, 우리는 장국영의 아름다움만이 아니라 그의 우울까지 직면해야 한다. 60퍼센트의 인구가 우울 증상을 경험하는 이 도시에서 번영을 좇고 안정을 찬양하는 행위는 이미 그 자체로 가장 거대한 디프레션Depression을 내포하기 때문이다.

우울은 억압에서 비롯된다. 그로부터 문명이 생겨났고, 이성과 광기가 생겨났으며, 문학 또한 탄생했다. 이 책의 제목을 《유심인(마음이 있는 사람)》이라고 붙인 이유는 무릇 '마음心'을 지닌 사람이라면 누구나 온갖 감정과 욕망을 품기 마련이고, 그것은 다시 억압과 표출을 낳기 때문이다. 그렇게 시작된 밀고 당기기는 승패와 상관없이 죽을 때까지 계속된다. 이야기 속에 등장하는 현숙한 부인도, 미치광이 서민도, 심지어 지식인까지도 이 세속적인 욕망에서 자유롭지 않다. 그중에는 솔직하게 드러내는 이도 있고 숨기는 이도 있지만, 결국은 각자의 처지 속에서 자신이 살아갈 길을 찾아간다. 모두가 장국영처럼 전설적인 존재는 될 수 없겠지만, 살아남기 위한 그 길이 아무리 초라하고 굴곡지더라도 그 안에는 그들만의 존엄이 있을 것이다.

이 책에서 가장 먼저 완성된 작품 「많은 걸 바라지 않아(무수요태다無需要太多)」는 2013년에 썼고, 마지막으로 쓴 작품 「연기처럼 흩어져 사라지는(회비연멸灰飛煙滅)」은 2024년에 완성했다. 지난 세월, 나와 내가 몸담은 홍콩은 높이 비상하기도 했고, 깊은 곤경에 처하기도 했다. 인생과 세상사가 본래 그러한 법이니 새삼 놀랄 일은 아닐 것이다. 우울증을 앓고 있는 한 사람으로서 나는 이 책의 집필을 통해 우울증의 결말이 오직 죽음만은 아니라는 것을, 창작의 결실로 이어질 수도 있음을 보여주고 싶었다. 또한 우울로부터 생겨난 온갖 순응과 오기, 반항심 등을 걷어내고, 가장 진실한 나 자신을 마주하고 받아들이고자 했다. 그럴 때야 비로소 영혼은 진정한 자유를 얻을 것이므로.

번역자가 자신이 옮기는 책과 사랑에 빠지면 어떤 일이 일어날까. 원문의 저자를 깊이 애정하게 된다면 또 어떤 풍경이 펼쳐질까. 이 책을 만난 최초의 순간부터 번역을 마치고 원고를 발송하던 마지막 순간까지, 이 단편집과 저자를 향해 차곡차곡 쌓여가던 애정을 주체할 수 없었음을 먼저 고백한다. 그간 작업해 온 역서 중 저자의 세계에 가장 깊이 공명했던 책이라는 것과, 완벽하지는 않더라도 저자가 지닌 결을 최대한 가깝게 담아내려 노력했다는 점 또한 밝힌다. 이는 역자라는 사명감 이전에 이 소설과 저자를 먼저 접한 최초의 독자로서 느낀 순수한 애정에서 비롯된 결과다.

홍콩 작가 정원만은 1970년대 홍콩에서 태어났다. 오랫동안 교사와 글쓰기를 병행하며 주로 시장이나 공공주택 같은 생활 현장을 배경으로 평범한 이들의 삶을 그려왔다. 하지만 현실을 적나라하게 드러내지는 않는다. 일상의 결을 집요하게 포착하되, 절제된 서사 속에 섬세한 문장을 채워 넣는 식이다. 《유심인》은 정원만 작가의 작품 중 한국에 처음 소개되는 책이다. 작가가 10여 년에 걸쳐 쓴 13개의 단편을 엮었다. 변해버린 도시 속에서 살아가는 보통 사람들의 불안을 담담하게 응시하며, 오늘의 홍콩이 겪고 있는 긴장과 균열을 감각적으로 기록했다.

이 단편집의 독보적인 특징이라면, 수록작의 제목을 장국영의 노래와 출연작 제목에서 빌려왔다는 점이다. 작가는 홍콩이 관통하고 있는 시대의 공기 속에서 '장국영'이라는 인물을 떠올렸다. 홍콩이 가장 아름답게 빛나던 시절의 상징이자, 가장 찬란하던 순간 영원히 멈춰버린 존재. 누구보다 화려했고 누구보다 많은 사랑을 받았음에도 내면의 우울을 끝내 떨치지 못해 '빛과 우울이 공존하던' 장국영의 삶은 《유심인》의 세계와도 곧장 이어진다. 소설 속 인물들 역시 평범한 도시 풍경 속에서 별일 없는 일상을 살아가지만, 내면에는 억압과 우울, 해소되지 않는 분노와 슬픔이 켜켜이 쌓여 있다.

그러나 작가는 과거의 멜로디를 붙잡으며 계속 뒤를 돌아보는 대신 '그 멜로디를 품은 채 새로운 홍콩의 일상을 어떻게 살아낼 것인가'를 묻고자 《유심인》을 썼다고 한다. 소설의 결말이 선명한 답을 부여하는 대신 종종 답답한 지점에서 멈춰 서는 이유 또한 여기에 있다. 작가는 인물들에게 명확한 출구를 찾아주지 않는다. 하지만 그들을 완전한 절망으로 밀어 넣지도 않는다. 가령, 작가의 반려묘를 모티프로 했다는 단편 「연기처럼 흩어져 사라지는(회비연멸灰飛煙滅)」의 경우, 대량의 연기가 도시를 뒤덮은 사건 이후 작가의 고양이는 세상을 떠나지만 소설 속 고양이는 죽지도, 완치되지도 않은 상태로 결말을 맞는다. 현실보다 '조금 덜

잔혹한' 지점에서 머무르기를 택한 것이다. 홍콩의 실제 사건을 배경으로 한 「나를 지키는 마음(결신자애潔身自愛)」 또한 마찬가지다. 실제로는 동성애 성향을 숨긴 채 교회에서 일하던 전도인이 결국 욕망을 억누르지 못하고 범죄를 저질러 감옥에 가지만, 소설 속에서는 이 비참한 결말을 다르게 처리했다. 인물이 완전한 파괴에 이르지 않도록 유예하면서 작가만의 방식으로 그를 구원한다. 작가는 북토크에서 이러한 결말을 두고 '자신이 할 수 있는 구원이란, 어쩌면 현실의 잔혹한 결말을 잠시 유예해 주는 일에 가까울지도 모른다'고 이야기한 바 있다.

작가는 가장 아끼는 작품으로 단편 「연기처럼 흩어져 사라지는(회비연멸灰飛煙滅)」을 꼽는다. 환경이 어떻게 변하든 '내 곁의 소중한 사람들은 좋은 날들을 누릴 자격이 있다'는 믿음이 곳곳에 담긴 작품이기 때문이다. 불안정한 현실 속에서도 서로의 곁을 지키는 일, 완전하지는 않더라도 서로의 온기를 나누는 시간의 힘을 작가는 이 단편집을 통해 전하고자 했던 것이 아닐까.

이 책을 번역하는 동안, 부끄럽게도 내가 그간 홍콩에 대해 얼마나 무지했는지 깨달았다. 그래서 홍콩을 알고 이해하고자 노력했다. 작가의 인터뷰와 북토크 자료를 부지런히 찾아 읽으며 작품의 심연에 좀 더 깊이 다가가려 애쓴 것 또한 그 때문이다. '공허하게 공전하는 느낌, 그리고 말이 통하지 않는 분위기 속에서 문학이 마지막 피신처가 되었다'는 작가의 인터뷰를 이정표 삼으며, 작가가 오랫동안 축적해 온 홍콩의 모습과 홍콩인에 대한 시선을 최대한 따라가고자 했다. 그럼에도 부족한 부분이나 졸역이 있다면, 그 책임은 전적으로 역자에게 있음을 밝힌다.

번역자가 사랑에 빠진 이 책의 여정이 기대된다. 독자의 손에
가닿는 그 순간, 어떤 공명이 일어날지 몹시 설레고 궁금하다. 올
해 나의 목표는 이 책을 손에 들고 홍콩의 곳곳을 거니는 일이다.
《유심인》을 만나는 독자들 또한 이 책을 통해 홍콩의 구석구석
을 마음껏 꿈꿀 수 있기를 바란다.

2026년 2월
김소희

바람은 계속 불어오지만 당신이 있기에,
비록 평범한 삶일지라도 더없이 소중합니다.

유 심 인

有心人

초판인쇄　2026년 4월 20일
초판발행　2026년 5월 1일

지은이
정원만

옮긴이
김소희

편집
김가원, 최미진

디자인
김지연

마케팅
이승욱, 노원준, 조성민,
이선민, 김동우

제작 관리
조성근

펴낸이
엄태상

펴낸곳
(주)시사북스

등록번호
제2022-000159호

등록일자
2022년 11월 30일

주소
서울시 종로구 자하문로 300
시사빌딩

전화
1588-1582

이메일
emptypage01@sisadream.com

© 정원만

ISBN
979-11-93873-27-4　03830